KB039913

A 하라 죽이기

옮긴이 김진환

단국대학교 일본어학과를 졸업하였으며, 현재 번역에이전시 엔터스코리아에서
전문 번역가로 활동하고 있다.
옮긴 책으로는 《스마트폰을 떨어뜨렸을 뿐인데: 붙잡힌 살인귀》, 《모성》, 《가장
아름다운 기억을 너에게 보낼게》, 《쓰쿠모 서점 지하에는 비밀의 바가 있다》 등
이 있다.

#KAKUSAN KIBOU SONO ENJYO, NUREGINUDESU

Copyright © 2023 by Mido Tominaga

Original Japanese edition published by Takarajimasha,Inc.

Korean translation rights arranged with Takarajimasha,Inc.

through Danny Hong Agency.

Korean translation rights © 2024 by LAGOM (Tain Publishing Group, Inc.)

차 례

"누군가 죽기 전까진 사건으로도 안 쳐주는 건가."

누가 올린 건지 기억나지 않지만, SNS에서 이런 문장을 본 적이 있다.
정말 그런지도 모르겠다. 사람들에겐 그저 모니터 너머의 일일 뿐이다.
사건이 되지 못한, 흥밋거리와 화제에 불과한 것.

이번 여름에 벌어진 일은 내게는 엄청난 사건이었지만
사람들에게는 그저 단순한 가십이었을 뿐이다.

— 취재 중 아이하라 히카루의 답변 중에서

시작으로부터 훨씬 전

아이하라 히카루는 사람들과 어울리는 걸 좋아한다. 달콤한 음식도 좋아하고, 1인칭 슈팅 게임(FPS)도 즐긴다.

취미인 FPS를 통해 만난 온라인상의 게임 친구도 많다. 얼굴도 진짜 이름도 모르지만 취미를 공유하다 보니 죽이 잘 맞는 친구가 되었다. 그런 게임 친구들과 어울리기 위해 '카린'이라는 닉네임으로 SNS를 이용한 지가 5년 정도 된다. 이 닉네임은 지역 명물인 '카린토 만쥬'에서 따왔지만 누구에게도 밝힌 적은 없다.

SNS에는 친밀감과 호의를 보여주는 수십 명의 팔로워들이 항상 북적거린다. 직접 그린 그림 사진을 올리면 "너무 못 그림ㅋ

ㅋ"라고, 직접 만든 음식 사진을 올리면 "저주받은 요리 실력!"이
라고 웃음과 비명의 댓글이 달린다. 그런 일상이었다.

남동생이 있어서인지 히카루는 남들을 잘 챙기는 편이다. 적
당한 거리를 유지하면서(그래서 동성 친구가 적다) 적절하게 챙겨준
다(그래서 오래된 친구들은 좀 있다). 남동생과의 거리도 딱 알맞았기
때문에 남매 사이는 좋다. 남동생의 여자친구도 그녀를 잘 따랐
다. 둘은 곧 결혼할 예정인데 사이좋은 시누 올케가 될 것 같다.

따로 살고 있지만 부모님과도 사이가 좋다. 아버지는 일 때문
에 해외에 있지만, 어머니와는 자주 점심을 함께한다. 흔한 현실
의 인간관계와 인터넷의 인간관계 모두 괜찮다고 생각했다.

SNS가 활발해질수록 개인정보 유출을 조심해야 한다는 건 알
고 있다. 아무리 주의하더라도 종종 예상치 못한 일이 벌어지는
곳이 온라인이다. 그래서 카린 명의의 SNS는 물론이고 실명을
사용하는 곳에서도 약간의 위장을 가미하는 식으로 나름대로 대
책을 세워두었다. 히카루는 '내가 사는 곳이라서', 그리고 '우연히
이름이 비슷해서'라는 이유로 자기 고장에서 선출된 국회의원의
캐리커처를 자기 프로필 사진으로 올려놓았다.

게임을 즐기지만 현실에서의 자기 일을 사랑하며 붙임성도 좋
다. 독특하긴 해도 요즘 시대에 희귀종이라 할 순 없었다. 그런
지극히 평범한 여성이 지금부터 논란의 중심이 된다.

시작으로부터 얼마 전

    아이하라 히카루가 처음 취직한 곳은 본가가 있는 기타칸토 지역의 작은 출판사 제작부였다. 제작 업무를 하는 곳이었지만, 사실상 안 맡는 업무가 없다시피 했다. 직원 수가 스무 명 정도인 작은 회사이다 보니 별수 없었다.

    주된 업무는 주변 지역과 도쿄 내의 맛집과 행사 정보를 수집해 지역 정보지와 인터넷 사이트에 올리는 것이었다. 히카루는 매일 레스토랑과 술집에 예약 전화를 넣고는 혼자서 수동 카메라를 들고 취재에 나섰다. 그녀는 촬영부터 기사 집필에 간단한 레이아웃 작업까지 도맡았다.

맛있는 음식을 좋아하고 사람들과의 대화도 즐기는 그녀에게는 잘 맞는 업무였다. 현지 재료로 만든 저녁 메뉴와 제철 음식을 먹고 진심으로 감동하는 그녀의 찰진 리액션은 가게 주인과 주방장에겐 만족스러웠다.

가끔은 멀리 행사를 취재하러 출장을 가는 등 시간과 장소가 불규칙한 근로환경이었지만 일하는 것도, 새로운 사람을 만나는 것도 좋아하다 보니 바쁜 일상에 어느새 적응하고 말았다. 천직이라는 거창한 생각까지 들진 않아도 즐거운 나날이었다.

그러나 사회 경험이 있는 사람이라면 누구나 공감하듯이 회사에서는 서로의 가치관과 정의가 늘 충돌하는 법이다. '누구만 특별 대우를 받는다'는 불평과 불만, '일을 못해 부서에 피해를 주고 있다'는 마찰, '윗선'의 충돌이 거듭되면서 회사의 실적은 악화 일로를 걸었다.

히카루는 이직을 결심했다. 직장에서의 좋은 평판 덕분에 헤드헌터가 새 직장을 빨리 찾아준 것도 히카루의 결심을 뒷받침해주었다.

그녀가 소개받은 곳은 전통 있는 호텔의 웨딩 플래너 업무였다.

'요리와 기획이 중요하니까 지금 하는 일하고 비슷하겠지.'

이직과 이사는 빠르게 진행되었다. 이렇게 해서 그녀는 논란의 근원으로 다가갔다.

하르모니아 우에노 편

1. 웨딩 플래너

#☉1

하르모니아 호텔은 일본 전역의 15개 도시에 있는 제법 큰 호텔 체인이다. 그리스어로 '조화'를 뜻하는 하르모니아. 그중에서도 우에노역 앞에 위치한 하르모니아 우에노는 객실 수 450실을 자랑하는 전통 있는 호텔이다. 고풍스러운 건물 덕분에 하르모니아 우에노에서 결혼식을 하고 싶어 하는 사람들이 많다.

얼마 전에 하르모니아 호텔의 웨딩 부문인 예식부는 주식회사 웨딩월드라는 결혼 전문 회사에 인수되었지만, 히카루를 포함한 직원들은 파견 근무 형태로 하르모니아 우에노에서 계속 근무하고 있다.

예식부에 소속된 웨딩 플래너는 신랑 신부와 이인삼각으로 완벽한 결혼식을 준비한다. 웨딩 플래너에게 요구되는 건 지식과 배려심, 그리고 '열정'과 '냉정'이다.

"난 이 일이 좋아. 내가 처음 상담했던 고객님이 지금도 선명히 기억나. 선남선녀에, 신부 쪽은 키가 커서 꼭 모델 같았지……. 어느 고객님이든 다양한 요구 사항이 있지만 '그럼 이렇게 해볼까요?' 하면서 고민하고 제안하고, 결혼식 당일에 신랑 신부가 기뻐하는 모습을 보면 그것보다 보람 있는 일이 없었지."

웨딩 플래너의 일이란 결혼식 당일을 향한 기나긴 마라톤이나 다름없다. 짧게는 몇 달에서 1년까지 걸리기도 하지만 완주하는 날, 즉 결혼식 당일에는 눈물을 참느라 고생하는 플래너도 많다. 웨딩 플래너란 그런 사람들이다.

일을 즐기는 히카루는 뭐든 이해가 빨랐다. 예식부를 방문한 커플이 계약까지 하는 경우는 평균 38퍼센트인데 히카루는 입사 1년 차부터 50퍼센트를 넘겼고, 2년 차에는 52.7퍼센트를 기록했다. 신입일 때는 전국 7위, 2년 차일 때는 3위의 계약 성공률을 기록하면서 사내에서 단골 표창자로 떠올랐다.

상사들의 평가도 나쁘지 않았다. 남에게 잘 보이려고 굳이 노력하진 않는다는 점이 오히려 호감을 샀다. 예식부의 화이트보드에 적힌 플래너들의 이름 중에서, 이번 달에도 히카루 위로만 한 단계 높은 빨간색 실적 그래프가 세워져 있다.

"이번 분기도 잘해줬군. 지난번 일도 보답할 겸 내가 밥이라도 사지."

상사인 오오모리 히데오가 말했다. 예식부 팀장으로 나이는 48세였다.

일찍 결혼해 최근에 은혼식을 맞이한 오오모리에게 플래너들은 디너 크루즈 표를 선물했다("옷 입는 센스가 부족하시니까 패션 상품권을 선물하죠"라는 히카루의 의견이 가장 큰 호응을 얻었지만 축하 선물이라는 취지에 맞게 디너 크루즈 표가 선택되었다). 거래처에서도 "오오모리 씨를 위한 축하 선물이라면 얼마든지"라며 발 벗고 나서준 덕분에 박봉인 히카루에게는 부담이 적으면서 받는 쪽도 만족할 만한 선물이 되었다.

오오모리는 다소 융통성 없는 성격이긴 해도 아직 신입인 히카루를 여러모로 신경 써주었다.

✦✦✦

2월의 어느 날, 히카루는 부서 내에서 '신규반'을 맡고 있었다.

"웨딩 플래너 중에 계약 성공률 1, 2위가 신규반이 돼. 내가 입사한 이후에 오오모리 팀장님이 그런 규칙을 만들었거든. 상담하러 온 커플은 아직 어디서 식을 올릴까 고민하는 상태잖아? 그런 두 사람이 우리 호텔과 계약하게 하려면 특별한 영업 능력이 요구되니까. 난 계약 성공률이 높으니까 신규반에서 접수를 담당할 때가 많았어. '결혼식 준비까지 히카루 씨가 맡아주세요'라고 말하시는 고객님은 내가 담당할 때도 있었고."

상담받는 모든 커플의 플래너 일까지 맡는 건 물리적으로 불가능하다. 컨디션이 좋을 때는 한 달에 '여덟 커플 중 여덟 커플 계약'이라는 초인적인 능력을 보이는 히카루에게는 더욱 그렇다. 실적 좋은 플래너가 창구(신규반)에서 한 달에 서너 건의 계약을 성사시켜서 다른 플래너(미팅반)에게 일을 분배하는 방식은 매우 효율적이었다. 후배(주로 히카루)가 선배들의 실적을 넘어설 때는 미묘한 신경전이 벌어지기도 하지만 실적 위주로 돌아가는 업계다 보니 어쩔 수 없는 일이었다.

"안녕하세요."

한 쌍의 커플이 로비 좌측 안쪽에 있는 '결혼 상담 창구'로 찾아왔다. 남자는 햇빛이 내리비치는 창문과 높은 천장, '이번 달 행사' 등의 내용이 적힌 홍보물을 불안하게 둘러보았다. 긴장한 기색이 역력했다. 식장을 고르는 일은 평생 한 번뿐(기본적으로)이므로 그럴 만도 했다. 반면 옆에 앉은 여자는 지극히 침착했다.

"안녕하세요. 결혼식 상담하러 오셨나요? 먼저 축하드립니다."

히카루는 밝게 인사한 뒤 평소처럼 커플의 이야기를 들었다.

"그 날짜에 다른 예약은 없네요. 저희는 일반 예식과 전통 혼례 둘 다 진행합니다. 어느 쪽이든 당일엔 한 층 전체를 이용하실 수 있을 거예요. 다만 일자에 따라 장식이 다를 수도 있으니 양해 부탁드려요."

히카루는 자세히 메모하면서 커플의 질문에 대답했다.

"하지만 상담받는 고객님들이 전부 계약을 하는 건 아니거든. 어떤 곳인지 궁금해서 한 번 와보는 사람도 있고, 역시 다른 데서 해야겠다고 생각하는 사람도 있어. 고민하는 고객님들을 위해 식장을 둘러보기도 하지. 우리끼리 얘기지만 레스토랑부에는 요리 설명도 제대로 못 하는 무뚝뚝한 직원도 있거든. 예식부의 키스기 마이 부팀장이 '성사될 계약도 물 건너가겠다'면서 레스토랑부와 싸울 정도야. 뭐, 그러는 사이 그 커플도 더 이상 오지 않게 됐지."

회사 내에서만 하는 말로 '버리는' 경우도 있다. 실속 없이 구경만 하다 가버리는 손님들을 일컫는 은어다.

그 커플도 그날 이후 발길을 끊었다. 히카루는 계약에 실패한 수많은 방문객 중 한 쌍이라고만 생각했다.

그런데 5월 하순에 의외의 일이 벌어진다. 첫 방문으로부터 넉 달 가까이 지난 어느 날, 그 커플, 노마구치 슈헤이와 아소 시에리가 다시 찾아온 것이다.

"넉 달이나 지나서 다시 찾아오는 경우는 좀처럼 없으니까 깜짝 놀라기도 했고 정말 기쁘기도 했어. 결국 우릴 선택해 준 거니까."

히카루는 슈헤이와 시에리를 맞아 계약을 진행시켰다. 예식은 다른 사람이 준비하겠지만 자신도 웨딩 플래너라는 점을 설명하고는 예상되는 하객 수, 대략적인 일정 등을 확인했다.

몇 차례에 걸친 상담 끝에 슈헤이와 시에리는 계약서에 서명했다. 시간은 어느새 6월에 접어들어 있었다.

노마구치 슈헤이, 26세. 시에리, 32세.

'어쩐지 여자 쪽이 더 차분해 보이더니' 하고 생각하면서 히카루는 자기 노트에 이 커플의 성격과 특징을 적어두었다. 인수인계를 위해 서류에 남기지 않는 내용을 따로 적어두는 버릇이 있었다.

"노마구치 슈헤이…… 씨. 그리고 시에리 씨…… 맞으시죠?"

계약서 맨 마지막의 접수 담당자란에는 '아이하라'라고 새겨진 도장을 찍었다.

◆◆◆

다음 날, 히카루는 평소처럼 아침 8시 반에 사무실로 출근했다. 손님들이 들어올 수 없는 직원 공간은 조명이나 바닥의 카펫 등이 매우 낡았다. 호텔의 역사는 늘 리모델링되는 로비보다 이런 곳에서 드러나기 마련이다.

탈의실에 들어가자 작년에 입사한 마츠다 호노카가 주인을 발견한 강아지처럼 다가와 말을 쏟아냈다. 그녀의 손에는 스마트폰이 들려 있었다. 가만히 들어보니 또 새로운 크레이프 가게를 발견한 모양이었다.

"내추럴즈에서 파는 베리베리 스페셜. 이거 장난 아니에요."

호노카도 히카루처럼 먹는 걸 좋아해서 아침마다 맛집 정보를 교환하곤 했다.

"맛은 있는데 칼로리가 미쳤죠."

밝게 말하는 호노카는 한 기수 차이지만 나이는 여섯 살 적다. 히카루에게는 귀여운 후배였다.

"그렇게 많이 먹으면서 살은 어디로 가?"

"저녁 거르면 괜찮거든요!"

그들은 유니폼으로 갈아입고 부서 회의를 준비했다.

아침 8시 55분, 팀장인 오오모리가 "그럼 시작할까?"라고 말했다. 웨딩 플래너들은 오래된 화이트보드 앞에 모였다. 그곳에서 이번에 계약한 커플을 누가 담당할지 정해진다.

"미노는 지금 한 건 끝나고 사사키 씨 커플의 결혼식만 기다리고 있군……."

오오모리는 일정이 적힌 화이트보드를 보고 있었다.

"그러면 노마구치 씨 커플은 미노 군이 담당해 주게."

히카루 옆에 있던 호노카가 미노의 이름을 듣고는 살짝 긴장하는 게 보였다. 오른손의 검지와 엄지로 가슴까지 흘러 내려온 자기 머리카락을 집어내듯 만지작거렸다. 호노카가 드러내는 불안함의 표시였다. 히카루만이 알아볼 수 있는.

첫 방문에서 재방문까지 넉 달이나 걸렸다는 건 가족 사이에 문제가 있었거나 금전적인 어려움이 있었다는 얘기다. 혹은 복잡한 인간관계 때문일 수도 있다. 쉽게 말해 직구보다는 변화구에 가까운 고객이다. 웨딩 플래너로 일하다 보면 가끔 맞닥뜨리는 상황이지만, 그 담당자가 미노라는 게 문제였다.

미노 아키히코, 38세, 다소 몸집이 작은 남자. 상사인 오오모리와 달리 정수리 쪽의 머리카락을 세우고 유니폼의 옷매무새에 신경 쓰는 점은 웨딩 플래너다웠다. 다만, 입사 7년 차였으나 '웨딩 쪽은 적성에 안 맞는다'는 이유로 호텔 프런트로 옮겨갔다가 다시 웨딩 부서로 돌아온 이력이 있었다.

그 이력 때문에 예식부에서는 미노를 '문제 사원'으로 여겼다. 오오모리 팀에서 그를 다시 받아줄 당시, 팀원들이 심하게 반대했다는 소문도 있다.

실제로 히카루와 호노카가 보고 들은 미노의 문제 행적은 다음과 같았다.

- 한 예식부 여자 사원이 신랑 신부의 숙박 예약을 깜빡했다고 하자 미노가 자기가 해결해 주겠다고 나섰다. 예식부와 숙박부의 팀장들에게 보고 없이 대기 순서를 조작했다가 양쪽 부서에서 엄청난 질책을 받았다.
- 숙박객이 길을 물어보자, 다른 직원들을 물리치고 자신 있게 나섰다가 역 이름을 잘못 알려주는 바람에 그 숙박객에게 엄청난 항의 전화를 받았다.

• 미노가 컴퓨터의 상태가 이상하다며 기획실 사람을 불렀다. 기획실 직원은 오류를 고친 다음 히카루에게 "저 인간이 컴퓨터 좀 못 건드리게 해. 설정을 자기 멋대로 바꾼다니까?"라고 불평했다.

그런 인간이 자기가 계약을 성사시킨 고객을 담당한다니……. 찜찜하긴 해도 이미 정해진 일이니 어쩔 수 없었다. 게다가 미노는 히카루보다 선배이기도 했다.

히카루는 묵묵히 인수인계서를 썼다.

"이름, 노마구치 슈헤이 씨, 시에리 씨. 계약 담당, 아이하라. 미팅 담당, 미노 씨……."

기분 탓인지 펜 끝이 영 매끄럽지 못한 느낌이었다.

#○2

"영 기분이 찜찜하단 말이지."

퇴근한 히카루는 집에서 쉬고 있었다. 우에노에서 전철로 몇 분밖에 안 걸린다는 게 신기할 만큼 조용한 주택가였다. 좁긴 해도 직장 근처에 깨끗한 원룸을 빌릴 수 있었던 건 회사의 주택보조금 덕분이었다. 단골 슈퍼에서 사 온 반찬으로 저녁을 간단히

때운 히카루는 모니터를 보며 마이크에 대고 중얼거렸다.

"다들 수고 많았어."

대화 상대는 게임 친구들이다. 그날 접속한 인원은 다섯 명 정도였다. 적절히 위장한 개인정보의 노출, 즉 신상털이를 방지하면서 오늘의 일상을 이야기하는 것이 그녀의 대화 스타일이었다. 히카루가 공개한 것은 웨딩 플래너라는 직업, 도쿄 거주, 80년대 후반 출생이라는 것 정도다. 이름은 당연히 '카린'이었다.

"무슨 일인데, 무슨 일인데."

"상사가 갈궜겠지."

"내가 계약을 따낸 고객의 담당 플래너가 정해졌는데, 조금 불안한 사람이거든. 나이는 먹을 만큼 먹었는데, 사람이 좀 가볍다고 해야 하나. 나도 당연히 지원은 하겠지만 간섭할 수는 없잖아."

"어쩌겠어."

"사고 터져라!"

"난 카린 편이야."

히카루는 평소와 같은 떠들썩함 속에서 스트레스를 풀었다.

얼굴과 실명도 서로 모른 채 온라인에서만 5년 넘게 어울렸다. 가깝지만 현실 생활에 영향을 끼치지 않기 때문에(안전을 위해 약간의 거짓말을 섞어야 하지만) 가벼운 마음으로 편하게 이야기할 수 있는 곳. 히카루에게 인터넷은 그런 공간이었다.

"너희들도 참, 진지함을 모른다니까."

히카루는 웃으며 대답했다.

결혼식은 커플에게 평생 가장 중요한 이벤트일 수 있다. 반면 웨딩 플래너에게는 일상의 '업무'였다. 돈을 벌기 위해 하는 일 말이다. 히카루의 생각은 이랬다.

'어차피 같은 시간을 들여서 같은 월급을 받을 거라면, 난 최대한 커다란 행복을 팔고 싶어.'

"누구 결혼할 사람 있으면 DM 보내. 내가 담당해 줄 테니까."

"싫어."

"싫은데."

"됐어."

떠들썩하면서도 실력은 형편없는 게임이 새벽 1시까지 이어졌다.

#03

노마구치 커플은 다른 현에 살고 있어서 상담받으러 오는 데에만 몇 시간이 걸린다. 그런 탓에 하르모니아 우에노에서도 소홀히 대할 수 없는 고객이었다.

시간은 어느덧 6월 중반이었다.

"결혼 축하드립니다. 두 분의 결혼식을 담당할 플래너, 미노입니다."

미노는 '원부'를 손에 든 채 붙임성 있게 인사했다. 원부란 결혼식 당일까지 세운 계획을 일일이 자세하게 적어둔 서류다. 지금부터 결혼식 당일까지 고객과 회의를 거듭하면서 결혼식 식순부터 입장 동선, 영상과 축가 준비, 헤어와 메이크업 등 크고 작은 내용을 전부 기록해 둔다. 당연히 아직은 두 사람의 이름 정도만 적혀 있는 백지에 가깝다. 원부에 내용이 채워질수록 웨딩 플래너와 신랑 신부의 관계도 가까워진다.

"잘 부탁드립니다."

"결혼식 당일까지 힘껏 돕겠습니다. 멋진 날이 되도록 최선을 다하겠습니다."

노마구치 커플도 긴장이 조금 풀렸는지, 이날의 미팅은 성공리에 끝났다. 미팅에 함께 참여한 히카루도 조금은 안심할 수 있었다.

예식부의 사무실로 돌아오자 호노카가 말을 걸었다.

"어땠어요?"

"무난하게 시작했어. 이제 남은 건 실수 없이 완주하는 것뿐이겠지.”

“그럼 저기, 제가 맡은 일 때문에 그러는데요. 투어 시식회의 팸플릿 제작을 기획실에 맡기려고 하거든요. 그런데 마감 날짜가 애매해서…….”

호노카의 말이 매끄럽지 못할 때는 서둘러 처리해야만 하는 ‘어떤 일’이 있다는 뜻이었다.

“시노미야 씨한테? 인쇄가 언제까진데?”

“가을 시식 웨딩 박람회니까, 팀장님이 월말에 납품해야 한다고…….”

“2주밖에 안 남았잖아!”

히카루는 서둘러 기획실로 향했다.

✦✦

디자이너들은 대부분 신경질적이다. 기획실의 시노미야 유토 역시 마찬가지였다. 안경과 긴 앞머리로 감춰두고는 있지만 늘 미간에 깊은 주름이 잡혀 있다.

히카루는 그와 아직 친하지 않았을 무렵에 “얼굴도 잘생겼으니까 렌즈로 바꾸면 좋을 텐데요”라고 별생각 없이 말했던 적이 있다. 그러자 이런 답이 돌아왔다.

"너무 잘 보여서 싫은데요."

무뚝뚝한 말투였기에 히카루는 그가 화난 줄 알고 아차 싶었다.

그는 당황하는 그녀에게 "지배인 얼굴만 봐도 짜증나서요"라고 진심인지 농담인지 모를 소리를 했다. 그러더니 이렇게 말했다.

"이 안경, 사바에서 만든 거예요. 아시려나? 후쿠이현에 있는 사바에. 이 정도로 정교하게 만들면서 강도를 유지하는 게 꽤 어렵다던데. 인터넷에서 이걸 디자인한 사람의 인터뷰를 읽고 바로 가서 맞췄죠."

그런 회상을 지워버리듯이 잔뜩 곤두선 목소리가 들려왔다. 아무래도 오늘 시노미야의 기분은 별로인 듯했다.

"데이터 받았습니다. 이걸 6페이지로 하라고요? 전에도 말씀 드렸지만 여러 장인 경우에는 8페이지 기준으로 짜주세요. 그리고 이 사진은 봄 하늘 아닙니까? 구름만 봐도 안다고요. 예식장 내부 사진도 리모델링 전의 모습이고요. 새로운 데이터를 보내주세요. 준비 못 하실 것 같으면 저희가 촬영하러 가도 되고요."

시노미야는 전화를 끊고 다시 모니터를 노려보았다. 정리해야 하는 팸플릿과 전단, 웹페이지 등이 아직 잔뜩 남아 있었다.

기획실은 곧 '시노미야'로 바꾸어도 될 만큼 그 혼자만의 영역 이었다. 예전엔 직원이 몇 명 더 있었지만 인건비 삭감 때문인지, 회사가 인쇄물 제작을 중요하게 여기지 않기 때문인지 점점 직원이 줄어들었다.

"시노미야 씨, 팸플릿 좀 부탁드릴게요. 시식용 요리예요."

"마감은 언제까진데?"

"월말에 납품해야 한다던데요."

"너무 짧은데! 알았어, 그러지 뭐. 교정 올리면 확인 부탁해. 다음 주에는 샘플이 나올 거야."

"고마워요. 바로 호노카한테 데이터랑 초고를 보내라고 할게요."

사람들은 시노미야가 상대하기 힘든 이상한 사람이라고 말하지만 히카루는 그들이 아무것도 모른다고 생각했다. 출판사에 다닐 때 배운 사실이지만, 주방장이든 지면 디자이너든 간에 무언가를 창작하는 사람은 고집이 센 법이다. 그리고 그런 강한 고집 때문에 신뢰할 수 있었다. 이렇게 뛰어난 인재가 회사를 그만두지 않고 있는 것이 오히려 감사할 정도였다.

"그럼 가볼게요!"

히카루는 기획실을 빠져나와 예식부 사무실로 달려갔다.

2. 첫 미팅

#○1

7월에 노마구치 커플과 웨딩 플래너 미노의 첫 정식 미팅이
있었다. 슈헤이는 오는 데에만 세 시간 넘게 걸린다며 쓴웃음을
지었다.

그날도 히카루는 미노 옆에 앉아 있었다. 동석하는 건 이번이
마지막이었다. 이제 담당자는 미노이기에 회의의 주도권은 미노
에게 넘길 것이다. 오늘은 화기애애한 분위기를 만드는 데 주력
할 작정이었다.

시에리가 히카루에게 스마트폰 화면을 내밀며 자신의 SNS 계
정을 보여줬다. 화면을 본 히카루는 자기도 모르게 탄성을 질렀

다. 손수 제작한 액세서리와 가방, 옷 등이 통일된 색감으로 배치된 사진이었다.

"시에리 씨의 팔로워 숫자가 엄청나네요! 대단해요! 결혼식 면사포도 손바느질로 만드신 거예요? 이런 것까지 직접 만드시다니, 수공예 작가님이시네요!"

"그냥 취미로 하는 거예요. 물건은 요청하시는 분이 있을 때에만 판매하고요. 시간 날 때 조금씩 조금씩 만들어요. 결혼식 면사포는 부모님께 잘해드리지 못한 미안함을 담아서, 한 땀 한 땀 만들었어요."

"전 SNS를 거의 안 해서 잘 모르지만, 시에리가 그쪽에선 나름 유명한 인플루언서? 그런 거라고 하더군요."

슈헤이가 자랑스럽게 말했다.

크림색과 베이지색 등 담백한 색상으로 통일된 사진들이 안정된 톤을 만들고 있다고 히카루는 생각했다. 다만 부모님에 대한 감사함이 아니라 '잘해드리지 못한 미안함'이라는 말이 다소 무겁게 들렸다.

대화가 이어지면서 슈헤이도, 담당자인 미노도 다소 긴장이 풀렸는지 회의는 화기애애하게 진행되었다.

"피로연 초대 손님이 100분 전후라면 연회장은 '엘리시온'이 좋을 거예요. 흰색 계통의 밝고 화려한 이미지거든요."

미노가 건네는 엘리시온의 팸플릿과 관련 서류를 조용히 바라보던 노마구치 커플은 서로 눈을 마주치며 작게 한숨을 쉬었다. 하지만 미노는 신경 쓰지 않고 말을 이어나갔다.

"좀더 작은 연회장을 찾으시면 '미노아'도 멋진 곳입니다. 차분한 브라운 색조가 좋은 반응을 얻고 있거든요. 선택은 결혼식의 주인공인 신부님께 맡기는 편이 좋을 것 같은데요. 슈헤이 씨 생각은 어떠신가요?"

"시에리 씨는 어느 쪽이 좋아?"

"지금 당장 결정하긴 힘들지만…… 엘리시온이 더 예쁘긴 하네요."

엘리시온은 하르모니아 우에노가 자랑하는 대형 연회장이다. 웨딩 플래너들에게는 미적 측면에서도, 매출 측면에서도 추천할 수밖에 없는 연회장이다.

시에리는 양쪽 연회장의 사진을 오랫동안 비교하듯 들여다보았다. 그런 그녀를 지켜보는 두 남자는 '좀처럼 정하기 힘든가 보네' 하는 생각에 눈을 마주치며 미소 지었다.

미노가 말했다.

"직접 각 연회장을 둘러보시고 마음에 드는 곳으로 정하시죠. 지금 엘리시온과 미노아 모두 보실 수 있거든요."

#02

하르모니아 우에노의 지배인실에는 두 남자가 있다. 한 명은 지배인인 마츠시게 요시히로, 다른 한 명은 하르모니아 예식부를 인수한 주식회사 웨딩월드의 간토 총괄 본부장, 니시카와 타다시였다. 그는 아이스커피를 가져온 직원에게 "아, 고마워요"라고 인사하며 자세를 바로 했다.

마츠시게는 63세의 나이에도 아직 어딘가 탐욕스러워 보이는 남자였다. 머리카락을 축축이 적신 헤어젤 때문인지도 모른다. 하르모니아 창립 때 다른 호텔에서 스카우트된 인재였지만, 기획실 시노미야의 말에 따르면 인사부 쪽에서만 일해온 터라 웨딩 업계에 관해 잘 모르고, 지금의 하르모니아에 필요한 사람은 아니라고 한다. 그런 마츠시게에게 니시카와가 말했다.

"인사 문제에 신경 써주세요. 여성만 승진시킨다는 이야기가 저희 쪽에도 들려올 정도니까요."

시대가 시대이다 보니 묘한 소문은 온라인을 통해 금세 퍼진다. 마츠시게가 외모가 뛰어난 한 여자 직원과 너무 가깝게 지낸다는 소문이었다. 레스토랑부에 속한 그 여자 직원은 평판이 좋지 않은데도 계속 승진을 해서 회사 내의 분위기가 조금씩 냉랭해지는 상황이었다.

"지배인으로서 적절한 사람을 배치하기 위해 늘 고민하는 건데 말이죠. 사람들마다 다르게 받아들일 수도 있으니 앞으로 주의하겠습니다."

다짐을 받는 니시카와는 40대 후반으로 차기 사장 물망에도 올라 있었다. 사람 자체의 분위기가 밝고 회사 내의 평판도 나쁘지 않았다.

"이번에 '프리미엄'과 공동 프로젝트를 진행하게 됐습니다."

웨딩월드는 하르모니아와 예식부 외에도 하우스 웨딩을 전문으로 하는 프리미엄을 소유하고 있었다. 이번에 프리미엄과 '브루클린 하우스'라는 공동 프로젝트를 기획했다. 젊은 커플에게 저렴한 비용으로 해외 예식을 제공하기 위한 신규 브랜드였다. 이 브랜드는 뉴욕 브루클린의 오래된 벽돌 창고를 개조해 멋진 헌옷 가게나 카페만이 아니라 결혼식장으로도 활용하려는 사업 모델을 내세우고 있었다.

이 프로젝트의 책임자가 바로 니시카와였다. 제대로 성공시킨다면 사장 자리는 확정이나 다름없었다. 프로젝트에 참가하는 직원은 하르모니아에서도 차출되었다. 니시카와는 그에 대한 인사도 하기 위해 전국의 하르모니아 지점을 순회하는 중이었다.

"우에노 예식부는 작년에 처음으로 계약 목표를 달성했어요. 정말 감사드립니다. 지배인님이 열심히 힘써주신 덕분이지요."

보통 회사의 매출 목표는 높게 설정되기 마련이다. 그건 하르모니아 그룹도 마찬가지라서 우에노 지점은 지금까지 목표를 달성한 적이 없었다. 목표 달성에 성공한 곳은 지난 몇 년간 호황이었던 고베 지점뿐이다. 그런데 신기하게도 한 여자 직원의 활약 덕분에 우에노는 작년에 처음으로 목표치에 도달할 수 있었다.

#○3

신기하게도 목표치 도달에 기여한 그 여자 직원은 직원 식당에서 불평을 늘어놓고 있었다.

"역시 관둬버릴까 싶어요. 안내부터 플래닝까지 전부 제가 담당하고 싶거든요."

"전국 3위잖아. 그 정도 실력이면 어디든 갈 수 있어. 여기 남아 있어봐야 네 능력만 썩히는 거지. 이직하는 게 맞다고 보는데."

시노미야가 안경을 고쳐 쓰며 말했다. 능력을 썩힌다는 표현에는 회사에 대한 그의 감정이 담겨 있었다. 웨딩 업계에 무지한 경영진과 업무에 불성실한 일부 사원들에 대해 시노미야는 불쾌감을 감추지 않았다. 그런 면모가 회사 내에서 '시노미야 씨는 불편해'라는 평가로 이어진 것이다.

"계약 성공률도 높이고, 웨딩 플래너로서 고객님들한테 감사 편지도 잔뜩 받았죠. 그런데 게임 하나 구입하기도 빠듯한 월급이잖아요."

히카루가 점심으로 사 먹는 이곳의 260엔짜리 정식은 저렴하고 맛있었다. 모두에게 '욧짱'이란 애칭으로 사랑받으며 식당을 책임지고 있는 주방 아줌마의 솜씨 덕분이었다. 하지만 그걸로도 히카루의 생활은 절대 녹록하지 않았다.

하르모니아 고베 지점에는 '서쪽의 에이스'로 불리는 젊은 여성 플래너가 있었다. 그녀는 지난 몇 년 동안 계약 성공률이 전국 1위였고, 말 그대로 절대적인 에이스였다. 히카루는 그녀와 비교되면서, 그룹 내에서 오랫동안 빈자리였던 '동쪽의 에이스'로 불리게 되었다. 하지만 정작 본인은 에이스 같은 칭호에는 관심이 없었다. '260엔짜리 정식이나 겨우 사 먹는 에이스가 어디 있는데?'라며.

"진지하게 생각해 봐. 나도 이제 슬슬 그만둘 때가 됐다고 생각하거든."

시노미야의 나이가 마흔인 걸 감안하면 쉽게 결단할 수 있는 시점은 아니었다. 하지만 그런 말이 나올 만큼 회사에 대한 마음이 식어버린 것이다.

아무래도 직장인들에게는 두 종류의 마음이 있는 것 같다. 회사에 대해 '이 조직을 발전시키고 도움을 주고 싶어'라는 마음과 '그럼에도 결국 나는 직원일 뿐이잖아. 월급만 받으면 그만이지'라는 마음이다. 전자와 후자는 각자 따로 움직인다. 시노미야는 전자가 식어버린 대신 후자만 불타오른다. 이미 그런 상태가 오랫동안 이어지고 있었다.

"다음에 근사한 카페에 데려가 주세요."

히카루는 직원 식당을 뒤로하며 말했다.

#04

12월, 쌀쌀한 계절이 되었다. 노마구치 커플이 사는 지역에서는 눈이 내려도 이상할 게 없는 날이었다.

"노마구치 씨 커플, 괜찮겠어요? 오늘도 오셨던데. 너무 자주 오는 거 아니에요?"

히카루와 함께 신규반을 맡은 키스기 마이가 미노에게 말을 건넸다. 마이는 32세로 미노보다 어리지만 아르바이트 시절부터 이쪽 업계에서 일해온 덕분에 오오모리 밑에서 부팀장을 맡고 있었다. 밝은 갈색 머리가 새하얀 피부와 잘 어울렸다. 히카루는 입사 당시만 해도 '이렇게 예쁜 사람이 왜 아직도 혼자인 거지?'라고 의아해하며 동경의 시선으로 바라보았지만, 연수를 받으며 그녀의 까칠함을 보고 나서는 '그럴 만하네'라고 생각하게 되었다. 함께 연수를 받았던 호노카도 호텔 여기저기에 장식된 하얀 장미를 볼 때마다 "장미에는 가시가 있지만 마이 씨에겐 칼날이 있어요"라며 한숨을 쉬었다.

"아니, 잘 진행되고 있어요."

미노가 대답했다. 사실 히카루 역시 마이와 똑같이 느끼고 있었다. 미팅의 속도가 다소 빠르다고.

"우리 회사는 꼼꼼함을 강점으로 내세우고 있고, 게다가 노마구치 씨는 눈이 많이 쌓이는 지역에 살고 계셔서 겨울엔 쉽게 올 수 없다고 했어요. 그래서 서둘러 시작했습니다."

미노가 이어서 답했다. 실제로 가계약 때 '한겨울에는 눈 때문에 오기 힘들다'라는 말이 나오긴 했다. 그래서 히카루는 미노의 말에서 약간의 불안을 느끼면서도 충분히 그럴 수 있다고 자신을 이해시켰다.

"꼼꼼하게 진행하는 건 좋아요. 하지만 그 두 분은 두세 시간 걸려서, 그것도 눈을 헤치고 오는 거잖아요? 고객님의 입장도 생각해 주세요."

결혼식은 내년 5월 예정이었고, 청첩장에 관한 회의가 이번 달에만 벌써 두 번째였다. 지난 6월에 미노와 처음 인사를 했던 것까지 포함하면 생각나는 것만 해도 여섯 번째다. 분명 그밖에도 미팅이 있었을 것이다.

일반적으로 결혼식 직전까지 미팅은 다섯 번 정도 한다. 물론 커플의 성격이나 희망 사항에 맞춰서 횟수를 조금 늘릴 때도 있지만. 노마구치 커플은 미팅 외에도 의욕적으로 호텔을 찾았다. 하르모니아 우에노가 한 달에 한 번 개최하는 웨딩 박람회의 단골이 된 지 오래였다.

"두 분 다 데이트하는 느낌으로 오는 걸까요? 박람회는 빠지지 않고 오시는 것 같던데요."

호노카가 분위기를 읽은 건지 못 읽은 건지 중간에 끼어들어 의아한 소리를 했다.

"그만큼 기대하시는 거지. 결혼식에 대한 가치관은 사람마다 다르니까. 호노카도 결혼할 사람이 생기면 많은 걸 알게 될 거야."

"드레스 피팅도 너무 많이 한다고 하던데요."

"너무 실례될 만한 말은 삼가도록 해. 마음에 쏙 드는 드레스를 찾도록 돕는 게 우리 역할이야. 그것보다 아이하라, 호노카, 둘 다 왜 서류 안 내? 원부 제출은 한 달 전까지라고 했을 텐데."

"죄송합니다."

마이는 확실하게 선을 그으며 잡담을 마무리했다.

아무리 결혼식을 간절히 기다리는 커플이라도 크리스마스는 중요한 날일 것이다. 그런데도 노마구치 커플은 호텔에 와서 미노와 미팅을 했다. 히카루는 반갑게 인사를 나누긴 했지만 미팅이 너무 잦다는 생각이 들었다. 담당이 미노인 만큼 대체 무슨 이야기가 오가는지 불안했다.

◆◆

그렇게 조금씩 불안이 커져가는 가운데 해가 바뀌어 1월 초가 되었다. 히카루는 오오모리에게 불려갔다.

"사사키 씨 커플 있잖아? 네가 계약을 따내고 미노 씨가 담당하던 고객님들. 그분들이 미노 씨 말고 접수를 맡았던 아이하라 씨가 마지막까지 담당해 주셨으면 좋겠다고 하시는데. 네 생각은 어때?"

"지금부터요? 일정은 아직 여유가 있으니까, 제가 맡고 싶어요."

오오모리가 직접 말하진 않았지만 주위에서 들리는 말에 의하면 미노와 미팅할 때마다 지난번 말한 내용이 반영되지 않은 경우가 몇 번이나 있어서 커플 측이 불안해했다고 한다.

"이건 그 고객님들 원부야. 받아둬."

"이벤트나 연출도 거의 다 정해졌네요. 괜찮아요. 할 수 있어요."

히카루는 문득 다른 커플이 신경 쓰였다.

"노마구치 씨 쪽은 순조롭게 진행되고 있나요?"

"신경 쓰이나? 그래도 너무 나서진 마. 미덥지 않아 보여도 미노는 나름 자기 몫은 해내는 웨딩 플래너야. 네가 나섰다가 노마구치 씨 커플까지 '역시 미노 씨보다 아이하라 씨가 담당해 주세요' 같은 말을 하면 곤란해진다고. 네가 해도 되는 건 후방 지원뿐이야. 가뜩이나…….'

"알고 있어요. 하지만 조금 신경은 써둘게요."

히카루는 갑자기 생각난 듯이 시에리의 SNS를 열어보았다. 접수할 때 보여주었던 면사포의 제작 과정이 단계별로 업로드되어 있었고, 완성이 가까워 보였다. 가장 최근에 업로드된 게시물에는 '아빠, 이제 저 시집가요. 죄송해요'라고 쓰여 있었다.

'왜 죄송해요일까…….'

불안감이 계속 커졌다. 그때 마이 부팀장의 목소리가 들렸다.

"미노 씨, 노마구치 씨 쪽은 순조롭게 진행되고 있나요?"

"아, 네. 미팅도 제대로 하고 있어요."

마이는 날카롭게 말했다.

"미노 씨, 청첩장의 내용을 확인했는지 서명받은 서류에 노마

구치 씨 커플의 이름만 적혀 있어요. 성까지 적는 게 규칙이잖아
요. 주의하도록 해요."

◆◆◆

"역시 걱정된단 말이지."

집에 돌아온 히카루는 모니터 너머에 모인 게임 친구들에게
투덜거렸다.

"뭔데, 뭔데."

"또 회사 일?"

"돈 받는 만큼만 일하자고."

맞아. 히카루는 게임 친구들의 말에 기분을 전환하며 게임 속
의 총을 쐈다. 하지만 게임도 별로였다.

"왜 안 맞는 건데! 역시 기분이 안 나!"

"아니, 평소대로잖아."

"맞는 말이네."

"정상 작동 중."

커뮤니티도 정상 작동 중이었다.

3. 문제들

#⊙1

눈발이 흩날리는 1월 중순. 식장이 바쁘지 않은 시기였기에 플래너들은 미팅이나 웨딩 박람회에 시간을 많이 들였다.

5월에 식을 앞둔 노마구치 커플과의 미팅은 웨딩 박람회 방문까지 포함해서 이미 열 번이 넘은 것 같았다.

"청첩장 때문에 회의하러 왔어요."

"어머, 좋으시겠어요. 꼭 예쁜 디자인으로 고르세요."

"오늘은 제 부모님과 함께 시식회에 왔어요. 지배인인 마츠시게 씨가 인사하러 오셨던데요. 요리와 접객에는 정말 자신 있다고 말씀하시더라고요. 정말 굉장했어요."

"감사합니다. 시에리 씨, 드레스도 최대한 많이 입어보고 결정하세요."

히카루는 노마구치 커플과 마주칠 때마다 밝게 인사하고 안부를 나눴지만, 매번 이것이 대체 몇 번째 미팅인지 의문이었다.

사무실에서 호노카가 작은 목소리로 말을 건넸다.

"노마구치 씨 커플, 박람회 개근인 거 아세요? 최근엔 아무래도 신부님의 표정이 안 좋아 보이던데요. 무슨 일이 있는 건가……."

하르모니아 우에노가 주최하는 웨딩 박람회는 한 달에 한 번 열린다. 기본적으로는 예식장을 보러 다니는 커플을 대상으로 하지만 가계약과 본계약을 마친 고객에게도 참가를 권유할 때가 있다. 하르모니아 측에서도 박람회가 성황을 이룰수록 좋기 때문이다. 특히 비수기인 겨울에는 한 명이라도 많은 참가자가 필요했다.

그렇다고는 해도 이미 많은 미팅이 진행되었고, 벌써 드레스와 식사 메뉴까지 정해져 있어야 할 커플이 이 정도로 매달 빼먹지 않고 의욕적으로 참가하는 경우는 흔치 않았다. 보통 결혼식이 4개월 남았다면 자신들이 결정한 내용을 천천히 곱씹으면서 검토해야 하기 때문이다.

"아이하라, 네가 노마구치 씨 커플이 갈팡질팡하고 있을 때 억지로 밀어붙여서 계약한 거 아냐?"

그런 악담을 늘어놓는 사람은 또 다른 부팀장인 후지타 치나츠였다. 짧은 단발에 치마 대신 바지 유니폼을 입고 있는 치나츠. 히카루가 입사한 뒤로 팀 내의 성적이 2위에서 3위로 밀려난 것에 앙심을 품은 것이리라. 비슷한 기수로 입사한 마이 부팀장과도 계약 성공률 등에서 큰 차이가 벌어져 있지만, 같은 부팀장인 그녀에게 싫은 티를 낼 수는 없었다. 그러다 보니 만만한 히카루가 표적이 된 것이다.

"그래서 그 두 사람이 우유부단하게 아무것도 선택 못 하는 거 아니냐고."

"의사를 확실히 확인하고 나서 계약을 맺었어요. 미팅도 미노 씨가 착실히 진행 중이고요."

신입을 괴롭히는 걸로 유명한 치나츠 앞에서도 히카루는 전혀 주눅 들지 않았다.

"열심히 계약을 따내는 게 접수 담당자의 일인데, '억지로'가 어디 있어? 따온 일을 반년이든 1년이든 시간을 들여서 꼼꼼히 진행시키는 게 웨딩 플래너의 실력이잖아. 하여튼 매번 저렇게 시비를 건다니까⋯⋯."

치나츠가 가버린 뒤에 분노가 솟구친 히카루는 혼잣말로 투덜거렸다. 그걸 들었는지, 마이가 말을 건넸다.

"아직 예정일인 5월까지는 시간이 있지만, 내가 다시 오오모리 팀장에게 확인해 볼게. 다른 커플들의 진행 상황도 포함해서. 네가 직접 말하긴 힘든 부분도 있을 테니까."

완벽주의자인 마이는 얼핏 쌀쌀맞게 보일 때도 있지만(실제로 히카루도 사원 연수 때 차갑게 쏘아붙이는 말을 들은 적이 있다) 팀의 업무를 정확히 조율해 주는 고마운 선배였다. 가능하다면 치나츠가 심술을 부릴 때 도와줬으면 좋았겠지만, 치나츠는 마이보다 나이가 많으니 거리를 둘 수밖에 없을 것이다.

#O2

"노마구치 씨 커플이 오셨는데 미노 씨가 없다고? 아이하라, 대신 좀 들어가. 호노카, 미노 씨 스케줄 확인해 보고."

사무실에서 마이가 그런 지시를 내린 건 1월 19일이었다.

"다녀올게요."

노마구치 커플과의 미팅 자리에 무슨 일인지 미노가 나타나지 않았다. 히카루는 서둘러 그들 커플이 기다리는 미팅 부스로 향했다. 그사이 팀원의 스케줄을 확인한 호노카가 대답했다.

"미노 씨는 다른 건으로 미팅 중이에요. 일정 누락이네요."

일정 누락이란 웨딩 플래너가 고객과의 미팅이 있는데도 다

른 예식이나 미팅에 들어가 버려서 일정에 구멍이 생기는 것을
말한다.

"많이 기다리셨죠? 미노 씨에게 잠깐 급한 일이 생겨서요."

다행히 노마구치 커플의 기분은 나쁘지 않아 보였다.

"청첩장 디자인을 어떤 캐릭터로 할지 고민 중이에요. 좀처럼
정하기 힘들어서요."

시에리가 손가락으로 가리킨 것은 세계적으로 유명한 캐릭터
인 '미키마우스'와 예식장 오리지널 캐릭터 '곰돌이'였다. 평소엔
차분하던 시에리도 지금만큼은 즐거워하는 표정이었다.

"네, 양쪽 모두 너무 귀엽죠. 가격을 말씀드리면, 곰돌이가 좀
더 저렴하긴 해요."

눈치를 보니 아무래도 미키마우스가 취향에 맞는 모양이었다.

"미키마우스는 3월에 사용 계약이 종료되는 것으로 알고 있어
요. 3월 이전에 접수하고 5월에 결혼하는 경우에도 사용할 수 있
는지, 아니면 3월에 결혼하는 분들까지만 사용할 수 있는지 확인
해 볼게요. 곰돌이는 상관없고요."

"그렇다면…… 곰돌이로 해야 하나……."

5월 22일이 결혼식 날짜이지만 청첩장을 보내는 건 3월부터
니, 가능하다면 고객이 가장 원하는 쪽으로 맞춰주고 싶었다. 무

엇보다 매출 면에서도 미키마우스가 좋았다. 물론 인센티브는 미노에게 돌아가겠지만.

히카루는 시에리의 말을 들으며 미노에게 전달할 내용을 열심히 적었다.

'곰돌이가 좋다고 합니다. 하지만 미키마우스에도 관심을 보이므로 언제까지 발주 가능한지 제작사 측에 확인 부탁드려요.'

"아, 하지만 가능하다면 제가 직접 디자인하고 싶어요. 최대한 제가 직접 만든 물건들로 하객들을 맞고 싶거든요. 그게 제 스타일이기도 하고요."

'시에리 씨는 변덕이 심한 분이었구나. 그래서 미노 씨가 꽤 고전하고 있나 보네.'

히카루는 이렇게 생각하며 메모를 덧붙였다.

'셀프 디자인으로 만들겠다는 이야기도 나왔는데, 상당히 서둘러야 할 거예요. 마감 일자를 잘 확인해 주세요.'

"내일도 방문하실 거죠? 지금이라면 셀프 디자인도 가능할 거예요. 오늘 밤은 두 분이 천천히 즐겁게 고민해 주세요."

오늘은 도쿄 관광을 겸해서 호텔에 묵는다는 커플에게 히카루는 웃으며 제안했다.

"대타 다녀왔어요. 청첩장을 어떻게 할지 고민 중이라고 하셨고요."

"결혼식까지 이제 넉 달 남았으니까 조금 막히는 부분이 생기는 거지. 알겠어."

히카루는 마이에게 보고한 뒤에 메모를 정리해 미노의 책상에 올려놓았다. 그때 미노가 돌아왔다.

"미노 씨, 오늘은 아이하라가 대신 들어갔는데, 왜 미팅을 이중으로 잡은 거죠?"

"다른 고객님이 갑자기 오신다고 하셔서요."

"일정을 재조정할 거면 미리 아이하라에게 부탁해 뒀어야죠. 벌써 몇 번째예요? 아이하라와 호노카가 미노 씨 뒤치다꺼리나 하는 사람은 아니잖아요."

"주의하겠습니다."

미노는 주눅 들거나 기분 나빠하는 기색도 없이, 그대로 자리에 앉아 업무를 보기 시작했다. 그 광경을 곁눈질하던 히카루는 마음속으로 '말로만?'이라고 중얼거렸다. 그가 부팀장의 말을 얼마나 신경 쓰고 있을지, 여전히 속을 알 수 없는 남자였다.

✦✦✦

"대체 몇 번이나 주의를 줘야 하는 건데? 그 인간 진짜 최악이야."

"뭔 일이야, 왜 그러는데."

"전에 말했던 그 최악의 선배 이야기인가 보네. 하하."

게임 중의 대화 주제는 평소처럼 거짓말을 섞은 직장 얘기였다.

"미팅 잡아둔 고객을 그냥 내버려뒀다니까. 고젠도 진짜로 화가 났다고."

마이의 단정한 외모와 엄격한 성격을 빗대어서, 히카루는 커뮤니티 안에서 그녀를 토모에 고젠으로 불렀다. 토모에 고젠은 히카루의 고향에 이름을 남긴 여자 사무라이다.

"고젠을 화나게 하면 그 선배도 쫓겨나는 거 아냐?"

"어디까지가 진실인지는 모르겠지만, 들어보면 정말 사고 칠 것 같아서 무섭네."

내일이 온다고 생각하니 히카루는 또 우울해졌다.

#○3

"요즘 회사 분위기가 최악이야. 미노 씨가 실수할 때마다 사무실 분위기가 심각해지고 있어. 물론 노마구치 씨 커플이 조금 까다롭긴 해. 예를 들면 신랑 턱시도는 보통 30분이면 고르는데, 슈헤이 씨는 세 번이나 방문해서 총 네 시간이나 걸렸어. 이것도 저것도 다 마음에 든다면서. 시에리 씨도 자주 방문하는 것치고는 뭔가 좀 안 즐거워 보여. 웃질 않거든."

사람의 성격이나 업무 능력이 갑자기 좋아지는 경우는 거의 없다. 미노의 실수는 한두 번으로 끝나지 않았다.

호노카와 치나츠도 한 번씩 노마구치 커플의 말 상대(미노가 올 때까지 시간을 끄는 역할)로 동원되었다. 미노의 실수는 이제 일상처럼 굳어지고 있었고, 그럴 때마다 마이의 호통이 쏟아졌다.

"일정을 재조정하는 게 문제가 아니에요. 이 화이트보드는 모두의 일정을 공유하기 위해서 있는 거예요. 미팅에 도저히 참여할 수 없는 상황일 때는 여기 적어서 도움을 요청하기로 되어 있잖아요."

사람들이 더 어이없어하는 건, 이런 상황에서 미노가 보여주는 태도였다.

"죄송합니다……. 제 일정표에는 적혀 있지 않았거든요. 의상부 미팅 일정에 노마구치 씨의 이름이 들어 있는 걸 보고 그때 알았어요."

마치 남의 일처럼 말하는 태도에 마이의 언성이 더 높아졌다.

"일정표에 없다고요? 본인이 안 적은 거잖아요. 의상부 미팅이요? 그건 미노 씨의 미팅 일정에 맞춰서 의상부가 집어넣은 거고요!"

그때 오오모리가 그만하면 됐다는 표정으로 끼어들었다.

"똑같은 말을 몇 번이나 하게 하지 말고, 이제 자기 일정 정도는 알아서 관리해. 알겠지?"

이런 식의 중재, 아니 문제를 흐지부지 만들어버리는 게 미노의 성장을 가로막는 원인 중 하나였다. 그러나 미노도 어린 나이가 아니다 보니 오오모리가 하나하나 일일이 가르칠 수도 없는 노릇이었다.

"이번에도 위험하겠는데, 미노……."

책상에 앉아 있던 치나츠가 히카루에게만 들릴 만큼 작은 소리로 말했다.

결혼식이나 피로연에서 큰 사고가 발생해선 절대 안 된다. 하지만 미노에게 책임감이라곤 찾아볼 수 없었다. 무슨 질문을 해도 현재 상황을 정확히 알 수 있을 만한 답변이 나오지 않았다. 이래서는 돕고 싶어도 도울 방법이 없었다.

오오모리의 지시도 문제였다. "담당은 미노잖아. 그 녀석에겐 좋은 경험이 될 테니까 너무 나서지 마"라는 그의 지시가 상황을 더욱 꼬여가게 하고 있었다.

#○4

2월 2일. 자리를 비운 미노를 대신해서 히카루가 노마구치 슈헤이의 전화를 받았다.

"네? 일정 변경이요?"

"사정이 있어서요. 청첩장 리스트도 다시 확인해야 하고 시간이 빠듯하네요. 6월에 식장 예약이 언제 비는지 알고 싶은데요."

"6월이요? 네, 알겠습니다. 정확히 확인한 다음 다시 연락드릴게요."

하르모니아 우에노에서 6월은 비교적 바쁘지 않은 시기에 해당한다. 장마기에 접어들고 덥기 때문이다. 하지만 최근엔 6월에 결혼식을 원하는 커플도 꽤 있기에 재빨리 인기 연회장인 엘리시온의 스케줄을 확인했다. 다행히 빈칸이 있었다. 히카루는 슈헤이에게 전화를 걸었다.

"6월은 4주 차 말고도 비어 있는 날짜가 며칠 있어 미노 씨가 다시 연락드릴 겁니다."

사무실로 돌아온 미노에게 히카루가 메모를 건네주며 물었다.

"노마구치 씨 커플은 왜 일정을 변경하신대요?"

"아무래도 가족들이랑 여러 문제가 있나 봐. 오오모리 팀장에게 말했더니 되도록 위약금 없이 진행하라던데."

이런 시기에 주력 상품인 엘리시온을 취소했는데도 위약금을 요구하지 않겠다니, 오오모리도 큰 결심을 한 것 같았다. 지금 대형 연회장에 예약이 들어올 리도 없고, 취소로 수익이 사라지는 것보다야 낫다는 판단일까?

"엘리시온은 6월의 일요일이라면 비는 시간이 좀 있어요. 오전 중에 연회가 있는 날도 있지만, 정리할 시간은 충분할 거예요. 노마구치 씨에게는 그렇게 전해주세요."

"알았어. 고마워."

"네에? 연회장도 변경한다고요?"

"응, 그렇게 됐어. 엘리시온 말고, 미노아면 충분하대."

한 번 더 상황이 바뀐 건 히카루가 전화를 받고 나서 며칠이 지난 어느 날이었다. 미노와 잡담하던 중에 노마구치 커플이 일정뿐 아니라 연회장까지 변경했다는 사실을 알게 되었다. 결혼식까지 석 달 남은 시점에는 흔치 않은 일이었다.

"제가 미노 씨에게 전달한 건 엘리시온 쪽 일정이었는데요."

"12월인가 1월에 가족들끼리 다툼이 있었고, 신부 측 가족은 참석하지 않게 됐으니까 연회장이 작아도 상관없어진 거야. 그래서 두 사람 사이에선 언제부턴가 미노아에서 하기로 이야기가 됐던 것 같아."

"됐던 것 같다니……."

"나도 바로 얼마 전에야 듣게 됐어. 그래도 6월 26일에 미노아로 예약 잡았으니까, 이제 괜찮아."

"무슨 일 생기면 언제든 도울 테니까 말해주세요."

"아, 참. 시에리 씨가 청첩장 디자인안을 만든다고 하던데, 받으면 기획실로 보내면 되던가?"

"지금부터 셀프 제작을 한다고요? 발주까지 이제 두 달도 안 남았을 텐데요. 인쇄까지 생각하면 정말 빠듯할 거예요."

"그렇겠지. 시간이 될지 모르겠네."

불안한 심정을 쏟아내고 싶을 때는 시노미야를 찾아가는 게 최고였다. 자신이 어렴풋하게 느끼는 감정을 조금 과격한 표현으로나마 빠르게 설명해 주기 때문이다. 그게 무척이나 통쾌할 때가 많았다. 그래서 퇴근 무렵에 히카루는 기획실을 찾아갔다.

"왠지 모르겠지만, 미노한테는 윗사람들도 함부로 하지 못하는 느낌이 들어. 한 번 프런트로 쫓겨났었잖아? 그런데 또 몇 년

만에 예식부로 복귀했으니까."

"제가 입사한 직후에 프런트에서 이동해 왔었죠."

"예식부는 호텔 웨딩의 최전선이니까, 어떻게 보면 최대한 좋은 인재들로 채우고 싶어 할 거 아냐. 소문을 들어보면 프런트 쪽에서도 문제가 많았던 것 같은데."

"예식부는 만성적으로 일손이 부족해요. 오오모리 씨가 팀장으로 승진하시면서 현장 일에는 나서기 싫어져서 한 명이라도 인원이 필요했던 걸까요?"

"나라면 미노 같은 직원은 없는 편이 나을 것 같은데."

"그런가요……? 하하하."

미노는 일단 히카루의 선배였다. 애매한 말로 긍정하긴 했지만 거기서 더 맞장구를 치는 건 조금 경우가 없어 보일 것이다. 그래서 히카루답지 않게 조금 억지스럽게 화제를 바꿨다.

"제가 말한 근사한 카페는 찾아봤어요?"

#05

오오모리 팀장이 이끄는 주간 회의 시간이었다. 마이와 히카루는 가계약 진행 상황을 중심으로, 미팅반인 치나츠와 호노카,

미노는 각자 담당하는 결혼식을 중심으로 보고했다. 호노카가 담당하는 커플은 화를 냈다고 한다. 머리카락을 만지작거리는 버릇이 나온 건 그 때문인 것 같았다.

"같이 사과하러 가줄까?"

"그게 좋겠군. 아이하라, 잘 부탁해."

오오모리는 히카루에게 부탁했다. 고객들과 문제가 생겼을 때 히카루가 함께 사과하러 가면 대개 고객의 화가 누그러지고, 심지어 분위기가 좋아졌다.

"미노, 노마구치 씨 커플 건은 그 뒤로 어떻게 됐지? 하객 숫자를 줄였고 연회장을 변경했고 축전도 안 읽는다고 했던가?"

"웨스트(WEST)'도 사용할 수 없어서 청첩장도 수기 명부를 토대로 작성하느라 조금 시간을 잡아먹었습니다. 그래도 지금은 순조롭게 진행되고 있습니다."

웨스트는 결혼식과 관련된 내용을 효율적으로 정리하고 공유할 수 있는 프로그램이었다. 간단히 설명하자면 청첩장 제작, 답례품 발송 주소, 하객 배치 등을 일괄적으로 관리하기 위한 시스템이다. 처음에는 다소 많은 데이터를 입력해야 하지만, 한 번 입력해 두면 신랑 신부의 부담이 상당히 줄어들기 때문에 대부분의 커플들이 만족스럽게 사용하고 있었다.

"이번에도 웨스트를 안 썼어요? 하객이 적다고는 하지만 그래도 웨스트를 써야 안정적으로 업무를 처리할 수 있을 텐데요."

"두 분 다 프로그램을 잘 못 다룬다고 하셔서요."

프로그램을 못 다루는 사람이 사실 미노임을 그 자리에 모인 모두가 알고 있었다. 그래서 신랑 신부가 웨스트에 데이터 입력하는 걸 귀찮아하는 기색이 보이면 미노도 굳이 적극적으로 권하지는 않았다.

'이번에도 안 썼어요?'라는 마이의 질문에는 '어렵더라도 이제 슬슬 적응해야죠'라는 책망이 담겨 있었다.

"청접장은요? 셀프 디자인은 발주 기한에 맞췄나요?"

"이번엔 곰돌이를 사용하기로 했어요."

"그게 안전하겠죠. 알겠습니다."

웨스트 외에 큰 문제는 없는 것 같았기에 히카루도 조금은 안심했다.

결혼식 직전인 5월 하순에 접어들었을 때였다.

"그러고 보니, 미노 씨. 노마구치 씨 커플의 원부 말인데, 아직 제출하지 않은 것 같네요? 키스기한테 냈다면 됐지만요."

부팀장 치나츠는 노마구치 커플의 원부가 아직 제출되지 않은 걸 알았다. 플래너는 담당하는 결혼식의 원부를 1개월 전에 두 부팀장 중 한 명에게 확인받아야만 한다. 그러나 정작 미노는 별로 다급한 기색도 없이 대답했다.

"아직 고객님들이 못 정하신 것도 많아서요. 사회자 분과 논의가 진행되지도 않았고요. 금방 낼게요."

"너무 늦으면 우리도 확인할 틈이 없어요. 그래도 되겠어요? 사고라도 나면 미노 씨가 책임질 수 있는 것도 아니잖아요."

치나츠가 말하는 사고란 결혼식 당일에 발생하는 문제였다. 결혼식은 인생 최고의 무대이니만큼, 사고는 절대 용납될 수 없었다.

#06

"치나츠 씨도 주의를 줬으니까 '뭐 괜찮겠지' 하면서 방심한 거야. 설마 5월 말까지 피로연 관련 서류가 공백일 줄 알았나. 말도 안 되거든. 그 뒤에도 미노 씨는 특별히 문제를 보고하거나 도움을 요청하지 않았고…… 노마구치 씨가 까다로운 고객이라는 생각은 했지만, 조금만 더 정보가 공유되었더라면 다른 결과를 맞았을지도 몰라."

6월 2주 차에 접어든 어느 날 밤.

"호노카, 먼저 갈게. 너무 무리하지 말고."

히카루는 사무실 안쪽의 탈의실로 향했다. 마루이 백화점에서 커피라도 사가야겠다고 생각하며 가슴의 주머니를 뒤지는데, 평소에 쓰는 수첩이 없었다.

'아, 수첩을 카운터 데스크에 놓고 왔나 보네.'

다양한 정보가 적힌 수첩을 아무데나 둘 수는 없었다. 히카루는 어쩔 수 없이 카운터로 나가서 로비 쪽으로 퇴근하기로 했다. 조명이 꺼진 접수 부스에서 로비 소파를 돌아보는데 노마구치 커플이 보였다. '이런 시간에?'라고 생각한 히카루는 다가가서 말을 건넸다.

"안녕하세요. 무슨 일로 오신 건가요?"

"미노 씨와 웨딩 플라워 문제를 논의하러 왔는데, 아직 나오시지 않아서요. 여기서 기다리는 중이었어요."

"제가 바로 확인해 볼게요."

서둘러 사무실로 돌아와 화이트보드를 확인했다. 미노는 직전의 미팅이 길어지고 있는 모양이었다. 이런 식으로 철저하지 못한 시간 관리가 마이가 가장 싫어하는 부분이었다. 물론 히카루도 마찬가지였다.

"또 미노 씨가? 아이하라, 퇴근하려는 참에 미안한데, 잠깐 시간 좀 때워줘."

마이의 말이 끝나기도 전에 히카루는 웃옷을 벗고 서류를 챙기며 달려 나갔다.

"많이 기다리셨죠? 미노 씨가 지금 조금 바빠서요. 제가 대신 미팅 진행할게요. 웨딩 플라워에 관한 건 나중에 미노 씨가 연락드릴 거예요."

"네, 꽃의 종류와 색깔 때문에 확인할 게 있다고 했어요. 그리고 내친김에 결혼식 동선도 확인해 보자고 하셨고요."

"아아, 그러셨군요. 결혼식 동선까지……."

히카루는 메모를 적는 척하며 얼굴을 숙여 표정을 감추었다.

'결혼식 리허설에 웨딩 플래너가 늦다니…….'

매우 난감한 상황이었지만, 히카루는 짐짓 밝은 표정을 지으며 고개를 들었다.

"중요한 리허설을 기다리시게 할 수는 없으니까, 오늘은 제가 동행할게요. 그럼 가시죠."

예식장에서 신랑 신부의 동선을 확인한다. 이건 너무 당연한 일이라서 특별할 게 없었다. 이어서 미노아 연회장으로 이동했다.

"이쪽에 서시고, 사회자가…… 응?"

히카루는 손에 든 원부를 펼쳐보다 당황했다. 당일의 입장 시간, 음악과 조명, 친구와 부모님의 역할, 서는 위치 등등 피로연과 관련된 내용이 꽉꽉 채워져 있어야 하지만 텅 비어 있었다. 히카루는 간신히 상황을 이해했다. 사고는 이미 터졌다는 것을.

"으음, 그러니까 신랑님이 이쪽, 신부님이 이쪽에서 들어오시면 돼요. 드레스를 입고 계시니까 천천히 걸어도 괜찮으시고요. 당일에는 연회장을 둘러볼 정신이 없으실 테니까, 지금 두 분이 천천히 둘러보세요. 저는 금방 돌아올게요."

웃는 얼굴로 예식장을 빠져나온 다음, 발소리를 죽이며 사무실을 향해 달렸다.

"마이 씨, 큰일 났어요! 노마구치 씨의 결혼식까지 2주 정도밖에 안 남았는데 피로연 진행서가 보류, 미정, 보류, 보류로 가득해요. 원부도 거의 백지고요! 지금 바로 두 분께 확인해서 정하고 올게요!"

"뭐야 이게……. 아이하라, 어쨌든 잘 부탁해."

"다녀올게요."

"후지타 씨, 미노 씨한테서 원부 제출받았어?"

"일단 재촉하긴 했는데, 그 뒤로 본 기억은 없는 것 같아. 내가 한소리 했다고 키스기한테 낸 줄 알았지."

지난달 말, 치나츠가 미노에게 말한 대로 원부는 미팅 담당이 책임지고 부팀장인 마이나 치나츠에게 확인을 받아야만 한다. 부팀장들은 제출받은 원부를 보고, 빨간 펜으로 '이름, 한 글자씩 꼼꼼히 확인해. 한자도 확인하고', '동영상 파일 형식이랑 포맷은 어떻게 돼?', '음원 확보는 누가 했어?', '이건? 저건?', '정보가 부족하잖아' 등으로 의견을 적는다. 그에 더해 각 원부의 제출 여부도 확인하면 좋을 테지만, 늘 일손이 부족한 탓에 그녀들도 챙기지 못했다. '한 달 전에 반드시 부팀장의 확인을 받을 것'이 부서 내의 규칙으로 정착되었기에, 설마 누구에게도 확인받지 않은 원부가 있을 거라는 생각은 하지 못한 것이다.

"노마구치 씨, 확인해 주실 게 있는데요. 여기하고, 여기하고, 여기하고, 여기하고…… 어떻게 하실 예정이세요? 미노 씨와 미팅 중에 정하셨을 테지만 저도 확인해야 해서요."

"아아, 그건 아직 완전히 정해지지 않았어요. 미노 씨는 아직 시간이 있다고 하시던데. 괜찮은 거죠?"

"네, 그렇긴 해요."

히카루는 애매하게 대답하면서 서류를 펼쳤다.

"케이크를 커팅한 다음 두 분이 나눠 드실 때는 어떤 아이템을 쓰시겠어요? 가장 인기가 많은 건 빅 스푼이거든요. 피로연 퇴장은 누구랑 하시겠어요? 친한 친구분이랑 하시는 것도 괜찮고요. 그리고 메인 연출 말인데요……."

"'프루츠 칵테일'로 할 겁니다."

"프루츠 칵테일······이요?"

"각 테이블을 돌면서 유리병으로 하객분들께 과일을 조금씩 받아서, 마지막으로 저희가 술을 따르는 거죠."

"과일이 들어간 유리병에 술을요······? 아아, '과실주 라운드' 말이군요. 미노 씨가 프르츠 칵테일이라고 안내해 드렸나요? 네? 1만 엔이라고 했다고요?"

프르츠 칵테일의 정식 상품명은 과실주 라운드였다. 그리고 가격도 3만 3000엔. 모든 게 다 잘못 소통되고 있었다. 그래도 마음을 다잡고 노마구치 커플의 표정을 살피며 원하는 내용을 쭉 메모해 나갔다.

결혼식까지 남은 시간은 18일. 노마구치 커플을 보내고 나면, 웨딩 아이템을 취급하는 회사에 발주를 넣어야만 한다. 히카루는 피로연 진행서를 최대한 채워나갔다.

"지금까지는 정말로 결혼식을 하는 건가 싶을 만큼 꿈만 같았는데, 오늘에야 실감이 나네요. 정말 감사합니다."

슈헤이가 웃으며 말했다.

"당연히 그러시겠죠. 처음 경험하는 일이니까 좀처럼 상상하기 힘들 거예요. 하지만 결승점까지 이제 얼마 남지 않았어요. 우리 함께 즐겁게 달려가 보죠!"

히카루는 미소로 커플을 배웅한 뒤에 마이가 있는 사무실로
달려갔다.

"보여줘."

마음이 급했음에도 차분하게 진행서를 받아든 마이는 서류를
넘기며 지시를 내렸다.

"호노카, 미노 씨의 스케줄을 확인해 줘. 아이하라는 사회자
가 누구인지 확인하고."

"미노 씨는 다른 건으로 미팅 중이에요."

"사회자는 히로타 씨예요."

히카루와 호노카는 잘 훈련된 병사처럼 자세를 바로하며 막힘
없이 대답했다.

"히로타 씨면…… 아아, 그 신입 사회자 말이구나. 알았어."

마이는 그렇게 말하며 수화기를 들었다. 그와 동시에 히카루
에게 눈짓하며 화이트보드에 적힌 미노라는 이름을 가리켰다. 그
녀의 눈빛이 '도망 못 가게 해'라는 말을 하고 있었다.

"하르모니아의 키스기입니다. 지난번에 말씀드린 건 말인데,
역시 빅 스푼으로 결성됐어요. 26일까지요. 네, 전에 견적 낸 거
랑 동시에 납품해도 괜찮아요. 시간에 맞춰주실 수 있나요? 네,
정말 감사합니다."

"하르모니아의 키스기입니다. 지난번에 말씀드린 페이퍼 아이템 말인데, 26일로 확정됐거든요. 모레 교정 올라와요? 네, 감사합니다."

"키스기입니다. 노마구치 씨의 피로연 연출, 과실주 라운드로 정해졌어요. 자세한 건 내일이나 늦어도 모레까지요. 1만이요……? 죄송해요. 과일 발주량은 그때 다시 말씀드릴게요. 잘 부탁드립니다."

"히로타 씨? 미안, 우리 쪽에서 진행서가 아직 안 갔지? 진행서가 일부 채워졌으니까 미노 씨한테 연락하라고 할게."

마이는 최전선의 지휘관 같았다. 히카루가 넋 놓고 마이를 보고 있을 때 우에노에서 가장 위기에 빠진 남자가 돌아왔다.

"미노 씨, 대체 뭐 하고 있었던 거예요! 노마구치 씨의 피로연 진행, 거의 채워지지 않았잖아요! 아이템 발주는 한 달 전까지 끝내도록 되어 있는 거 몰라요? 왜 아무 말도 안 했어요?"

"오늘, 아니, 오늘 밤에 결정해서 사회자분한테 보내려고 했는데요. 슈헤이 씨가 아내를 위한 서프라이즈 이벤트를 준비하느라 아직 결정 못 한 부분이 있어서……. 어떻게든 재촉하려던 참입니다. 빨리 정했어야 하는데 말이죠."

"하는데 말이죠라니……."

어김없이 무책임한 모습에 히카루는 할 말을 잃었다.

"그걸 조정하는 게 웨딩 플래너의 역할 아니에요? 진행서는 아까 아이하라가 채워뒀으니까 확인해요. 나머지는 모레 오오모리 씨가 참석하는 회의에서 이야기할게요. 다들, 해산."

히카루를 비롯한 직원들은 마이의 기세에 압도당한 것처럼 뿔뿔이 흩어지고 있었다.

#○7

"어떻게 된 건지는 키스기에게 들었어."

아침 회의에서 오오모리 팀장이 묘하게 조용한 말투로 입을 열었다.

"미노, 발주는 1개월 전, 확인은 일주일 전하고 사흘 전이잖아. 이런 식이면 사고가 날 수밖에 없어. 대체 뭐 하는 거야? 그리고 아이하라, 고마웠어."

"아닙니다."

무거운 분위기였다. 호노카는 오른손으로 자기 머리카락을 정신없이 만지작거렸다.

"미노 씨에게 한 번 제대로 책임을 물어야 할 것 같은데요. 예식부는 고객과 직접 맞닿아 있는 부서예요. 회사에서도 적재적소라는 말의 의미를 모르진 않을 텐데요.”

“후지타, 그런 문제는 나중에 얘기하자고. 미노, 다른 미흡한
부분은 없는지 고객님께 다시 확인해 봐. 네가 책임지고 사고 없
이 마무리하는 거야. 다른 사람들도 자기가 맡은 일을 다시 꼼꼼
히 확인해 봐. 익숙한 대로 진행하지 말라고.”

“이제부터는 괜찮을 겁니다.”

미노에게 전혀 위기감이 없다는 게 무서울 정도였다. 대체 이
런 괴물 같은 멘탈은 어떻게 생겨난 걸까. 히카루가 끼어들었다.

“저도 미노 씨하고 함께 미팅에 참여할까요?”

“안 돼. 전에도 말했지만, 그런 식으로 대처하면 고객이 불신
할 수밖에 없어. 담당자가 대체 누구인 거냐, 처음부터 아이하라
씨에게 맡길 걸 그랬다 하는 이야기가 나오면 미노의 체면이 완전
히 구겨지게 돼. 아이하라의 위치는 미노에게서 요청이 있을 때
지원하는 역할이라는 걸 명심하도록.”

“아이템 발주는 무리해서라도 기한 내로 맞춰달라고 했어요.
페이퍼 아이템도 기한까지 보내준다고 했고요.”

“알았어. 키스기도 수고가 많았겠군. 고마워. 그럼 일단, 다들
각자 맡은 업무도 많을 테니까 여기까지 하도록 하지.”

다들 업무를 보러 돌아갔지만, 마이는 혼자 오오모리의 책상
앞에서 움직이지 않았다.

"그때 저도, 후지타 부팀장도 말씀드렸지만, 역시 미노 씨는 이 부서에 맞지 않아요. 담당자로서 책임감이 부족한 데다 문제를 숨기고 보고도 하지 않는데 저희가 대응할 방법이 없잖아요."

"회사 내의 정치라는 게 많이 복잡해. 이해해 달라곤 안 하는데, 그냥 그렇다고 알고 있으라고."

"그럼 앞으로 결혼식 당일까지 팀장님이 미노 씨를 철저히 관리해 주세요. 고객님께 폐를 끼칠 수는 없으니까요."

"알았어."

말은 그렇게 해도 오오모리와 부팀장들, 그리고 모든 웨딩 플래너가 매일 일손이 부족한 가운데 바쁜 업무에 쫓기고 있었다. 예식부뿐만 아니라 기획실과 레스토랑부, 그리고 피로연 상차림과 답례품을 담당하는 서비스부도 마찬가지다.

서비스부의 팀장인 코엔지 히데미는 30년 경력을 자랑하는 베테랑이다. 그녀는 화려한 이력보다도 위압적일 만큼 큰 목소리 때문에 호텔 내에서 꽤 유명한 존재였다. 다른 부서 사람에게도 단호하게 할 말을 하는 탓에 종종 레스토랑부 및 예식부와 마찰을 빚기도 한다. 그런 코엔지 팀장과 미노가 만났으니 당연히 맞지 않았다.

6월 23일, 결혼식 사흘 전의 확인 미팅에서도 그 둘의 대화는 계속 헛돌았다. 코엔지가 확실히 못을 박듯이 확인 사항을 읽어 내려갔다.

"빅 스푼 같은 몇 가지 아이템은 전날 납품받는다고 들었습니 다. 요리 순서는 이렇게 되어 있고요. 답례품 발주가 늦어진 것 같은데, 오늘 고급 쿠키를 납품받기로 했네요. 쿠키를 주문한 이 회사와는 별로 거래한 적이 없었죠?"

"저도 거기 주문한 건 처음입니다."

"특별 메뉴로 코스 요리 외에 롤 초밥을 요청했네요. 어떤 순 서로 내보낼까요?"

"고객께서 구체적인 순서를 지정하진 않으셨는데요. 알아서 해주시죠."

"그쪽에 확인은 해주세요. 무슨 일이 생기면 곤란하잖아요."

"당일에 물어보겠습니다."

"미노는 여전히 글러먹었어. 세부적인 내용이 늘 모호해."

미팅 뒤에 창고로 향하는 코엔지는 잔뜩 짜증이 난 상태였다. 서비스부는 주로 아르바이트생들이 일을 하는 만큼 사전 매뉴얼 을 정확히 짜둬야만 사고가 발생하지 않는다. 그래서 회의 때마 다 불분명하게 답변하는 미노에게 화가 날 수밖에 없었다.

"미노 씨가 주문한 과자, 도착했어요."

창고에 도착하자 아르바이트생이 답례품인 쿠키가 도착했다면서 3단 손수레에 싣고 왔다. 손수레 2층과 3층 선반에 쿠키가 든 종이 박스가 실려 있었다.

이제부터는 사전에 받아둔 카탈로그 기프트북(카탈로그에 실린 선물 중에서 마음에 드는 것을 선택해 받을 수 있는 일종의 상품권_옮긴이)과 결혼을 상징하는 길한 물건을 이 쿠키와 함께 종이 쇼핑백에 넣어야 했다. 코엔지는 손에 든 서류의 작업 담당자명 칸에 여자 아르바이트생의 이름을 적으며 시계를 보았다.

"여기 일 부탁해도 될까? 예식부와의 회의가 조금 길어져서 바로 레스토랑부와 회의하러 가야 하거든. 납품서는?"

"어, 어디 있지……. 아아, 가장 위에 있는 종이 상자에 붙어 있었네요. 여기에 놔둘게요."

아르바이트생이 맨 위의 쿠키 상자에 납품서를 내려놓았다.

"부탁할게. 레스토랑부를 기다리게 하면 그쪽 팀장이 길길이 날뛰거든."

코엔지는 아르바이트생에게 작업을 맡기고 창고에서 나왔다.

남겨진 아르바이트생은 묵묵히 답례품 포장에 몰두했다. 한 시간이 지나자 손수레는 텅 비었다. 맨 위에 있던 납품서까지 말이다. 창고와 서비스부에서는 사라진 납품서를 찾기 위해 난리가 났지만, 납품서는 끝내 발견되지 않았다.

4. D-day

#◉1

6월 26일. 결혼식과 피로연이 드디어 마무리되었다. 결과는 대참사였다.

피로연이 끝난 뒤, 연회장에 남은 신랑 신부는 웨딩 플래너인 미노를 불러내서 긴 시간 동안 무언가를 이야기했다.

그리고 며칠 뒤 노마구치 부부가 하르모니아에 항의 편지를 보내왔다. 히카루는 괴로움, 분노, 슬픔 등 부정적인 감정이 가득 찬 항의 편지를 통해 결혼식 당일에 무슨 일이 있었는지 알게 되었다.

시간은 다시 그날 아침으로 되돌아간다.

#02

아침 일찍 결혼식장에 도착한 노마구치 커플은 피로연장을 꾸미기 위해 미노아로 들어갔다. 하객으로 와준 친구들을 정성껏 맞이하고 싶었기 때문에 오래전부터 그 뜻을 밝혀왔었다. 결혼식 일주일 전 "장식은 되도록 적게 해주세요"라는 미노의 연락을 받고 조금 의아하게 여기긴 했지만, 그럴 수도 있다고 생각했다.

크고 작은 곰돌이 인형 여러 개를 재빨리 배치해나갔다. 인형 중에는 시에리가 몇 달에 걸쳐 직접 만든 것도 섞여 있었다. 피로연 담당인 코엔지와 여자 아르바이트생이 바쁘게 움직였다.

"접수 데스크의 커다란 인형은 피로연이 시작되면 신랑 신부 옆자리로 이동시키는 거죠? 어느 쪽에 놓으면 돼요? 왼쪽? 오른쪽? 제대로 얘기를 해주셔야죠!"

미노의 지시는 두루뭉술했다. 신랑 신부가 있는데도 터져 나온 코엔지의 고성은 통로까지 울려 퍼졌다. 우연히 그 목소리를 들은 히카루가 다급히 끼어들었다.

"5분 정도 시간이 나서요! 저도 도울게요."

히카루는 다급히 장식 도면을 찾았지만 어디에도 없었다.

"도면 어쨌어요?"

"메모라면……."

"메모?"

원래 미팅에서 가장 많은 시간을 할애해야 하는 것이 피로연장의 장식과 그 순서다. 도면에는 인형 같은 아이템의 배치와 동선이 적혀 있어야 했다. 직원들이 그 도면을 토대로 작업을 진행하기 때문이다. 그러나 미노는 그런 중요한 도면을 만들지 않았다.

미노가 잘못한 일이었지만 그걸 따질 시간이 없었다. 다행히 미노아는 그리 큰 연회장이 아니었다. 히카루와 코엔지는 신부에게 판단을 맡겼다. 다만 미팅을 그렇게나 거쳤는데도 신랑 신부 역시 뭘 어떻게 장식할지 제대로 파악하지 못한 눈치였다.

"이 인형을 여기 장식하면 소파가 돋보이면서 귀여울 거예요."

"풍선은 머리 높이까지 오도록 할까요? 무척 멋질 거예요."

미노는 무슨 생각을 하는지 전체를 구경하듯 가만히 서 있었다. 그를 제외한 직원들은 신랑 신부의 의견에 맞춰 재빨리 아이템을 배치했다.

"이제 꽃만 들어오면 완성이네요."

"희망하신 꽃장식 세트는 L 사이즈가 여기랑 여기, S 사이즈가 여기와 여기, 그리고 여기에 배치됩니다."

미노는 이제 와서 실수를 얼버무리려는 듯이 말이 많아졌다. '무능한 플래너일수록 당일에 말이 많다'라는 게 코엔지의 지론이었다. 그러나 그 덕분인지 슈헤이와 시에리는 자신들의 담당 플래너가 얼마나 무책임한지 알아채지 못하고 만족스럽게 다음 일정인 사진 촬영을 준비하러 갔다.

히카루가 그곳에 머무른 시간은 단 5분이었지만 큰 불안을 느끼기에 충분했다.

정오. 하르모니아를 방문한 하객이 프런트에 모이기 시작했다. '주차정산은 어떻게 하나요? 짐은 어디에 맡겨요? 옷은 어디서 갈아입어요?' 프런트 직원과 작은 행렬을 이룬 하객들 사이로 문의가 오갔다.

넓은 로비에는 안내 직원들을 여럿 투입했지만, 많은 하객들을 응대하느라 자리에 없을 때가 잦았다. 그럴 땐 새로 온 하객이 안내를 받지 못해 답답해했다.

"우리 자리는 어디예요?"

신랑 친구 몇 명이 안내 데스크 앞에 모여들었다. 무례함이 느껴지는 말투였기에 직원들은 경계심이 드러나지 않도록 조심하며 신경을 곤두세웠다.

"나중에 자리 배치표를 나눠드리겠습니다."

"아니, 먼저 알고 싶으니까 그러지. 거북한 사람이랑 옆에 앉기 싫으니까. 술도 마실 텐데."

그 순간, 로비에 있던 직원들의 머릿속에서 경보음이 울렸다.

오늘의 고객은 만만치 않았다. 대화를 지켜보던 다른 직원이 재빨리 자리 배치표를 들고 돌아왔다.

"이제 곧 기념 촬영이 있습니다. 20분쯤 뒤에 예식장 앞에 모여주세요."

그들은 프로다운 미소를 지으며 자리 배치표를 나눠주었다.

피로연장 장식이 끝나고 하객 접수도 끝난 뒤, 하객과 신랑 신부의 기념 촬영이 시작되었다.

"서 있는 위치가 웨딩 플래너님께 들었던 것과 정반대인데요."

"아뇨, 이 위치가 맞아요."

사진작가와 신랑 사이에 짧은 대화가 오갔다. 미노의 실수는 정말 구석구석에까지 영향을 미치고 있었다.

그렇게 해서 드디어 결혼식이 시작되었다. 그런데 무슨 일인지 예식장에 입장하라는 안내가 늦어지면서 하객들 사이에서 낮게 웅성거리는 소리가 흘러나오기 시작했다.

"접수는 우리가 먼저 했는데, 왜 저쪽 사람들이 먼저 들어가는 거야?"

서양식 예식장 옆에 위치한 전통 혼례장에서도 다른 커플이 식을 올렸는데, 그쪽 하객들이 먼저 입장하고 있었다. 현장 직원들은 미노의 허술한 일 처리를 저주했다.

기념 촬영은 간신히 끝마쳤지만, 미노의 불충분한 지시서가 또 한 번 혼란을 야기했다. 평소의 순서대로라면 예식장에 직행해서 식을 올려야 하는데, 대기실로 돌아가게 되어 있었던 것이다. 의아하게 생각하면서도 안내를 마친 가이드 직원은 역시 이상하다는 듯이 시계를 확인했다. 시간상으로는 아무리 봐도 예식장에 직행하는 게 맞았다.

"한숨 돌리셨으니까, 이제 예식장으로 이동하실까요?"

"지금부터요? 알겠습니다."

버벅거리는 것도 한두 번이면 웃어넘길 수 있겠지만, 이 정도면 '이번에도 엉망이네. 이쪽도, 저쪽도'라는 생각이 드는 게 사람 심리다.

그렇다. 이건 오늘 벌어진 일의 서막에 불과했다.

#○3

히카루는 이날도 로비에서 신규반 업무를 담당하고 있었다. 손 밑에 숨겨둔 스마트폰으로 SNS를 확인했다. '오전은 간신히 넘겼는데, 왕우울'이라고 올린 게시물에 게임 친구들이 달아준 '오늘이 그 결혼식?'이라는 댓글에 다시 댓글을 달았다.

'토모에 고젠한테 잠깐 접수를 맡겨놓고 초반만 보고 오려고.'

히카루는 재빨리 답글을 쓰고 나서 마이 쪽을 돌아보았다.

"토모에 고젠, 잠깐 예식장 쪽 좀 보고 올게요."

"알았어. 오늘은 신규 고객도 얼마 없으니까 다녀와. 그리고 아이하라."

"네?"

"토모에 고젠은 회사 밖에서만 쓰도록 해."

"죄송합니다!"

히카루는 종종걸음으로 엘리베이터로 향했다. 서둘러 통로를 빠져나와 예식장에 도착했다. 뒤를 보니 호노카도 서 있었다.

"노마구치 씨 커플이 드디어 디데이를 맞이했네요."

"그래. 조금 특이한 경우지만 마무리가 좋으면 다 좋은 거겠지."

우여곡절이 많았던 슈헤이와 시에리, 미노의 긴 마라톤은 드디어 결승점을 향해 달려가고 있었다. 식은 평범하게 진행되는 것처럼 보였다. 히카루와 호노카는 각자의 위치로 돌아왔다.

그런데 그 직후, 결국 결정적인 '사고'가 터졌다.

"노마구치 슈헤이 씨와 아소 시에리 씨는……."

사회자가 신부의 결혼 전 성씨를 읽어 내려간 순간, 신랑 슈헤이의 얼굴은 붉게 달아올랐고, 시에리의 얼굴은 점점 창백해졌다.

"여기서 떠올려야 할 사실은 노마구치 씨 부부가 첫 방문부터 계약까지 4개월이 걸렸다는 점이야. 시에리 씨의 SNS를 보면 시에리 씨는 지극히 감상적이었어. 신부 가족이 결혼식에 참석하지 않기로 했고 일정과 연회장이 결혼식 3개월 전에 변경되었어. 이것만 봐도 뭔가 큰 문제를 극복하고 오늘의 결혼식을 맞이했다는 사실을 쉽게 상상할 수 있잖아?

미노 씨 역시 모든 사정을 알고 있었어. 신부가 아버지와 크게 다툰 끝에 인연을 끊을 각오로 결혼식을 치른다는 것을. 그런 신부의 사정을 배려해서 신랑 가족도 오늘 결혼식에 참석하지 않았을 정도였어. 신랑도 '아내는 조금 유명한 사람이니까 사생활을 지켜달라'며 결혼식과 피로연에서 개인사가 최대한 드러나지 않도록 조심해 달라고 요청했어.

방문 횟수만 서른 번에 1년이 넘는 긴 시간 동안 진행된 미노 씨의 결혼식 준비는 결정적인 부분에서 실수를 드러냈어. 신부의 결혼 전 성씨는 어떤 상황에서도 언급하지 말아달라고 부부가 신신당부했건만 이걸 사회자를 포함한 당일의 결혼식 스태프들과 전혀 공유하지 않았던 거야."

언젠가 치나츠가 예언한 대로 결혼식은 대참사로 마무리되었다.

결혼식을 마친 슈헤이는 옆에서 담소를 나누던 현장 스태프를 붙잡았다. 슈헤이 눈에 결혼식을 망치고 옆에서 웃고 떠드는 직원들의 태도는 말도 안 되게 무책임해 보였다.

"당신들, 뭘 잘했다고 실실 떠드는 거야!"

갑자기 거칠게 어깨를 붙잡힌 직원은 그 기세에 눌려 꼼짝도 하지 못했다. 그때까지만 해도 현장 직원들은 식장 측에 중대한 과실이 있었다는 걸 전혀 알아차리지 못했다.

"우린 이런 데서 피로연 못 해! 돈은 한 푼도 못 내니까 그런 줄 알아! 당장 그 웨딩 플래너 불러와!"

하객들 앞이라 목소리를 낮추고는 있었지만 슈헤이는 결국 분노를 폭발시키고 말았다.

히카루는 웅성거리는 소리를 듣고 예식장으로 달려왔다. 그러나 바로 미노가 나타나서 히카루가 상황을 이해하기도 전에 노마구치 부부를 데리고 다른 방으로 들어가 버렸다. 그 안에서 무슨 대화가 오가는지는 아무도 알 수 없었다.

결혼식이 끝나고 피로연이 시작될 때까지 로비에서 간단한 음료 등이 제공되는데, 보통은 30분 만에 끝나야 하는 대기 시간이 한 시간이나 걸리고 말았다.

슈헤이는 나중에 TV 인터뷰에서 이렇게 말했다.

"지금 생각해 보면 표현이 지나친 부분도 있었지만, 그때 '이런 곳에서 피로연 못 하겠다'라는 말은 진심이었습니다. 돌이킬 수 없는 실수를 저지른 점에 대해 식장 측이 어떻게 책임을 져줄 건지, 확실히 답변해 주기 바랍니다. 애초에 식장 측은 시에리의 이름도 계속 잘못된 한자로 적었습니다. 마을 리(里)로 써야 하는데 다스릴 리(理)로 적었죠. 실수를 지적하는 게 미안해서 지금까지 아무 말도 안 했지만, 그것만 봐도 우리를 도무지 중요하게 생각하지 않는다는 느낌을 계속 받았습니다."

이름 문제는 처음에 응대한 히카루의 잘못이었다.

"사고 쳤어. 이건 내 실수야."

다른 담당자였다면 어느 시점에는 오류를 알아챘을 것이다. 부부의 이름을 확인하는 건 업무의 가장 기초적인 부분이기 때문이다. 그러나 미노는 원부의 확인 등 모든 과정을 소홀히 했다. 그래서 실수는 계속 거기 남아 있었고 마지막까지 사라지지 않았다.

#04

"잠깐 커튼 좀 칠게! 안쪽으로 들어와요."

슈헤이는 미노의 사과로 간신히 화를 억누르고는 피로연 의상으로 갈아입기 위해 메이크업실에 들어갔다. 그곳에서 그를 맞이한 것은 강한 어조의 목소리였다. 목소리의 주인공은 메이크업실의 베테랑 여직원이었다.

그때 또 다른 커플이 들어왔다. 미노와 슈헤이의 대화가 길어진 탓에 갑자기 두 커플의 시간대가 겹친 것이다. 슈헤이가 예정보다 늦게 메이크업실에 오면서 일정이 꼬여버렸다.

메이크업실은 말 그대로 머리 세팅과 의상을 담당하는 부서로 다들 베테랑이다. 오래 일하다 보니 생긴 습관인지 몰라도 그녀들의 태도는 다소 '거칠고 무례하다'는 항의를 받을 때가 많았다. 호텔 측에서도 그때마다 주의를 주지만 좀처럼 개선되지 않는 것을 보면 그게 원래 성격인 듯했다.

그런 분위기에 익숙하지 않은 신랑 신부들은 불만을 잠시 눌러 담은 채 마지못해 직원의 지시를 따르곤 했다. 노마구치 커플역시 마찬가지였다.

"불안과 즐거움 속에서 슈헤이 씨와 이것저것 이야기하고 싶었는데 각각 다른 탈의실로 밀어 넣었어요. 게다가 정성껏 만든 소중한 면사포에 살짝 흠집이 나 있더군요. 분명 면사포를 벗길 때 생긴 거예요. 무척 슬펐어요."

나중에 시에리는 그렇게 이야기했다. 그녀가 첫 미팅 때부터 드러냈던 면사포에 대한 상당한 애착심을 웨딩 플래너라면 당연히 알아챘어야 했다. 정말 문제투성이의 결혼식이었다. 게다가 슈헤이는 이렇게 생각했다.

'호텔 측에서 이야기하지 않았나? 예식장은 하루에 한 커플만 쓸 수 있다고?'

사실 슈헤이는 약간의 착각을 하고 있었다. '다른 커플과 함께 들어가지 않는다'라는 사실을 '전세'의 개념과 혼동한 것이다. 하르모니아 호텔에서는 하루에 전통 혼례 두 쌍, 서양 예식 두 쌍 정도가 식을 치른다. 즉 하루에 네 쌍인 셈이다. 다만 호텔 측에서 시간을 잘 조정해서 다른 커플과 메이크업실 같은 공간에서 마주치지 않도록 배려하고 있다.

하르모니아의 '다른 예식과 겹치지 않고, 그 층을 온전히 사용하실 수 있습니다'라는 설명은 확실히 달콤하게 들렸을 테고, 슈헤이는 '우리만의 특별한 날'이라고 생각하며 '오늘은 우리가 여길 전세 냈다'라는 인식을 품게 된 것이다.

애초에 미노도 슈헤이에게 "두 분의 피로연 전에 연회석 일정이 있습니다"라고 말해두었다. 그러나 슈헤이는 '연회석'이라는 말이 익숙하지 않아 그리 깊게 생각하지 않고 '회의 같은 것' 정도로 받아들였다. 게다가 신랑 신부에게 "화장실에 갈 때나 목이 마를 때는 식장 직원에게 미리 말해주세요"라고 했음에도 슈헤이는 아무 말도 없이 멋대로 화장실에 갔다. 물론 긴장되는 날이니 그럴 수 있지만 미노의 안일한 일 처리가 거듭된 끝에 원래 있어서는 안 될, 두 쌍의 커플이 서로 마주치는 사태가 발생하고 말았다.

이때부터 슈헤이는 직원들에게 항의했다. 메이크업실 담당 직원도 이때만큼은 정중하게 이야기를 경청하고 사죄의 말을 꺼냈다.

미노의 크고 작은 실수에 더해 불친절한 메이크업실, 실실 떠드는 것처럼 보인 직원들, 슈헤이의 막연한 오해와 규칙 위반으로 문제가 확대되었고, 실제로 발생한 실수 이상으로 노마구치 커플의 불신은 커져만 갔다.

그래도 이날 몇 번째인지 모를 미노의 사과도 있었고, 무엇보다 '오늘만큼은 특별한 날이니까'라는 생각으로 노마구치 커플은 많은 불만을 억누른 채 피로연장으로 향했다.

"지금 신랑 신부가 입장합니다."

활짝 열린 문 너머는 아찔할 만큼 눈이 부셨다. 이윽고 눈이 조명에 적응하고 나자 뜨거운 박수를 보내는 마흔 명의 친구, 직장 상사의 모습이 보였다.

슈헤이와 시에리의 얼굴에 미소가 돌아왔다. 조금 어수선하긴 했지만, 오늘 이때만큼은 두 사람에게 인생 최고의 순간이었다.

#○5

신부 측 내빈석에는 박수를 보내면서도 연회장 전체를 관찰하는 여성이 있었다. 신부의 초대를 받고 이 자리에 앉아 있으면서도 연회장의 넓이와 하객들의 모습을 이리저리 둘러보고 있었다. 테이블 옆으로 시에리가 지나갈 때는 열심히 박수와 미소를 보내다가도 신랑 신부가 자기 자리, 즉 중앙의 소파에 도착하자 다시 꽃이나 장식을 관찰하기 시작했다.

"소박하네. 신랑 측 하객은 정말 시끄러운 사람이 많고."

네기시 키미에, 32세. 꽉 끼는 느낌 없이 움직이기 편한 남색 원피스를 고른 건 네 살짜리 딸을 데려왔기 때문이다. 키미에는 신부와 초등학교 시절부터 친구였고 이 자리에서는 시에리와 가장 친한 사이라고 할 수 있었다. 몇 가지 사정으로 남편과 별거 중이긴 하지만 쉽게 말해 결혼식과 피로연에 관해서는 시에리보다 선배인 셈이며 시에리가 자주 조언을 구하면서 많은 것을 털어놓은 상대였다.

시에리와 만날 때마다 "키미에, 표정이 심각해"라는 말을 듣지만, 육아와 일을 병행하다 보면 이런 얼굴이 될 수밖에 없다. 화장이나 옷도 옛날처럼 신경 쓰기 힘들어진다. 언젠가 시에리도 그걸 이해할 날이 올 것이라고 말해주고 싶지만, 아무리 오랜 친구

사이라 해도 결혼을 앞둔 사람에게 그런 말을 꺼낼 수는 없었다.

"저 테이블은 사람들이 없어졌네. 의자 들고 다른 데로 갔구나. 저쪽 테이블은 회사 상사들인 것 같고."

키미에의 딸은 집에서 가져온 그림책만 열심히 보고 있었다. 피로연장에는 아는 친구가 없어 키미에는 짧은 머리카락을 흔들며 혼자 사람을 관찰하는 게임을 즐길 수밖에 없었다.

"저 투명한 플라스틱 보관대는 뭐지?"

예리한 관찰력이었다. 보통 사람 같으면 신경조차 쓰지 않았을 테지만, 그건 코엔지가 미처 정리하지 못한 부케 보관대였다.

피로연은 열기로 가득했다. 술이 들어가서인지, 이리저리 돌아다니는 사람이 많아지고 있었다. 미노는 피로연장 뒤쪽의 바 카운터 근처에서 그 모습을 지켜보고 있었다. 결혼식에서 많은 실수를 저질렀기 때문에 오오모리가 "피로연 때는 그 자리에 꼭 붙어 있어"라고 지시한 것이다.

바 카운터의 바로 옆 주방에서는 레스토랑부와 서비스부가 바삐 움직이고 있었다. 레스토랑부가 완성한 음식을 코엔지 이하 서비스부 직원들이 순서대로 가져다 날랐다. 전채요리, 새우 비스크, 뜨끈한 해산물 요리와 육류 요리. 그러나 피로연장 안에서는 다들 마음대로 자리를 바꾸어 앉았기에 서비스부는 서빙에 어려움을 겪고 있었다. "이쪽 분은요?"라는 목소리가 여기저기서 들려왔다.

키미에는 자신과 딸이 마실 음료를 주문하려고 했지만, 직원은 아이가 마신다는 말을 알아듣지 못하고 '무알코올 칵테일'을 안내했다.

"죄송한데요, 음료는 없나요?"

"잠시만 기다려주세요. 금방 갖다 드릴게요."

사소하지만 바람직하진 않은 혼란이었다. 음료 메뉴는 미노가 깜빡하고 준비하지 못했다. 나중에 드러난 사실이지만 미노는 음료 메뉴도 신랑 신부가 선택한 것보다 한 단계 낮은 사양으로 발주한 탓에 종류가 적었다. 게다가 미노는 여전히 음식을 날라 오는 모습을 멍하니 바라보고만 있었다.

하객들이 제멋대로 자리를 옮겨 다니는 게 점점 심해지면서 이제 자리 배치표는 의미가 없어졌다. 덕분에 마이가 신입이라 칭한 여성 사회자 히로타도 진땀을 빼고 있었다.

서비스부도 혼선을 겪기는 마찬가지였다. 레스토랑부가 정성껏 만든 특별 메뉴인 애니메이션 캐릭터가 그려진 롤 초밥도 나왔지만, 각 테이블에서 방치되고만 있었다.

"하객 중에 어린아이도 있다면서 애니메이션 캐릭터 롤 초밥을 요청한 건데 말이지. 나였다면 노마구치 씨와 상의해서 초반에 내놨을 거야. 그러지 않으면 아이들은 코스 요리에 금방 싫증을 내거든. 그리고 그 정도로 자리를 마음대로 옮겨 다니는 피로연은 거의 들어본 적이 없어. 코엔지 씨랑 서비스부가 고생 많았겠지. 미노 씨가 피로연장의 분위기를 잘 정리해 줬다면 좋았을 텐데."

소란스러운 피로연장에서 어떻게든 분위기를 이끌어가야겠다고 생각한 사회자 히로타는 본인이 정리한 식순대로 축전을 읽어 내려갔다. 그러나 이것 또한 실수였다. 사전에 축전은 읽지 않기로 정해두었기 때문이다. 슈헤이가 "어?" 하고 당황했을 때는 축전을 두 통이나 이미 읽어버린 뒤였다.

결혼식 전에 히로타는 최종 진행표를 정리하려고 미노의 연락만 기다렸지만, 여전히 미정이거나 보류된 사항이 많았던 탓에 그녀로서는 일단 정석대로 임시 진행표를 정리할 수밖에 없었다. 막판에 도착한 피로연 진행서를 토대로 간신히 최종 진행표를 작성해서 미노에게 다시 보냈지만, '축전은 읽지 않는다'라는 내용은 체크되지 않았다. 게다가 축전을 읽지 않을 때는 한눈에 알아볼 수 있도록 직원 대기실의 축전 수납 상자에 커다란 'X'자가 인쇄된 종이를 붙여놔야 하지만 미노는 그것조차 잊어버렸다.

결국 결혼식에 이어 피로연에서도 슈헤이의 분노가 재점화되었다. 하객들은 그런 사정도 모른 채 축하 반, 놀림 반으로 신랑 신부가 앉은 소파 주변에 몰려들었다.

"축하해! 자, 한잔하라고."

"이번엔 내 잔 받아."

주인공인 두 사람보다 하객들이 더 신나 있었다. 다만 이런 축하의 분위기 속에서도 꼭 찬물을 끼얹는 선배가 있기 마련이다.

"꽃이 이게 뭐야? 더 화려하게 꾸몄어야지!"

사실 슈헤이 본인도 그렇게 생각하고 있었다. 확실히 예상보다 꽃장식이 적은 것 같다고 말이다. 꽃에 사용한 예산은 15만 엔이었다. 처음에는 20만 엔을 생각했지만 중간에 결정을 바꾼 것이다. 꽃집과의 최종 미팅에서는 "지정하신 장식이라면 15만 엔으로도 가능합니다"라는 답변을 받았다. 그러나 다른 사람이 지적하면 더욱 신경이 쓰이는 법이다. 게다가 이 결혼식장에서 저지른 실수가 이미 한둘이 아닌 상황이었다.

"이래 봬도 15만 엔이나 들었는데요."

슈헤이는 다시 고개를 쳐드는 분노를 억누르고 미소로 대답했지만, 그 선배는 거침이 없었다.

"그 정도 돈이면 더 많이 장식할 수 있었을 텐데? 나 결혼할 때도 비슷하게 들었는데 훨씬 화려했다고."

조금 떨어진 곳에서 그런 대화를 지켜보던 키미에는 메인 테이블과 소파 주변의 꽃장식, 그리고 각 테이블의 꽃장식을 둘러보며 중얼거렸다.

"그러고 보니 꽃이 빈약하긴 하네."

그녀는 스마트폰으로 사진을 찍어 SNS에 올렸다. 실명 등의 개인정보를 숨긴 '나스비'라는 명의의 계정이었고, 주로 남편과 육아에 대한 불평과 고민을 공유하는 사람들끼리 서로를 팔로우하고 있었다. 흔히 말하는 육아 계정이었다.

[#현실친구결혼식 꽃 찍어봤어!]

사진을 올린 게시물에 자세한 내용은 적지 않았다.

한편 피로연은 길어질 대로 길어져서 벌써 세 시간째가 되어가고 있었다. 피로연장에서는 그제야 커피와 커팅된 웨딩 케이크가 나오기 시작했다. 갈 곳 잃은 롤 초밥을 발견한 한 여성 하객이 코엔지에게 말을 건넸다.

"이렇게 소란스러운 피로연도 좀처럼 없을 거예요."

코엔지가 살며시 미소 지으며 대답했다.

"즐거운 피로연이네요."

"손을 대지 않은 초밥은 버리기 아까우니까, 남자들이나 아이들이 있는 테이블로 옮겨주시겠어요?"

"알겠습니다."

상차림에 고전하던 서비스부에게 그런 말은 너무나 고마울 따름이었다. 코엔지는 사람들이 집중해서 모인 세 개 정도의 테이블에 손도 대지 않은 롤 초밥을 가져갔다. 그러나 키미에는 같은 테이블에 앉아 있던 아이들(그중 한 명은 네 살짜리 자기 딸이었다) 앞에 초밥을 놓는 걸 보고 비아냥거리듯 중얼거렸다.

"커피를 내놓으면서 케이크가 아니라 초밥? 이걸 후식으로 먹으라고?"

별거 중이긴 해도 어쨌든 결혼식 경험자라는 자부심 때문일까. 키미에는 왠지 모르게 독설 평론가처럼 굴고 있었다.

실수투성이 피로연도 끝을 향해 달려가고 있었다. 답례품이 준비되고 자리를 뜨는 사람들도 나오기 시작했다.

식장 측에서는 답례품 준비에도 신경을 많이 써야 했다. 피로연을 많이 경험해 본 사람은 알 테지만 축의금 액수에 따라 내용물, 특히 카탈로그 기프트의 수준이 달라지기 때문이다. 특히나 오늘은 피로연장이 평소보다 혼란스러웠다. 직원들은 침착하게 이름을 확인하면서 하객들에게 종이 쇼핑백을 나눠주고 있었다.

코엔지는 완전히 녹초가 되고 나서야 한숨 돌릴 수 있었다. 실수의 대가로 현장에 쭉 붙어 있으라는 지시를 받은 미노는 마지막까지 멍하니 피로연장의 풍경과 사회자의 진행 솜씨를 구경하고 있었다. 이때까지도 그는 자신이 얼마나 많은 실수를 저질렀는지 전혀 자각하지 못했다.

그러나 그리스 신화에 등장하는 복수의 여신 네메시스가 아직 조화의 여신 하르모니아를 용서하지 못한 걸까. 결국 최후의 불행이 들이닥쳤다. 하객 중 한 사람이 자신의 종이 쇼핑백 안에서 답례품의 납품서를 발견한 것이다. 23일의 답례품 포장 작업에서 분실된 봉투가 하필이면 이 시점에 발견되고 말았다.

발견한 하객은 센스 있게도 즉시 슈헤이에게 달려가 슬며시 봉투를 건넸다.

"이런 봉투가 함께 들어 있었어. 가격이 적혀 있던데. 이런 문제는 결혼식장 쪽에 제대로 이야기해야 해."

"뭐? 납품서? 어, 정말 고마워."

봉투를 건네받은 슈헤이는 더 이상 말을 잇지 못한 채 친구를 배웅했다. 평생 한 번뿐인 결혼식에서 이 정도로 발목이 잡힌 노마구치 커플의 심정을 제대로 이해하는 사람이 과연 몇이나 될까?

미노가 기획한 최악의 결혼식은 간신히 끝났다. 사고 날 게 뻔하다고 말한 사람이 치나츠였던가. 그러나 단순한 사고 수준에서 끝나지 않을 이번 대참사는 이후 하르모니아 그룹 내에서 '미노아의 참극'이라는 이름으로 오랫동안 회자되었다.

#06

피로연이 끝난 26일 저녁, 하르모니아의 회의실에서는 지배인 마츠시게, 예식부의 오오모리 팀장, 미노가 노마구치 부부 앞에 앉아 있었다.

머리끝까지 화가 난 슈헤이는 흥분해서 말도 제대로 나오지 않는 듯했다.

"1년 동안 얼마나 기대했는데, 어째서 이렇게 되어버린 겁니까? 시식회 때 저희 부모님도 참석하신 가운데 마츠시게 씨가 '서비스에는 정말 자신 있다'라고 말씀하시는 걸 보고 믿었던 건데요."

"정말 면목 없습니다."

마츠시게는 미노와 오오모리에게서 어느 정도 보고는 들었지만 모든 사태를 파악한 건 아니었다. 애초에 결혼식 업무를 그 정도로 자세히 알지는 못했고, 어쨌든 지금 그가 할 수 있는 일이라곤 계속 사과하는 것뿐이었다.

"어쨌든 모든 사항을 서면으로 해명해 주시기 바랍니다."

슈헤이의 말이 에어컨으로 싸늘해진 회의실 안에 울려 퍼졌다. 마츠시게와 오오모리는 무겁게 입을 다물었고, 미노는 이미 코를 훌쩍거리며 울고 있었다.

"정말로 죄송합니다. 시에리 씨의 성씨를 숨겨야 한다는 건 알았지만, 인쇄물이나 안내판에만 적지 않으면 된다고 생각했습니다. 예식 시작 때 사회자가 언급하는 정도는 괜찮을 것 같아서…….”

“그게 말이 됩니까! 이번에는 처가 쪽에 여러 사정도 있었고, 아내는 SNS에서도 유명하니까 예전 성씨는 절대 드러내고 싶지 않았단 말입니다!”

식장 측의 세 사람, 특히 미노는 계속해서 고개를 숙였다.

“정말로 죄송합니다.”

지금까지는 어물쩍어물쩍 넘겨왔지만, 이때만큼은 슈헤이의 기세에 눌려 분노를 받아낼 수밖에 없었다.

미노의 오열은 점점 심해졌고, 노마구치 부부는 결국 동정심을 느끼기 시작했다. 그때 마츠시게가 끼어들었다.

“이번 실수는 절대 용서받을 수 없습니다. 다만 미노도 열심히 노력했습니다. 아무래도 다른 한 명의 담당자인 아이하라와 제대로 소통하지 못한 부분도 있는 것 같더군요. 이건 하르모니아 우에노 전체가 짊어져야 할 책임입니다. 미노만 비난하지는 말아주십시오.”

“아이하라 씨는 어떤 역할이었습니까?”

“뭐라고 설명해야 좋을까요. 미노가 두 분 앞에 나서긴 했지만, 아이하라는 첫 담당자였으니까요……. 미노가 제안드린 물품이나 행사 등은 전부 최종적으로 아이하라가 확인해야 하는 위치였다고 할까요?"

'2인 체제'였다는 마츠시게의 설명은 사실과 전혀 달랐다. 그는 단순히 비난의 대상을 분산시킴으로써 상황을 모면하려 한 것이었다. 그러나 그의 안일한 발언은 결정적인 최악의 수가 되고 말았다.

미노도 마츠시게의 말이 끝나기를 기다렸다가 진심 어린 사죄를 했다.

"제대로 진행시키지 못해 정말 죄송했습니다……."

자기보다 나이가 많은 미노가 눈물로 사과하는 모습은 슈헤이로서도 불편할 수밖에 없었다.

"미노 씨가 이렇게 사과하고 계시지만, 어쨌든 저희도 신뢰할 만한 사람을 찾아 상담하고 오겠습니다. 다음번엔 아이하라 씨와도 만나게 해주십시오."

마츠시게는 그건 좀 곤란하다고 거절하는 대신 오오모리에게 지시했다.

"예식부에서 성심성의껏 이야기를 들어드리도록 하세요."

"네."

하르모니아 호텔에 속하긴 해도 예식부는 웨딩월드사의 산하였다.

'하르모니아 본체는 교묘하게 빠져나가 버렸군.'

오오모리는 마츠시게의 약삭빠른 판단에 혀를 내둘렀다.

"세부 사항을 담당 직원들에게 확인하고, 최대한 빠른 시일 내에 다시 사죄와 설명을 드리러 찾아뵙겠습니다."

"알겠습니다. 저희끼리만 참석하면 이해하기 힘든 부분이 있을지도 모르니, 제3자……라고까지는 할 수 없지만 오늘 참석해 준 아내의 친구도 동석하겠습니다. 그래도 되겠죠?"

"물론입니다. 오늘은 많이 피곤하실 테니 가까운 시일 내에 반드시 찾아뵙겠습니다."

노마구치 부부가 회의실에서 나간 뒤에 오오모리와 마츠시게는 TV를 통해 사진부가 촬영한 피로연 동영상을 보기 시작했다. 필요 없는 부분은 빠르게 넘기며 문제되는 장면을 검토해 나갔다. '이 정도로 난장판인 피로연도 흔치 않지'라는 게 오오모리의 솔직한 감상이었다.

"롤 초밥을 내놓는 모습은 영상으로는 확인하기 힘들군요."

"사소한 부분은 내일 검토하세나. 그 부부가 말한 친구라는 건…… 이 사람인가?"

"자리 배치표를 보면 그런 것 같네요."

업무를 마치고 퇴근 준비를 하던 히카루가 회의실 앞을 지나

친 건 마침 그 친구가 영상에 나온 순간이었다.

"먼저 가보겠습니다⋯⋯."

히카루는 말을 걸어도 되나 분위기를 살피면서 열린 문 안쪽
으로 두 사람에게 인사했다.

"그래, 아이하라. 오늘은 수고 많았어."

오오모리는 동영상을 정지시켰다. 정지된 화면에는 떠들썩한
피로연장의 모습이 찍혀 있었다. 돌아다니는 사람, 옆 사람과 웃
고 떠드는 사람, 잔뜩 멋을 부린 어린아이들, 그리고 고개를 살짝
숙인 채 스마트폰을 조작하는 여자가 있었다.

"⋯⋯이만 가보겠습니다."

"내일 보자고."

폭풍 같은 하루가 이렇게 끝났다.

오오모리는 마츠시게의 옆얼굴을 힐끗 보았다. 그 자리를 모
면하기 위해서라고는 해도 아이하라의 이름을 꺼낸 건 실수였다.
하지만 앞으로의 일은 내일부터 생각해도 될 것이다. 사람을 상
대하는 장사에선 이런 일이 늘 따르기 마련이다. 그래도 열심히
사과하다 보면 어떻게든 된다. 지금까지도 그래왔다. 그렇다, 지
금까지는 그랬다는 말이다.

5. 싸움의 서막

#01

사흘 후인 6월 29일, 노마구치 부부의 신혼집 근처에 있는 패밀리 레스토랑에 사람들이 모였다. 시에리의 요청이었다.

상석에는 노마구치 부부와 시에리의 부탁으로 동석하게 된 키미에가, 하석에는 하르모니아 측의 마츠시게와 오오모리, 그리고 미노가 앉았다. 최대한 부드러운 분위기를 조성하기 위해 오오모리가 느긋한 말투로 입을 열었다.

"이렇게 시간을 내주셔서 정말 감사드립니다. 저도 이른 나이에 결혼을 해서 신랑으로서 결혼식과 피로연을 이끌어가는 게 얼마나 힘든 일인지 잘 압니다. 슈헤이 씨와 시에리 씨가 지금 어떤 심정인지, 전부 편히 말씀해 주세요."

조금 작위적인 말투였지만 양쪽의 공통점을 제시함으로써 슈헤이의 공감을 얻어내려는 의도였다.

"이쪽은 저희가 가장 신뢰하는 친구인 네기시 키미에 씨입니다. 피로연에도 아이를 데리고 참석해 줬죠. 키미에 씨도 오늘 저희와 함께 이야기할 겁니다."

이건 사전에 노마구치 부부가 요구한 부분이었다. 결혼식과 피로연에 관해 많은 조언을 해준 친구니까 도움을 받겠다는 것이었다.

이번 미팅에 나와달라는 친구의 부탁을 받고 키미에의 마음에 생겨난 것은 '나는 곤란에 빠진 사람을 도울 수 있다'라는 정의감이었다. 피해자 편에 서지만 아무런 책임을 지지 않아도 됐기에 키미에의 마음은 쉽게 고양되었다. 물론 약간의 우월감도 섞여 있었다.

"지난번 피로연은 정말 이상한 부분이 많더군요. 이제 곧 결혼하는 친구들도 있는데, 이런 식이면 결혼식 같은 건 의미가 없지 않냐고 취소한 사람도 있을 정도예요."

네기시 키미에는 과장을 섞어 말했고, 하르모니아 측에선 전혀 반박할 수 없었다.

"저희의 질문은 사전에 보내드린 그대로입니다."

"네, 전부 현장에서 당사자에게 확인했습니다. 직접 녹음도 했고요."

슈헤이 부부가 보낸 질문은 서른 가지나 되었다. 기념 촬영 이후 식장으로 안내가 제대로 되지 않은 점, 사회자가 결혼 전 성씨를 언급한 점, 축전을 읽은 점, 이해할 수 없는 순서로 음식이 제공된 점, 답례품 쇼핑백 안에 납품서가 섞여 들어간 점 등이 질문지에 빼곡하게 적혀 있었다.

"실수가 한두 가지였으면 이것도 추억이다 생각하고 넘겼겠죠. 하지만 이 정도로 많이 거듭되다 보니 이것도 이상하고 저것도 이상했다고 계속 생각이 났습니다."

"지당하신 말씀입니다. 두 분의 기분이 어땠는지가 가장 중요하니까요."

"가장 슬펐던 건 면사포였어요. 결혼식에 오지 못한 가족들에 대한 마음을 담아 정성껏 만들었거든요. 평생에 한 번뿐인데……."

이 문제에 대해 호텔 측의 세 남자는 사과의 말조차 꺼내지 못했다. 그런 상황과 심정 속에서 탄생한 면사포일 줄은 전혀 몰랐기 때문이다. 열심히 사과하면 다 해결될 거라는 오오모리, 아니, 세 사람의 생각은 '결혼식에 오지 못한 가족들에 대한 마음'이라는 말에 맥없이 꺾이고 말았다.

면사포의 흠집은 누구 때문에 생긴 건지 증명할 길이 없었다. 어디서 흠집이 났는지를 알아낼 방법이 없기 때문이었다. 그럼에도 외부 물품에 대한 관리 책임 역시 호텔 측에 있었다. 세 사람 중에서 오오모리만 간신히 목소리를 쥐어짜냈다.

"그 점에 관해서는 뭐라 사과드려야 할지 모르겠습니다. 정말 죄송할 따름입니다."

무거운 분위기 속에서 침묵을 깨뜨릴 권리는 노마구치 쪽에만 있었다.

"정말 말도 안 되죠. 메이크업실 일정을 다른 팀과 동시에 잡으면서 혼란이 생겨났고, 그런 가운데서 누군가가 부주의하게 다룬 거라고 생각합니다. 그리고 저희를 슬프게 했던 건 청첩장 디자인입니다. 아이하라 씨는 셀프 디자인을 사용할 수 있다고 했어요. 이후에 아내는 청첩장 디자인에도 상당한 시간을 들여서 열심히 만들었습니다. 그런데 그다음 미팅 때는 불가능하다고 하더군요. 이런 식이면 뭣 때문에 그렇게 미팅을 자주 한 건지 모르겠어요."

미노의 일정 누락으로 히카루가 대신 들어갔던 미팅을 언급하는 것이었다.

"아이하라는 그쪽 일정까지는 잘 몰랐던 것 같습니다. 정보 공유가 여러모로 미흡하다 보니……."

조금 전 면사포 문제도 조용한 말투로 이야기하던 시에리가 드디어 목소리를 높였다.

"그 사람은 알고 있었을 거예요! 저희가 일정 변경을 이야기한 것도 그 사람한테였어요. 일정을 다 알고 있으면서 '셀프로 만들 거면 아직 가능하니까 해보죠'라고 해놓고, 결혼식이 얼마 안 남으니까 '역시 불가능합니다'라고 말을 뒤집었다고요! 생각해 보면 제 SNS 팔로워가 많은 걸 본 뒤부터 태도가 조금 차가워졌던 것 같아요. ……분명 저를 질투했던 거겠죠."

결혼식이 얼마 안 남았을 때 말을 뒤집었다고 하지만, 아이하라가 그랬을 리는 없다. 시기적으로 봐도 아이하라가 셀프 제작을 강하게 권했을 가능성은 낮았다. 아이하라는 일정을 꽤 꼼꼼히 따지는 성격이기 때문이다. 시에리가 분노한 나머지 혼동한 것이 분명했다.

다만 무려 1년에 걸친 미팅 중에 상대에게 오해를 불러일으키는 말이 나왔을 수는 있다. 어느 쪽이든 간에 결혼식 직후의 만남에서 아이하라라는 이름을 희생양으로 내세웠던 점, 그리고 이 자리에 히카루가 참석하지 않은 점 등이 겹치면서 오오모리도 아이하라 히카루를 면피용으로 쓸 수밖에 없게 되었다.

"아이하라가 조금 앞서 나가는 경향이 있습니다. 그 친구에게 잔뜩 기대하던 일을 누가 망쳐버리면 기분이 어떨 것 같냐고 크게 혼냈습니다. 그런 비유를 해야 알아듣거든요."

"미노 씨는 계속 천천히 해도 된다고 하셨는데, 왜 그렇게 온도 차가 큰 건지 계속 이상하게 생각했습니다."

슈헤이도 그 분위기를 이어나가려는 듯이 히카루를 공격하기 시작했다.

키미에는 슈헤이의 의도를 바로 알아차렸다. 시에리는 결혼식 직전부터 어제까지, 몇 번인가 "슈헤이가 아이하라 씨를 이성으로 보는 것 같아"라며 불만을 늘어놓았다.

흔히 말하는 결혼 전 우울증 때문인지 몰라도 신부가 예식장 직원을 두고 그런 말을 하는 건 흔한 경우는 아니었다. 슈헤이는 시에리가 따질 때마다 절대 아니라고 잡아뗐지만 시에리의 의심은 멈추지 않았다. 아무래도 슈헤이는 이번 기회에 히카루를 비난해서 앞으로 시에리의 추궁을 피해야겠다고 생각한 게 분명했다.

자신이 감당해야 할 비난의 화살이 다른 곳으로 향하는 걸 느낀 미노 역시 그 기회를 놓치지 않았다.

"저도 아이하라 씨의 메모를 통해 두 분이 셀프 디자인을 희망하신다는 걸 알았습니다. 그래서 어떻게든 진행해 드리고 싶었지만, 시기적으로 힘들었지요. 차선책으로 미키마우스를 고려했지만, 이것도 인쇄 회사 쪽에서 라이선스가 끝났다고 했거든요. 분명 아이하라 씨가 그 순서대로 권해드렸을 텐데, 정말 큰 실수를 했다 싶었어요. 그래서 두 분께 다시 한번 시간을 두고 천천히 선택하시라고 한 겁니다."

"그러셨군요."

슈헤이와 미노가 눈을 맞추며 고개를 끄덕거렸다. 미노는 자신이 노마구치 부부에게 기한 내에 디자인을 결정하라고 말하지 않은 것과 디자인 라이선스 문제를 제대로 확인하지 않은 것, 그리고 히카루가 대타로 미팅에 들어갔던 것을 적당히 끼워 맞춰서 모두의 인식을 조금씩 왜곡시켜 나갔다.

"청첩장 건은 두 분이 아니었다면 제가 곤란해졌을 겁니다."

노마구치 부부로서도 눈앞에 있는 미노를 대놓고 비난하긴 어려웠다. 게다가 미노는 눈물까지 흘리며 사과해 주지 않았던가. 슈헤이와 미노 모두 히카루를 비난함으로써 마음이 편해지는 부분이 많았다. 어느새 부부와 미노 사이에 공감대가 형성되고 있었다.

마츠시게는 아이하라의 이름을 꺼내길 잘했다고 생각했다. 오오모리도 계속 '아이하라 때문에 죄송했습니다'로 일관하면 이번 일은 해결될 거라고 판단했다. 대강의 시나리오가 그려진 것이다.

#02

노마구치 부부의 공세는 계속되었다. 키미에의 날카로운 관찰력도 한몫하면서 '신랑 신부의 테이블에 용도를 알 수 없는 거치대(코엔지가 깜박하고 치우지 않은 부케 거치대)가 있었는데 그건 대체 뭐였는가' 등의 세세한 불만 사항과 질문이 쏟아졌다.

오오모리가 진땀을 닦아가며 대답했다.

"신랑 신부가 기념 촬영 후에 예식장으로 직행하지 않는 경우도 있습니다. 안내 직원에게 확인해 보니 '제가 실수했습니다, 죄송합니다'라고 하더군요. 꼼꼼하게 지적해 주셔서 오히려 감사할 정도입니다. 진심으로 감사드립니다."

오오모리는 감사하다는 말을 먼저 던져놓고서 약간의 반격을 시도하기로 했다.

"메이크업 중복 계약에 대해서는 아이하라에게 물어보니 '결혼식장을 통째로 빌리는 거라고는 말하지 않았습니다. 다른 커플과 겹치지 않고 한 층을 전부 사용할 수 있다고 안내해 드렸을 뿐입니다'라고 하더군요. 저희 결혼식장에서는 기본적으로 하루에 서너 커플의 예식과 피로연을 진행하고 있어서 결혼식장을 통째로 빌린다고 안내해 드렸을 리는……."

그러나 슈헤이는 납득하지 않았다.

"그럼 아이하라 씨에게 직접 물어보지 않으면 모르겠군요. 그분과 만나게 해주시죠."

이런 집착이 오히려 시에리의 질투에 기름을 붓는 격이었지만, 슈헤이는 전혀 알아채지 못했다.

"그 문제는 저희끼리 다시 상의해 봐야 할 것 같습니다. 그리고 면사포의 흠집은, 물론 반입 의상인 만큼 있어서는 안 될 일이었지만 드물게 그런 사고가 발생하곤 합니다. 다른 신부님이 시에리 님의 물건을 건드렸다고는 생각하기 힘들고……."

그러나 슈헤이는 물러나지 않았다.

"요즘 시대에 SNS가 발달한 건 아시겠죠?"

"네, 네."

"아내에게는 많은 팔로워가 있습니다. 만약에 말입니다. 만약에 아내의 계정으로 도움을 요청해서 면사포를 건드린 신부나 직원을 찾아낸다면, 그때의 상황을 물어봐도 되겠지요?"

"다른 신부님이 협력하시겠다는데 저희로서야 말릴 방법이 없으니까요……."

"알겠습니다. 저희가 직접 온라인을 통해 찾아보도록 하죠. 그럼 시에리의 예전 성씨를 언급한 문제는 대체 어쩌다 그런 일이 벌어진 겁니까?"

여기서는 미노가 직접 해명하기 시작했다.

"정말로 죄송합니다. 결혼식 식순은 사회자가 결정합니다. 저희가 작성한 초고를 사회자에게 보내면, 그쪽에서 최종본을 만드는데, 그때 예전 성씨를 말하면 안 된다는 것과 축전을 읽지 않는다는 사항이 누락되고 말았습니다. 제가 모든 항목을 확인할 수 있었다면 좋았을 텐데…… 유감입니다."

누구에게 어떤 책임이 있다는 건지 알 듯 말 듯한 모호한 설명이었다. 이 자리에 마이와 히카루가 있었다면 즉시 "유감이라고 하면 끝나요? 제대로 확인했어야죠!"라고 한목소리로 외쳤겠지만, 유감스럽게도 이곳에 그의 잘못을 지적할 사람은 없었다.

"뭐, 사정은 미노 씨가 전에 이야기한 그대로인 것 같고, 이미 사과도 받았으니까 그 문제는 이제 됐습니다. 축전에 대한 것도 이해했고요."

키미에는 아무도 모르게 슬며시 슈헤이의 표정을 살피며 그 자리의 분위기를 정확히 파악했다.

'이 미노라는 사람한테는 별로 화가 나지 않나 보네, 좋아.'

#○3

"꽃장식도 너무나 아쉬웠습니다. 저희가 구상한 모습은 이런 느낌이었지만, 실제로는 이랬어요."

슈헤이가 스마트폰으로 사진을 보여주었다. 소파 옆에는 키 큰 꽃장식이 놓여 있었다. 당일에 찍은 사진에는 대형 꽃장식 세트가 두 개, 소형이 네 개, 그리고 각 테이블에도 각각 꽃장식이 있었다.

"이 문제는 장식을 담당했던 꽃집에 확인해 봤습니다. 녹음도 해두었고요. 그쪽의 이야기로는 두 분의 요청을 듣고 신랑님이 희망하신 세트를 지정된 금액 내에서 선택했고, 미리 스케치도 그려서 보내드렸다고 하던데요."

"스케치라니요? 저희는 최종적인 장식 계획에 대해 꽃집으로부터 전혀 듣지 못했습니다. 스마트폰에 통화 기록도, 자, 보세요, 남아 있지 않다고요. 꽃집에서 무슨 의도로 그렇게 말하는지 전혀 모르겠군요."

이때 키미에도 스마트폰 사진을 가리키며 끼어들었다.

"이게 제 테이블에 있던 꽃장식 사진입니다. 신랑 신부 옆에 있던 S 사이즈 세트는 이 꽃장식과 비교해서, 솔직히 말해, 없어 보인다고 생각하지 않으세요?"

"꽃값 15만 엔을 대체 어디다 쓴 겁니까? 도저히 이해가 안 됩니다."

오오모리는 최대한 정확히 설명하기 위해 손에 든 볼펜 끝으로 사진을 가리켰다.

"이 두 플라워가 L 사이즈고 각각 3만 엔, 총 6만 엔입니다. 그리고 S 사이즈가 네 개. 이건 한 개당 1만 엔이니까 여기까지 총 10만 엔이죠. 나머지는 한 세트로 여덟 테이블의 꽃장식과 케이크의 꽃장식, 그리고 꽃다발까지 해서…… 총 15만 엔입니다."

"이게 L 사이즈요? 이게 3만 엔이라는 겁니까? 이렇게 작은데요? 꽃집에서 받은 영수증이나 명세서가 있습니까? 그런 게 없다면 단순한 변명으로밖에 안 들립니다. 지금까지 다양한 피로연을 봐왔던 저희 회사 상사도 비웃더군요. '이게 15만 엔이야? 엄청 비싸네'라고요. 만약 저희가 직접 인형이나 풍선으로 꾸미지 않았다면 얼마나 썰렁했겠어요? 이렇게 빈약한 꽃장식은 납득할 수가 없습니다. 미노 씨는 반론할 말이 있으십니까?"

미노는 한숨을 토해내더니 "반론이라기보다는……"이라는 서두로 말을 꺼냈다.

"저는 당일에 두 분이 느낀 점이야말로 바로 '진실'이라고 생각합니다. 그리고 두 분이 이번 일을 빨리 잊고 앞으로 나아갈 수 있게 해드리기 위해 저희가 오늘 여기에 온 거라고 생각하거든요."

히카루, 마이, 치나츠 중 한 명만 이곳에 있었어도 바로 어이없다는 반응을 보였을 것이다. 호노카였다면 "무슨 말을 하려는 건지 전혀 모르겠어요"라고 말했을지도 모른다. 아무튼 그 자리에 현장의 사정을 잘 아는 플래너가 한 명도 없었던 탓에 현실은 미노가 흩뿌려놓은 안개에 휩싸여가고 있었다.

슈헤이는 다시 SNS 이야기를 꺼냈다.

"'하르모니아에서 피로연을 했더니 이런 작은 꽃장식이 3만 엔, 더 작은 것도 1만 엔이나 합니다'라고 인터넷에 올려도 되는 거죠? 알겠습니다."

그러지 말라고 했다가는 인터넷에서 또 어떤 이야기를 떠벌릴지 모른다. 오오모리는 "그건 두 분의 자유입니다"라고 대답할 수밖에 없었다.

#⊙4

"저도 하객으로 온 친구 몇 명에게 물어봤더니, 대부분 롤 초밥이 피로연 막바지에 나왔다고 했습니다. 밥 종류를 후식하고 같이 내놓다니, 그게 말이 됩니까? 그리고 아이들에게는 케이크를 내주지 않았어요. 어른들이 다 양보해 줬죠. 피로연 스태프분들에게 물어봐도 '아이들 몫의 케이크는 없다'라고 대답했고요."

케이크 문제는 식장 직원의 실수였다.

"그건 정말 죄송합니다. 상차림을 담당하는 팀장에게 확인해 봤더니, 직원용 통로에 케이크가 두 개 정도 남아 있었답니다. 처음에는 신랑 신부에게 내어드릴 케이크인 줄 알았는데, 이미 가져다드렸다는 걸 알고 그대로 놔뒀다고 하네요."

"그런 팀장이 이끄는 서비스팀은 문제가 있는 것 아닙니까?"

케이크를 깜빡하고 안 내놓는 등의 실수는 정신없는 상황에서 종종 발생하는 일이다. 그러나 이번에는 미노의 실책과 겹친 탓에 그 문제도 눈에 띌 수밖에 없었다. 미노는 레스토랑부와 서비스부의 코엔지에게 코스에 포함되지 않은 특별 메뉴인 롤 초밥을 어느 시점에 내놓을지 정확히 지시해야 했다. '적당히' 하라는 미노의 말에 레스토랑부에서는 고기 요리 뒤에 준비했지만, 서비스부는 아무 지시도 받지 못했기에 혼선이 빚어진 것이다.

"미노 씨, 뭔가 하실 말씀은 없으십니까?"

"저는 당일에 피로연장 뒤쪽의 바 카운터에서 전체 상황을 지켜보고 있었습니다. 히로타 씨와 코엔지 씨의 행동도 전부 보았지요. 레스토랑부에서 내놓는 요리를 봤더니, 생선인가 고기인가가 나온 다음에 서빙 테이블에 작은 접시들이 놓여 있더군요. 이 시점에 롤 초밥이라면, 뜨끈한 요리 다음에 나오는 거니까 괜찮겠다고 생각했습니다. 그래서 모든 테이블에 롤 초밥이 제대로 나오지 않았다는 말을 듣고, 코엔지 씨는 대체 뭘 하고 있었나 싶었어요. 정말 유감입니다."

미노는 부드럽고 느긋한 말투로 이야기했다. 자신이 웨딩 플래너로서 현장에 꼭 붙어 있어야 했다는 사실은 전혀 드러내지 않았다. 그런데 아무것도 설명하지 못한 그의 말이 신기하게도 점점 두루뭉술한 분위기를 만들어냈고, 그 자리에 있던 모두가 '대충 그랬나 보네' 하는 생각을 품게 했다.

"노마구치 님은 정말 운이 없으셨습니다."

오오모리는 미노의 말에 놀라며 그의 얼굴을 살짝 돌아보았다. 그 탁한 눈빛으로 무엇을 생각하는지, 오오모리는 짐작조차 할 수 없었다.

#05

답례품에 단가가 적힌 납품서가 섞여 들어가고, 음료 메뉴를 잘못 선정해 음료가 제대로 나가지 않은 것 등등 미노가 저지른 실수에 대한 분노는 이제 노마구치 부부의 머릿속에 남아 있지 않은 것처럼 보였다. 미노는 마치 호텔 측을 대표하듯이 말을 꺼냈다.

"저와 식장 직원들의 많은 실수를 어떻게 사과드려야 할지 모르겠습니다. 제 기억으로는 3월이었을 텐데, 두 분께서 일정과 연회장 변경에 대해 이야기하신 게 아이하라 씨였죠? 그 단계부터 아이하라 씨가 미팅에 나올 수 없게 됐고, 그 뒤로 제가 이어받은 셈인데 저와 좀더 직접 이야기할 수 있었다면 좋았을 텐데요."

'연회장과 일정을 변경한다는 전화를 히카루가 받았다'는 한정적인 사실을 미노는 과장해서 왜곡해 나갔다. 그녀가 일정 변경에 대한 상담을 맡았고 예식과 피로연의 규모와 내용에 변경이 생겼으므로, 결국 변경 사항에 대응해야 하는 사람은 아이하라이며 자신은 그녀를 지원하려고 했다는 것이다. 청첩장 문제를 히카루에게 떠넘긴 것과 똑같은 수법으로 노마구치 부부와 키미에를 착각에 빠뜨렸다. '아이하라 히카루가 사정을 제대로 전달하기만 했다면, 이런 일은 없었을 것'이라는 착각.

오오모리의 시선이 불안하게 움직였다. 기묘한 안개가 퍼져나가고 있었지만 방법을 찾은 것 같았다.

'아이하라 히카루에게 이대로 모든 책임을 뒤집어씌운다면 출구에 도달할 수 있다. 노마구치 부부에게 그녀를 징계했다고 말하면 이번 문제는 마무리된다.'

오오모리는 깨달음을 얻은 사람처럼 자세를 바로했다.

"정말 죄송했습니다. 그러면 이제 그런 부분을 감안해서 요금을……."

"그날은 저도 너무 화가 나서 돈을 못 내겠다고 말했지만, 시에리 씨와 저희가 납득할 수만 있다면 기분 좋게 낼 수 있는 돈은 내자고 이야기했습니다. 1년에 걸쳐 여러모로 잘해주신 분도 계셨고, 아이하라 씨나 미노 씨와 만나게 된 것도 기뻤으니까요."

"그렇게 말씀해 주시니 저희도 감사할 따름입니다. 그러면 납득하실 수 있는 부분과 없는 부분을 말씀해 주십시오. 면사포 문제는 드레스 비를 할인해 드리는 걸로 해결하는 게 어떨까 합니다. 사회자 요금도 제외하겠습니다. 그리고 무제한 음료 요금도 제외해 드리겠습니다."

"남은 건 꽃 문제네요. 도저히 납득할 수 없으니까, 그것도 제외해 주십시오."

"꽃도 말입니까……. 알겠습니다."

결국 당일의 사진 촬영, 사전 촬영한 영상 제작비, 코스 요리 값, 식장 대여료 등은 처음의 견적대로 지불하기로 했다. 대충 계산해 보면 40만에서 45만 엔 정도가 깎일 것 같았다.

"일단 회사 쪽에 확인 전화를 해봐도 될까요?"

오오모리가 자리에서 일어났다. 하르모니아의 지배인인 마츠시게가 이 자리에 있지만, 예식부는 엄연히 웨딩월드 산하였다. 임원인 니시카와의 승인이 필요했다.

오오모리가 테이블을 등진 채 걸어가는데, 뒤쪽에서 노마구치 부부가 "무거운 이야기만 하는 것도 좀 그러니까, 뭔가 밝은 이야기를 해볼까요?" 같은 말을 하고 있었다. 분위기가 바뀌기 시작한 걸 보면 이번 일도 간신히 끝이 보이는 느낌이었다. 미노는 노마구치 부부가 하르모니아에 처음 왔을 무렵에 태어난 자기 아이가 어떻게 성장하고 있는지를 즐겁게 설명했다. 오오모리는 그의 머릿속이 대체 어떻게 생겨먹은 건지 알 수 없어서 한기까지 느꼈지만, 그쪽을 돌아볼 수도 없었기에 조용히 밖으로 나왔다.

다행히 니시카와는 금세 전화를 받았다.

"노마구치 부부께 사과하러 나와 있습니다. 네, 분노는 진정되신 것 같고, 지금 최대 15퍼센트 정도 할인해 드리면 수용하실 것 같습니다. 네, 물론입니다. 그건 잘 알고 있습니다. 마츠시게 지배인님도 같이 와계십니다. ……물론 더 이상은, 네. 그쪽 하객분들이나 부부께 책임이 있는 부분도 잘 설명드렸으니까요."

창문을 통해 보이는 노마구치 부부의 표정은 밝았다. 두 사람도 이제 긴장이 풀린 것이리라. 니시카와의 승인도 얻었으니, 이제 작별 인사를 나누고 헤어지면 될 것이다.

테이블로 돌아온 오오모리는 마무리를 위한 말을 꺼냈다.

"이번엔 정말로 죄송했습니다. 그러면 오늘 말씀하신 사항들을 서류로 작성해서……."

그런데 이때 슈헤이가 의외의 말을 꺼냈다.

"그러면 다음으로 예방책에 대해 묻고 싶습니다. 저희가 입은 피해는 오늘 말씀드린 대로입니다. 앞으로 어떻게 해나갈 것인지,

저희가 납득할 수 있는 방지책을 말씀해 주십시오. 그리고 아이하라 씨의 정식 사과도 들어야겠습니다. 모든 건 그다음입니다."

"네?"

"시에리 씨는 결혼식이 끝난 이후, 사람들과 만나고 싶지 않고 드레스도 보고 싶지 않다면서 회사에 출근도 못 하고 있는 상황입니다. SNS 활동도 중지한 채로 팔로워들에게 아무런 설명도 못 하고 있습니다. 오늘 이런 장소를 고른 것도 하르모니아 우에노에서 사람 만나는 걸 두려워했기 때문입니다. 저희는 똑같은 피해자가 더 이상 나오지 않기를 바랍니다."

그 말에는 마츠시게도 조금 당황하는 눈치였다.

"아이하라와 미노 모두 업무 중에 저지른 실수였습니다. 그 책임은 지배인과 팀장인 저희에게 있으니, 당연히 저희가 사죄를 드려야……."

마츠시게는 그 말과 함께 깊이 고개를 숙였다. 오오모리도 신음하듯 말을 이었다.

"만약 오늘 드린 설명으로 납득하지 못하시겠다면, 뭐랄까요……. 오래 끌게 된다고 해야 할지. 저기…… 제가 아닌 다른 대리인, 그러니까 변호사가 설명을 드리게 될 수도 있습니다. 물론 어디까지나 가능성일 뿐이지만요."

오오모리는 방금 통화에서 니시카와가 한 말을 떠올리고 있었다.

"고문 변호사가 나설 일은 없을 것 같습니까?"

오오모리는 "물론입니다"라고 대답했고, 당연히 자신이 한 말을 지켜야 했다.

#○6

"끝까지 포기하지 않겠다니, 대단하네."

마츠시게, 오오모리, 미노와 헤어진 뒤에 노마구치 부부와 키미에는 키미에의 집 근처에 있는 카페로 이동해서 한숨 돌리고 있었다. 슈헤이는 망고 주스를 한 모금 홀짝거리고 나서 대답했다.

"우리는 정의를 구현하고 있는 거야. 시에리 씨도 결혼식에서 눈물을 흘렸으니까, 이런 일을 겪는 건 우리만으로 충분해."

"응."

시에리는 고개를 끄덕거렸다. 그녀의 시선은 카페라테 표면의 거품에 고정되어 있었다.

"이번 일은 인터넷에 전부 공개해야 한다고 생각해. 저쪽에선 어떻게든 상황을 모면하려고만 하잖아. 그렇게 놔두지 않기 위해서라도 우리가 목소리를 내야지."

"예식장 리뷰는 이용자로서 정확히 써주려고. 사진도 올릴 수 있으니까 실제로는 이렇게 초라했다는 걸 사람들에게 알려줄 거야."

"더는 나처럼 불행한 신부가 없었으면 해. 괴로운 기억이지만 나도 SNS에 올려야 할 것 같아. 떠올리기만 해도 몸이 떨리지만."

시에리도 전에 없이 강한 의지가 담긴 눈빛이었다.

"당연히 그래야지. 시에리 씨는 인플루언서니까 말이야. 팔로워가 더 늘어날지도 몰라."

슈헤이는 천진난만한 목소리로 연상의 아내를 칭송했다. 이럴 때마다 키미에는 '자기 여자가 인플루언서라는 걸 자랑하고 싶을 뿐이잖아'라는 생각에 짜증이 나곤 했다. 그런데 이번만큼은 가슴속에서 다른 충동이 일고 있었다.

'나한테도 부탁해 봐. 많은 걸 해줄 수 있어. 내가 먼저 말을 꺼내기는 싫으니까, 제발 먼저 말해줘. 키미에 씨에게 부탁하고 싶다고.'

"키미에 씨라면 SNS에서 달리 할 수 있는 일이 있을까?"

'됐다.'

"응, 내가 도울 수 있다면 얼마든지."

"키미에도 SNS 하고 있잖아. 우리를 대신해서 많이 이야기해줘. 내 계정으로는 너무 강하게 말하긴 힘드니까……."

키미에는 그들 부부가 자신에게 바라는 역할을 빠르게 이해했다. 그도 그럴 것이, 시에리는 고작 팔로워 2000명에 유명인이 됐다고 착각하고 있으니 말을 꺼내기 힘들 수도 있었다.

"알았어. 내가 할 수 있는 일이라면 얼마든지 도울게."

오늘의 대화를 통해 키미에도 많은 것을 알게 되었다. 하지만 당사자인 척 고발하려면 더욱 많은 정보가 필요했다.

'사정을 봐줄 필요는 없어. 친구 부부가 자기들 인생이 엉망이 됐다며 울고 있으니까. 이건 약자를 돕는 일이야. 그래, 드디어 나를 필요로 하는 일이 생겼어. 집안일과 회사 일만 반복하면서 익명의 육아 계정에서 불평을 늘어놓는 것도 질리던 참이야. 그래, 이건 세상을 더 좋게 만들기 위한 일이잖아.'

밤이 되자 슈헤이가 하르모니아에 대한 모든 불만 사항을 메신저로 전송해 주었다. 하르모니아와 히카루에 대한 원망의 말들. 드디어 약자들이 한데 뭉쳐 강자를 고발할 때가 왔다. 슈헤이와 키미에는 고양된 기분을 억누를 수 없었다.

6. 폭로전

♯⊙1

"오늘도 찌는 듯이 덥네……."

7월 4일. 히카루가 접수 카운터에서 서류를 정리하고 있는데, 옆 부스에 앉아 있던 마이가 오오모리의 호출을 받았다. 하르모니아 우에노에서 결혼식을 올린 고객의 후기가 결혼식장 리뷰 사이트인 '익시즈'에 올라왔는데, 그 내용이 다소 부정적이었다고 한다. 그래서 익시즈 측에서 올려도 되냐는 확인이 들어온 것이다.

"잠깐 오오모리 씨하고 이야기하고 올게."

마이가 돌아온 것은 두 시간 정도나 지나서였다.

"노마구치 씨 부부가 후기를 올렸나 봐. 후기라기보다는 컴플레인에 가까운 내용이지만."

상당히 편향된 내용이었기에 마이는 익시즈에 업로드를 거절해야 한다고 주장했지만, 회사 측에서는 '막으면 더 난리가 난다. 소문도 석 달이면 끝난다'라는 이유로 정면 돌파하기로 했다.

"미노 씨가 꽤 사고를 친 것 같던데, 그런 리뷰가 올라오는 걸 그냥 놔둬도 될까요?"

"글쎄……. 하지만 이미 회사에서 결정한 일인데 어쩌겠어."

마이는 히카루와 이야기하면서 가지런한 눈썹을 계속 찡그리고 있었다.

◆◆◆

7월 5일. 히카루는 언제나처럼 전철로 출근하는 중이었다. 회사에 거의 도착했을 때 갑자기 가방 속의 스마트폰이 진동했다.

하르모니아 공식 SNS 알림이었다. 하르모니아 SNS에서는 예식장 풍경이나 신부의 드레스 등을 일주일에 한 번 정도 사진으로 소개한다. 히카루 같은 직원들이 교대로 자신들이 분투하는 모습이나 고객들의 행복한 모습 등을 업로드하기도 한다. '좋아요'의 개수가 상당한 동기부여가 될 때가 많았다.

"반응이 많은데…… 어…… 이게 뭐야……?"

스마트폰의 알람이 멈추지 않았다. 평소에는 몇 개의 댓글이나 '좋아요'가 달릴 뿐인데 지금은 댓글이 계속 달리고 DM이 쏟아지고 있었다.

프런트에 들어서자마자 직원들의 사과의 말이 끊임없이 들려왔다. 항의 전화가 계속 걸려오는 모양이었다. 히카루는 계속 진동하는 스마트폰을 손에 쥔 채 종종걸음으로 사무실에 들어섰다.

"저기, 이게 대체 무슨 일이에요……?"

이미 출근한 마이가 대답했다.

"아이하라, 오늘은 괜찮으니까 일단 의상부로 가봐."

"네…… 하지만……."

"괜찮으니까 빨리 가."

마이는 반론을 용납하지 않았다. 당연히 상황 설명도 없었다. 가방을 내려놓은 히카루는 일단 의상부로 향했다.

"아이하라 씨, 힘들겠네. 인터넷에 대해서 잘은 모르지만, 키스기 씨한테 연락은 받았어. 한동안 여기 있도록 해."

베테랑 여직원이 따뜻하게 맞아주었지만, 왼손에 쥔 스마트폰과 머릿속 경보는 멈추지 않고 계속 울렸다.

히카루는 사무실 구석의 둥근 의자에 앉아, 그제야 스마트폰 화면을 열어보았다.

"뭐야 이건…….."

└ 하르모니아 최악이야.
└ 최대한 조심스럽게 말하자면 #참극
└ A하라는 당장 사죄해라.

계속 진동하는 스마트폰에서 흘러나오는 건 저주에 가까운 비난 글이었다.

"이, 이게 대체 무슨……. A하라는…… 나?"

계속 달리는 댓글과 DM을 스크롤해서 올리자 다들 'A하라를 용서할 수 없다'는 해시태그가 이어지고 있었다.

눈물이 흘러나왔다. 두려웠다. 뭐가 뭔지 모르겠다. 그저 화면 너머에서 자신을 비난하는 이들의 증오를 그대로 받아낼 수밖에 없었다.

'내가 뭘 했다는 거지? 무서워, 무서워, 무서워.'

히카루는 의상부에서 뛰쳐나갔다.

"시노미야 씨, 이거, 이거…….."

히카루가 울면서 뛰어간 곳은 기획실이었다. 시노미야는 모니터에 SNS 화면을 띄워놓고 마우스를 바쁘게 움직이고 있었다. 히카루의 손에 들린 스마트폰은 아직도 계속 진동하고 있었다.

"괜찮아, 괜찮아. 무슨 말을 하고 싶은지 알아. 상황은 대충 파악했어. 괜찮아."

괜찮다고 다독이는 시노미야의 말에 조금이나마 안심이 된 히카루는 결국 소리 내어 울기 시작했다. 시노미야는 그런 히카루를 자기 의자에 앉힌 다음 책상에 걸터앉았다.

히카루의 오열은 30분 내내 이어졌다.

"스마트폰이 계속 울리네. 전원을 끄는 게 좋겠어."

시노미야는 히카루가 울다 지쳐 조금 진정된 틈을 타서 그녀의 스마트폰을 천천히 빼앗았다.

"노마구치 부부가 주말에 자기들의 결혼식에서 벌어진 일을 익시즈 게시판에 적었어. 거기서 불이 붙었는지, 갑자기 하르모니아에 대한 접속량이 늘어나기 시작했어."

"아아, 노마구치 씨의……."

"응. 그래서 말인데 진정하고 들어. 아무래도 논란이 된 건 아이하라, 너인 것 같아."

#02

'내가 왜? 그 결혼식엔 확실히 실수가 많았지만 내가 왜?'

"제가 접수를 맡았기 때문인가요?"

"해시태그가 붙었어. '#A하라를용서할수없다.' 인터넷에서 너에 대한 비난전이 시작된 거야."

여전히 아이하라는 자신이 표적이 된 이유를 알 수 없었다.

"그 부부가 당일 찍은 사진을 공개했어. '아내의 면사포에 흠집이 나 있었다, 빈약한 꽃장식을 봐라'라면서. 답례품 문제도. 전부 이야기했더군."

하지만 단순히 결혼식장 리뷰 사이트에 글을 쓴 것만으로 이 정도의 논란이 발생하진 않는다. 논란에 불이 붙으려면 말 그대로 몇 가지의 '연료'가 필요하니까 말이다.

연료는 시에리의 SNS였다.

[결혼식에서 내 면사포를 다른 사람이 건드린 것 같아. 흠집까지 나 있었어. 평생 한 번뿐이니까 모든 정성을 담아서 만들었는데……. #하르모니아우에노]

곱게 접힌 면사포 사진에 간단히 덧붙여진 글이었다. 게시물의 차분한 말투와는 상반되게, 순식간에 달린 댓글들에는 그녀에 대한 동정심과 결혼식장에 대한 분노가 가득 담겨 있었다. 평생한 번뿐인 결혼식에서 대참사가 일어났으니 감정에 휩쓸리는 것도 이해할 수 있었다.

다만 이 게시글은 시에리 본인이 생각한 것 이상의 영향력을
발휘했다. 결혼식장이 공개된 순간, 사람들이 하르모니아의 계정
에 악플과 항의 DM을 보내기 시작한 것이다. 팔로워 2000명 정
도로 인플루언서를 자칭하는 걸 너무 만만히 봤다는 게 시노미야
의 분석이었다.

"이제는 불행도 자기 홍보의 재료로 쓰이는군. 시에리의 게시
물이 올라오고, 여성으로 보이는 한 인물이 글을 올리기 시작했
어. '제 친구가 인생에 한 번뿐인 소중한 결혼식을 망쳤습니다. 그
결혼식장을 용서할 수 없어요. #비통한마음 #A하라를용서할수
없다'라고."

시노미야는 모니터에 표시된 글을 가리켰다.

"이 면사포는 고객이 들고 온 거지? 사전 확인은 의상부에서
했을 테지만, 흠집이 언제 났느냐 하는 것까지 우리 쪽에서 관리
할 순 없어. 그건 의상을 반입할 때 고객 측에서도 동의한 사항일
거고. 이 친구라는 사람이 친절하게도 신부의 SNS 주소도 공유
해 둔 덕분에 구경꾼들은 피해자와 가해자를 명확히 인식할 수 있
었어."

그다음은 하르모니아와 히카루에 대한 악의(어쩌면 선의일지도
모르지만)만이 인터넷상에서 불타오르기 시작했다.

히카루는 혼란스러웠다. 피로와 공포로 인해 상황을 그저 어렴풋하게만 파악할 수 있었다.

"오늘 하루는 스마트폰을 끄고 인터넷도 보지 마. 내일까지는 좀더 자세한 사정을 파악할 수 있을 거야. 이제 점심시간이니까 일단 밥이라도 먹으러 나가자고."

하르모니아에서 도보로 5분 정도 걸리는, 전에도 가끔 가던 카페에 도착하자마자 히카루는 또 울음을 터뜨렸다. 시노미야의 옆에 있으면서 마음이 진정되었고, 무엇보다 조금씩 혼란이 가라앉으면서 공포의 윤곽이 선명해졌기 때문이었다.

"저는 파스타, 이쪽은 팬케이크 세트로 주세요, 홍차로요."

점원에게 얼굴이 보일까 봐 테이블에 엎드려 있는 히카루의 점심도 시노미야가 대신 주문해 주었다. 잠시 기다리자 팬케이크가 나왔다.

"한술이라도 떠보는 게……."

말이 채 끝나기도 전에 히카루는 맹렬한 기세로 먹기 시작했다.

"식욕은 있나 보네. 다행이야. 어쨌든 기운이 없으면 아무것도 할 수 없으니까."

그의 말을 듣는지 안 듣는지, 히카루는 그저 팬케이크만 입안에 밀어 넣고 있었다.

"일단……."

시노미야는 히카루의 스마트폰을 가리켰다.

"알림이 오지 않도록 회사 SNS에서 로그아웃하는 게 좋을 것 같아."

점심 식사 뒤에 두 사람은 기획실로 돌아왔다. 시노미야가 예식부에 내선 전화를 걸었다. 상대는 오오모리인 것 같았다.

"의상부는 고객들이 드나들기도 하니까, 아이하라 씨는 한동안 기획실에서 맡는 게 좋을 것 같습니다. 오늘은 이대로 대기하도록 하고요. 네, 정시에 퇴근시키겠습니다."

히카루는 저녁까지 대체 어떻게 지냈는지 기억나지 않았다. 퇴근할 때 "팬케이크 잘 먹었습니다"라며 고개를 숙이는 게 고작이었다.

"오늘은 인터넷을 보지 않는 게 좋을 거야. 난 내일 볼일이 있어서 쉬니까, 기획실에서 편하게 지내도 돼. 책이라도 읽던가."

"네."

히카루는 힘없이 대답하고는 집으로 돌아갔다.

히카루가 퇴근하고 업무를 끝마친 시노미야는 SNS를 열었다.

#비통한마음을들어주세요

#A하라를용서할수없다

#퍼뜨려주세요

논란 확산의 초기 단계로 보였다. 퍼가기에 이은 퍼가기, 퍼뜨리기에 이은 퍼뜨리기가 계속되고 있었다. SNS가 가장 활발해지는 건 밤이라고 하는데, 이런 식의 확산은 이른 아침과 9시부터 17시 무렵까지가 골든타임이었다. 시노미야는 "이러니 일본 회사원의 작업 능률이 떨어질 수밖에 없지"라고 투덜거리며 논란의 근원을 향해 파고들었다.

맨 처음 글을 올린 사람은 '나스비'라는 이름의 계정이었다. 시노미야는 미간을 찡그렸다.

[친구의 결혼식이 엉망으로 끝났습니다. 이 호텔을 절대 용서할 수 없습니다. 매일 눈물짓는 친구가 불쌍해서 말도 못 꺼내겠어요. 그런데 호텔에서는 이제 더는 만날 일이 없다고 말했습니다. #비통한마음을들어주세요 #A하라를용서할수없다 #퍼뜨려주세요]

"프로필에는 좋아하는 게임만 적혀 있네. 이것만으로는 정체를 알아내기 힘들겠는데……."

시노미야는 게시글을 밑으로 쭉 내렸다. 댓글들에서 비난이 이어졌다.

└ A하라를 용서하지 마.

└ 하르모니아는 원래 평판이 나빴어.

└ 부부가 행복해 보이니까 질투한 거겠지.

└ A하라는 아르바이트생을 무례하게 대하는 사람이었대.

"A하라를 용서할 수 없다……라. 이게 가장 문제로군…….”

처음 직면하는 인터넷 논란이었기에 평소에 냉정한 시노미야
도 어디서부터 손을 대야 할지 판단이 서질 않았다.

그때 앨리스라는 이름의 계정으로 히카루를 옹호하는 사람이
나타났다. 가입한 지 얼마 안 되는 계정이라 과거의 게시글이 거
의 없어서 어떤 사람인지 짐작할 수 없었다.

[A하라라는 사람은 원래 접수 담당이고, 웨딩 플래너는 다른 사람, 그것
도 남자였을 텐데.]

그러자 금세 여기저기에서 물어뜯기 시작했다.

└ 관계자 등장! 웨딩 플래너의 성별까지 말하는 걸 보면 관계자 맞네.

└ A하라 본인이구먼. 변명하고 다니느라 수고 많아!

└ 애니 프로필 사진 뭐냐? 몇 살이야?

└ 그따위로 일하면서 웨딩 플래너? 안 쪽팔려?

갑자기 당사자로 몰리면서 그야말로 순식간에 파묻히고 말았다.

"옹호하는 사람도 있지만 오히려 불에 기름만 붓는 격이군. 어떻게 해야 하나……."

시노미야는 다른 사이트를 열어서 짧게 글을 썼다. 곧 퇴근해야 한다는 사실이 살짝 원망스러웠다.

#○3

집에 돌아온 히카루도 바로 컴퓨터 앞에 앉았다. 식사는커녕 옷도 갈아입지 않은 채였다.

아직 신상이 밝혀진 건 아니지만 시간 문제였다. 히카루에게도 각종 SNS 계정이 있었다. 어쩌면 친구나 가족들에게까지 피해가 갔을지 모른다.

컴퓨터를 켜고 인터넷 브라우저를 열었다. 그리고 조심스럽게 '#A하라를용서할수없다'로 검색하자 히카루에 대한 악의가 세찬 불길처럼 휘몰아치고 있었다.

└ A하라라는 인간은 무슨 염치로 웨딩 플래너를 하는 거야?

└ 피해자 부부가 보상받는 날이 빨리 오기를. A하라는 뒈져버리고.

└ 저는 그 신부를 인스타에서 팔로우하고 있습니다. 정말 좋은 분인데 왜
  그런 심술을 부린 건지 좀 알고 싶네요.

처음엔 'A하라'라고 불분명하게 언급되었지만, "A하라 신상
좀 털어봐", "어떻게 생겼는지 알고 싶네", "아이하라라는 웨딩 플
래너를 본 것 같은데", "아이하라라는 여자가 하르모니아 공식 홈
페이지에 나와 있어"라는 식으로 그들의 호기심은 폭주하기 시작
했다. 실시간으로 공통의 '축제'를 즐기면서 연대감이 생겨나 있
었다. 그런 가운데 히카루의 개인정보는 마치 싸구려 장난감처럼
난폭하게 다뤄졌다.

└ 이 인간의 계정을 발견했어.

└ 나이가 꽤 많네.

그 직후, 히카루가 실명으로 사용하던 SNS 계정에 DM이 날아
들기 시작했다. 스마트폰이 부르르, 부르르 하고 계속 울려댔다.

그리고 정보 검색의 전문가인 것처럼 구는 이들이 결국 히카
루의 얼굴 사진을 찾아내고 말았다.

└ 이 여자야! 얼굴 사진 발견! 다들 속지 마. 프로필에 사용한 사진은 다
    른 사람이야.

히카루가 사내 표창을 받을 때의 사진이 모니터에 표시되었다.

└ 대단하네. 어떻게 찾은 거야?
└ 하르모니아 우에노에서 결혼식을 올린 사람의 사진을 샅샅이 뒤져서,
    거기 찍힌 웨딩 플래너의 명찰을 분석했어.
└ 신부를 질투한 게 분명하네.
└ 어이, 아이하라! 뭐라고 말 좀 해봐. 이런 소동을 일으켜놓고, 다 보고
    있을 거 아냐.

히카루의 얼굴 사진이 나돌게 된 것과 동시에 DM 횟수가 급
격하게 늘어났다. 히카루의 스마트폰은 고장 난 알람시계처럼 계
속 울려댔다.

"으아아아아!"

어제까지만 해도 '나'라는 존재가 이렇게나 악의적으로 노출되
리라고는 상상조차 하지 못했다.

위험하다. 상사에 대한 불평불만, 친구들에게 농담으로 적은
바보, 등신 같은 댓글들…… 친구나 지인이라면 가볍게 웃어넘길

글들이 누군지도 모를 사람들에 의해 '아이하라 히카루라는 인간은 악인'이라는 주장의 근거로 쓰이기 시작했다. 그렇게 하나둘씩 히카루의 인물상이 완성되어 갔다. 그리고 그대로 불태워졌다.

"안 돼, 이대로는 안 돼!"

히카루는 자기 계정을 삭제했다. 그게 무슨 결과를 불러올지는 알 수 없지만 자신의 사생활이 점점 침식당하는 것을 지켜보는 게 무서웠다. 불과 몇 분 만에 인터넷상에서 그녀의 존재는 사라졌다. 히카루는 서둘러 컴퓨터의 전원을 껐다.

불과 하루 만에 이런 꼴이면, 내일은 대체 어떻게 될까? 히카루는 스마트폰 전원도 꺼버렸다. 소리도 진동도 사라진 방구석에 힘없이 주저앉았다. 이 방이 이렇게 조용했던가? 히카루는 결국 뜬눈으로 밤을 새웠다.

#○4

날이 밝았다. 그날 어떻게 출근했는지, 히카루는 전혀 기억하지 못한다. 정신을 차리고 보니 회사 사무실에 도착해 있었다.

"시노미야 씨는…… 아, 그렇지. 휴가랬어."

어제 들었던 대로 시노미야는 연차였다. 기획실을 편하게 사용하라고 했지만, 혼자서는 도저히 못 버틸 것 같았다. 기획실 대신 의상부 쪽으로 발걸음을 돌렸다.

"아이하라, 잠깐 와줄 수 있겠어?"

히카루는 오오모리의 부름에 회의실로 들어갔다. 그곳에는 오오모리 팀장, 마츠시게 지배인, 모회사 웨딩월드의 니시카와 본부장이 있었다. 오오모리가 먼저 말을 꺼냈다.

"오늘 아침부터 회사에 엄청난 항의 전화가 왔거든. SNS에 컴플레인이 잔뜩 적혀 있다고도 하고. 그런 건 아이하라가 더 잘 알겠지."

"네……."

마츠시게가 말을 받았다.

"아이하라 씨에 대한 내용도 많이 적혀 있는 것 같은데, 굳이 신경 쓸 필요 없어."

이번엔 니시카와였다.

"어쨌든 아이하라 씨는 신경 쓰지 않아도 돼. 회사에서 반드시 보호할 테니까. 시간이 해결해 주겠지."

히카루는 눈앞이 캄캄해졌다.

'이 사람들이 뭐라는 거지? 걱정하지 않아도 된다고? 시간이 해결해 줘? 안 돼. 이 사람들은 정말 아무것도 모르고 있어.'

"시노미야 씨를 불러주세요."

"시노미야는 오늘 쉬고 있을…….."

"시노미야 씨를 불러주세요."

히카루는 오오모리의 설명을 기다리지 않았다. 기세에 눌린 오오모리는 그 자리에서 시노미야에게 전화를 걸었다. 시노미야는 호출될 것을 알고 있었는지, 불과 한 시간 만에 회의실에 나타났다. 그리고 마츠시게를 비롯한 윗사람들 앞에서 평소보다도 훨씬 살벌한 표정을 짓고 있었다.

"미안해요. 오늘 연차라고 들었는데."

"괜찮아. 이런 난리통인데. 사바에가 도망가는 것도 아니고."

그제야 처음으로 시노미야가 웃었다. 시노미야는 이미 여행을 취소하고 계속 인터넷을 들여다보고 있었다. 히카루는 "사바에가 도망가는 것도 아니고"라는 말만으로 모든 걸 이해했다. 언젠가 언급했던 안경의 본고장이 사바에였다. 이번 여행을 얼마나 기대했을지 잘 아는 히카루는 정말 미안한 마음이었지만, 시노미야에게 의지할 수밖에 없는 상황이었다.

인원이 다섯 명으로 늘어난 회의실에서 오오모리와 마츠시게가 자초지종을 설명했다. 이번에도 오오모리와 마츠시게는 "시간이 지나면 분노도 가라앉겠지"라는 말을 꺼냈고, 조금 전 히카루에게 그랬던 것처럼 시노미야의 속을 잔뜩 긁어놓았다.

"상당히 안 좋은 상황이라는 걸 알고는 계십니까?"

날카롭게 한마디 하는 걸 보면 시노미야는 역시 시노미야였다.

다섯 사람은 기획실로 자리를 옮겨서 시노미야가 업무용으로 사용하는 커다란 모니터 앞에 앉았다. 브라우저를 열고 익시즈 게시판으로 들어가 노마구치 슈헤이가 작성한 리뷰를 찾아냈다. 지난번 패밀리 레스토랑에서 터뜨렸던 하르모니아에 대한 불만이 그대로 적혀 있었다.

'하객의 이동량이 많아 직원들이 파악하기 힘들었다. 면사포를 건드린 사람은 없었다. 꽃은 사전에 설명한 대로 적정한 가격이었다' 등등 하르모니아 측의 해명은 전혀 반영되지 않았다.

"당장 회사 홈페이지에서 아이하라 씨와 관련된 내용을 삭제하시죠. 그리고 익시즈에 연락해서 이 리뷰는 비공개로 전환해 달라고 하는 게 좋을 겁니다."

시노미야는 "동의하셨죠? 지웁니다"라고 말하며 홈페이지에서 히카루의 얼굴과 이름이 나온 모든 것을 삭제했다. 마츠시게를 비롯한 연장자들은 사태가 이 지경에 이르렀는데도 심각성을 알아차리지 못한 눈치였다.

시노미야는 히카루에게도 말했다.

"아이하라 씨는 회사의 공식 SNS에서 본인 사진하고 작성한 글을 지우도록 해. 여기 있는 컴퓨터를 써도 되니까 바로 시작해. 그리고 개인 계정은 전부 비공개로 돌려. 이미 그랬을 거라 생각하지만."

사용 중이던 SNS 계정은 어제 이미 삭제했다. 그러나 문득 생
각났다. 카린 명의로 동영상 사이트에 게임 플레이 동영상을 올
린 적이 있었다. 카린 명의로 만든 SNS도 언젠가는 털릴 것이다.
아니, 두려워서 확인하지 못했지만 이미 발각됐을지도 모른다.

'어떻게 하지? 어떻게 하지? 어떻게 하지?'

그때 스마트폰이 진동했다. 메신저 알림이었다. 그러고 보니
어제 저녁쯤부터 몇 개의 메시지가 왔던 것 같다.

 – 오늘 몇 시부터 게임할래?

 – 카린, 왜 안 들어와? 감기야? 병문안 갈까?ㅎㅎ

그리고 방금 도착한 메시지.

 – 물어보기 조금 조심스러운데, 어제 SNS 삭제했어? 미안, 싫으면 대답
  하지 않아도 돼.

오사카에 사는 게임 친구, 아니, 친구 유리코의 메시지였다.

게임을 통해 유리코를 처음 알게 된 건 5년 전이다. 실제로 처
음 만나본 건 3년 전 여름. 도쿄에 놀러 온다는 유리코에게 "내가

숨겨진 맛집 많이 아니까 안내해 줄게!"라며 관광 가이드를 자처하고 나선 것이다. 이케부쿠로의 약속 장소에서 마주쳤을 때 요즘 보기 힘들 정도의 윤기 넘치는 긴 흑발이 지금도 선명히 기억날 만큼 인상적이었다. 직접 만난 건 그때 한 번뿐이지만, 동갑이기도 한 두 사람은 어느새 게임 친구라는 틀을 뛰어넘어 서로 자주 통화하는 진짜 친구가 되어 있었다.

그런 관계 덕분에 유리코는 누구보다도 먼저 히카루의 이변을 알아챌 수 있었다.

– 잠깐 통화할 수 있어?

히카루는 스마트폰 너머에 있을 유리코에게 구조 신호를 보냈다. 그러고는 복도로 나와 유리코에게 전화를 걸었다. 그리고 지금 자신이 논란의 대상이 되었다는 것, 하지만 그것은 오해라는 것, 회사에 수십 통의 항의 전화가 왔다는 것, 회사 SNS에는 그보다 몇 배나 많은 항의 댓글이 쇄도하고 있다는 걸 정신없이 설명했다.

유리코는 이미 상황이 어떻게 돌아가는지 알고 있었다. 어제 저녁에 옹호 댓글을 달았던 '앨리스'가 바로 유리코였던 것이다.

"내가 뭘 도울까?"

"카린이라는 이름으로 올린 글이랑 동영상을 전부 지워줘. 비밀번호도 전부 알려줄게. 부탁해."

인터넷 세계에서 비밀번호를 알려준다는 건 보통 일이 아니었다. 그 의미를 잘 아는 유리코는 힘차게 대답했다.

"알았어. 맡겨줘."

드디어 시노미야 외에도 아군이 생겼다. 조금이나마 마음이 든든해진 히카루는 본인이 해야 할 작업에 몰두할 수 있었다.

이날 오후 인터넷상에서 히카루의 흔적은 완전히 사라졌다. 유일하게 남은 건 메신저뿐이었다. 메신저에는 가족과 친한 친구들만 등록되어 있었다. 그들이 히카루의 아이디를 외부에 유출하진 않을 것이다.

#05

"경찰에 신고하는 게 좋겠군요."

니시카와가 말했다. 경찰이 어떻게 관여해 줄지는 모르지만 일단 피해 신고를 할 수 있다면 해두자는 이야기였다.

"아이하라 씨, 자네 이름이 언급된 글을 찾아 직접 프린트해주게. 우리는 그런 걸 잘 못하니까 말이야."

"어, 제가요……? 저보고 하라고요?"

"내 이름도 나도는 것 같으니까, 그것도 처리해 줘. 부탁할게."

마츠시게와 오오모리는 속 편하게 "할 수 있겠지?"라고 묻고 있었다. 그들은 그게 무슨 의미인지 제대로 이해하지 못하는 듯했다. 히카루에게 자신에 대한 비난글을 직접 찾아내서 읽고 확인하라고 시켰다는 걸 말이다.

ㄴ A하라는 죽음으로 사과해라.

ㄴ 신랑 신부가 안 불쌍하냐. 도망치지 마.

ㄴ 신상 털리는 건 시간 문제야.

음습한 악의가 모니터를 통해 히카루를 공격하고 있었다.

이번 사건의 내용을 정리한 사이버 렉카(교통사고 현장에 잽싸게 달려가는 렉카처럼 온라인 공간에서 이슈가 생길 때 빠르게 정리해서 올리며 조회수를 높이는 이들_옮긴이) 채널도 생겨났다. 글의 제목은 '결혼식이 엉망이 된 신부의 비통한 외침', '아이하라 히카루의 악의적 웨딩' 등 노마구치 부부와 나스비의 일방적 주장을 다루고 있었다.

히카루는 그것들을 직접 검색해서 내용이 심한 것들만 출력했다. 세상에 이런 비참한 일이 또 있을까. 자신은 그저 웨딩 플래너 일이 좋아서 열심히 해온 것뿐인데. 히카루는 검색 작업을 하다가 결국 울음을 터뜨리고 말았다.

한 시간 뒤, 오오모리가 회사 차를 불렀다. 그 차에 마츠시게 지배인과 히카루가 함께 탔다.

"경찰에는 민사 불개입 원칙이 있긴 한데……."

사태를 제대로 인식하기나 했는지, 마츠시게의 말투는 어딘가 가벼웠다. 히카루는 창밖으로 흘러가는 푸른 나무들을 멍하니 보다 물었다.

"이런 일은 회사 고문 변호사의 도움을 받을 수 없나요?"

"변호사를 움직이려면 돈이 드니까 말이지. 회사에서 할 수 있는 일은 할 테지만, 인터넷의 게시글 같은 건 직접 처리하게."

"네? 회사가 대처해 주는 게 아니에요?"

"다들 바쁘니까. 이런 일은 뭐, 알아서 대응해 주길 바라네, 알겠지? 소문이란 건 며칠만 지나면 가라앉을 테니까."

그때 차가 우에노 경찰서에 도착하면서 대화는 중단되고 말았다.

우에노 경찰서의 담당은 타마무라라는 형사였다. 히카루가 일의 자초지종을 설명했다. 유리코에게 한 번 이야기해 본 덕분에 논리 정연하게 전달할 수 있었다. 아직 협박 같은 걸 받진 않았지만 이제부터 어떻게 될지, 자신은 어떻게 하면 좋을지 히카루는 타마무라에게 조언을 구했다.

"흔히 말하는 인터넷 논란이군요. 솔직히 말하자면, 현재로서는 경찰이 할 수 있는 일이 전혀 없습니다. 하지만 이런 종류의 피해가 늘어나고 있는 것도 사실이죠. 일단은 마츠시게 씨, 내일이라도 기자회견을 열도록 하세요. 그게 사태를 진정시키기 위한 첫걸음입니다."

"기자회견이라니, 그런 것까지 해야합니까? 너무 거창하지 않습니까?"

"그렇지 않습니다. 이야기를 들어보니 엉뚱한 사람을 표적으로 삼은 데다 식장 측의 실수도 많았다면서요. 하르모니아의 입장에서야 조금 번거로울 수도 있겠지만, 정확한 사실을 빨리 발표해야 합니다. 인터넷에서는 진실을 모르니까 논란이 뜨거워지는 겁니다. 정확한 사실을 전달하면 다들 납득하면서 진정되는 경우도 많아요. 소문도 석 달이면 끝난다고 하잖아요. 일단은 직원분을 보호하는 것부터 생각하시죠."

"그러면 변호사와 상담해서……."

마츠시게는 그렇게 대답하는 게 고작이었다.

회사로 돌아가는 차 안에서 마츠시게는 "직원을 보호할 수단은 생각해 두겠네"라며 경찰서에 갈 때보다는 그나마 나아진 말을 꺼냈다. 히카루는 "잘 부탁드릴게요"라고 대답했고, 그 뒤로는 침묵이 찾아들었다. 하르모니아까지의 거리가 멀지 않다는 게 서로 다행이었다.

하르모니아의 지배인실로 돌아온 마츠시게는 기다리고 있던 니시카와와 본부장에게 경찰이 기자회견을 권했다는 사실을 보고했다.

"기자회견이요?"

니시카와는 침중하게 대꾸했다.

"그게 요즘의 일반적인 대응이라더군요."

"알겠습니다. 일단 웨딩월드 내부에서 논의해 보겠습니다. 마츠시게 씨는 전 사원에게 인터넷 등에서 정보 공개를 자중하라고 통보해 주십시오."

#06

웨딩월드에서는 아무 결정도 내려지지 않은 채 이틀이 지났다. 마츠시게는 회사 차원에서 변호사를 통해 대응하겠다고 말했지만, 특별한 변화는 없었다. 히카루에 대한 비난과 욕설은 여전히 계속되고 있었다.

"높으신 분들이 모여서 기자회견에는 누가 나설 거냐, 뭘 이야기할 거냐로 논의를 거듭했지만 결국 아무것도 결정되진 못했나 봐."

시노미야가 웨딩월드 본사의 인맥을 동원해 입수한 정보였다. 회의가 끝난 뒤에 니시카와 본부장이 분한 나머지 눈물을 흘렸다는 목격담도 있었다.

한편, 하르모니아에는 우에노 경찰서의 타마무라가 찾아왔다.

"형사 사건이 아니라 저희가 참견할 수는 없지만, 사태를 수습해야 합니다. 기자회견은 어떻게 됐습니까?"

마츠시게의 태도는 끝까지 미적지근했다.

"그건 변호사와 이야기해 봐야 합니다. 그리고 본사 측의 결정도 기다려야 하고요."

"빨리 대응해 주십시오. 그게 최선입니다. 현재 저희가 할 수 있는 건 아이하라 씨의 자택과 본가 주변을 자주 순찰하는 것 정도입니다. 무슨 일이 벌어진 뒤에는 늦습니다. 아시겠지요?"

형사 사건이 아닌데도 경찰이 직접 찾아온 의미를 마츠시게는 이해하지 못하는 듯했다.

◆◆◆

논란이 시작된 지 사흘째. 시노미야가 SNS 상황을 계속 확인해 주었다. 직접 말해주진 않았지만, 아직도 주동자들은 히카루에 대한 공격을 멈추지 않는 듯했다.

회사에 대한 항의 전화 등도 계속되는 터라 히카루는 괴로운 나날을 보냈다. 반면 미노는 오오모리에게서 조사를 받은 뒤로는 이미 끝난 일이라는 듯이 평소와 똑같은 태연한 태도로 업무를 보고 있었다.

'이 인간은 대체 뭐란 말인가.'

히카루는 화가 나는 건 물론이거니와 미노의 인격을 이해할 수 없어서 두려움과 이상함이 섞인 기묘한 감정에 휩싸였다. 그것은 패밀리 레스토랑에서 노마구치 부부, 네기시 키미에와 이야기할 때 오오모리가 받은 느낌과 비슷했다.

7. 정의

#☉1

폭로전이 시작되기 이틀 전인 7월 3일, 슈헤이와 키미에는 메신저로 대화를 나누고 있었다. 식장 측이 자신들의 결혼을 악의적으로 망쳤으니 잘못은 그쪽에 있고 우리는 피해자라는 생각은 그들의 기분을 묘하게 고조시켰다.

- 우리처럼 비참한 커플이 더 이상 나오지 않게 하고 싶어!
- 언론에서 관심을 가져주면 좋을 텐데!
- 아이하라가 연회장 문제고 청첩장 문제고 할 것 없이 전부 괜찮다고 하면서 우릴 골탕 먹인 거야. 이 망할 웨딩 플래너를 절대 용서 못 해.

우리는 달리 도움을 청할 사람도 없으니까, 키미에 씨만 믿을게.

― 아이하라는 어떤 사람이야? 시에리도 예전부터 불만이 많던데.

― 여자라는 걸 무기로 삼는 타입이야.

― 약삭빠른 인간이구나. 나도 그런 사람 많이 봤는데 진짜 싫어.

― 일단 가장 큰 문제는 면사포야. 그 흠집은 분명히 그쪽 직원이 낸 거라고. 우리는 식장에 들어갈 때까지 계속 조심스럽게 다뤘으니까. 그리고 청첩장은 시에리가 직접 디자인하고 싶다고 하니까 바로 그러자고 하더라고. 그런데 또 다음에 갔더니 역시 안 되겠대. 말이 돼? 그리고…….

패밀리 레스토랑에서 대화에 참여한 키미에는 하르모니아와 아이하라 히카루를 공격할 재료를 충분히 갖고 있었다. 그리고 슈헤이와 시에리가 부탁한 일이니만큼 사정을 봐줄 필요는 전혀 없었다.

밤 9시, 키미에는 집안일을 전부 끝냈다. 딸아이는 거실에서 TV로 요새 유행하는 동영상 채널을 보고 있었다. 키미에는 보리차를 유리잔에 따르고 슬며시 문을 닫아 부엌 식탁에 자신만의 요새를 만들었다.

'자기만 즐겁게 일하면 됐다 이거야?'

스마트폰 화면에는 하르모니아 우에노의 공식 홈페이지가 떠 있었다. 담당자 소개에는 아이하라 히카루가 웨딩 플래너로서 느끼는 보람과 하르모니아의 매력을 설명하는 글도 올라와 있었다.

'어떻게 될까?'

화제가 되면 재밌을 테고, 관심을 못 받아도 어차피 남의 일이었다. 그러니 어느 쪽으로 굴러가든 상관없었다.

"이왕이면 잘되어야지. 이 여자, 왠지 얄밉기도 하고."

화면을 SNS로 전환한 키미에는 육아와 업무 스트레스를 발산하기 위해 만들어둔 나스비 명의의 계정으로 분노의 글을 쓰기 시작했다. 사람들의 마음을 자극하는 리드미컬한 문장으로.

[친구의 결혼식이 엉망으로 끝났습니다. 이 호텔을 절대 용서할 수 없습니다. 매일 눈물짓는 친구가 불쌍해서 말도 못 꺼내겠어요. 그런데 호텔에서는 이제 더는 만날 일이 없다고 말했습니다. #비통한마음을들어주세요 #A하라를용서할수없다 #퍼뜨려주세요]

이어서 '꽃장식이 초라했다', '웨딩 플래너는 숨어서 나타나지도 않았다'라는 글을 썼다. 불과 몇 분 만에 사람들이 반응하기 시작했다.

ㄴ 너무하는데요? 실화인가요? 그렇다면 그 결혼식장과 웨딩 플래너의 이름을 공개해도 될 것 같아요! #A하라를용서할수없다 #퍼뜨려주세요

└ 조금 거짓말 같기도 한데. 우에노? 그렇다면 그 호텔밖에 없잖아. 내 친
  구도 거기서 결혼식을 했는데 옷을 갈아입을 때 엄청 불친절했다던데.

└ 와, 읽어보니까 정말 너무하네. 퍼갈게요. 용기 있는 고발에 경의를 표
  합니다. #비통한마음들을들어주세요 #A하라를용서할수없다 #퍼뜨려주
  세요

반응이 나타나자 키미에는 기쁨과 흥분을 느꼈다. '자신은 친
구 부부의 심정을 대변했을 뿐'이라고 덧붙였지만, 이때부터 그녀
의 마음속에서는 노마구치 부부의 존재가 오히려 점점 작아지고
있었다.

"이 시간에는 별로 퍼지지가 않네. 그래도 내일 슈헤이 쪽에서
리뷰 사이트에 글을 올리면, 그걸 인용해서 한 번 더 써보자."

결혼식 당일에 여러 사진을 찍어둔 것도 좋은 재료가 되었다.
슈헤이와 시에리의 길고 긴 게시글이 익시즈 게시판에 올라온 것
은 4일 저녁이었다.

#02

게시글의 내용 자체는 슈헤이가 하르모니아 측에 주장했던 것

과 별반 다르지 않았지만, 중복 계약, 직접 만든 면사포에 생긴 흠집, 답례품 안에 들어 있던 납품서라는 부분이 눈길을 끌 수밖에 없었다. 글을 쓰면서 불만 사항이 더 많이 떠올랐는지, '머리 가르마도 본인이 선호하는 비율과 조금 달랐다' 같은 내용도 섞여 있었다. 그리고 '저희 부부는 다시는 저희 같은 피해자가 나오지 않기를 바랍니다'라는 말로 끝맺음하고 있었다.

익시즈는 결혼을 준비하는 커플이라면 반드시 한 번은 들어오는 곳이었다. 이 정도로 철저히 부정적으로만 쓴 리뷰는 과거에도 몇 개 없었기에 큰 반향을 불러일으켰다.

7월 5일 아침 7시 반, 키미에는 나스비가 되어 다시 SNS에 강림했다. 그리고 슈헤이의 게시글을 링크했다.

댓글과 퍼가기가 점점 증가했다. 사람들의 반응은 나스비의 기대 이상이었다. 흡족한 댓글들이 수없이 날아들고 있었다. 팔로워들의 반응이 드디어 '폭발'하고 말았다.

　ㄴ 친구를 위해서라지만 대기업을 고발한 용기에 박수를 보냅니다! 미력하지만 열심히 퍼뜨릴게요! 이 글을 한 명이라도 많은 분이 보셨으면 좋겠습니다!

　ㄴ A하라라는 게 정말인가요? 저 이 사람 알 것 같아요! 아르바이트생한테 함부로 대하는 걸로 유명한 사람이었어요!

└ 실명을 공개해도 되지 않나? 희생자만 늘어날 텐데.

└ 우에노의 결혼식장? 어디야, 하르모니아인가? 나도 거기서 결혼했는데 웨딩 플래너 수준이 너무 떨어져!

#○3

"뭐야, 이게?"

아침 8시, 하르모니아 우에노를 둘러싼 논란을 알아챈 사람은 항상 1등으로 출근하는 마이였다. 얼마 전 오오모리에게서 익시즈에 하르모니아에 대한 부정적인 리뷰가 올라왔다는 이야기를 들었기 때문에 며칠 동안 회사 SNS를 민감하게 확인했다.

하르모니아 우에노의 SNS에 비난 댓글이 10여 개나 달려 있었다. 항의 DM도 날아들기 시작했다.

"아아, 미노 씨 일인가 보네. 항의 댓글이 꽤 달렸는데? 10개나……. 음, A하라? 아이하라? 죽어…… 죽으라니? 왜 아이하라지? 이 문제라면 미노 씨 책임인데. 무슨 일이 벌어지고 있는 거야……?"

지금까지 비난 댓글이 달린 적이 전혀 없는 건 아니었다. 그녀도 12년 정도 웨딩 플래너로 일하면서 나름대로 많은 사건 사고를 경험해 왔다. 다만 이 정도로 많은 항의가 들어오는 건 처음이었다. 마이가 보고 있는 동안에도 댓글이 점점 늘어났다. 10개가 20개로, 20개가 50개로. 그리고 아침 9시가 가까워지자 이윽고 100개를 넘었다. 그리고 무슨 이유인지 대부분의 증오가 아이하라 히카루를 향하고 있었다. 아무리 마이라도 혼란스러울 수밖에 없는 상황이었다.

"후지타 씨, 아이하라 아직 출근 안 했어? 미노 씨는?"

"아직인 것 같은데? 걔는 항상 아슬아슬하게 맞춰 오잖아. 미노 씨도 아직 안 온 것 같고."

치나츠도 상황을 인지한 표정이었다.

내선 전화가 울렸다. 프런트였다. 아이하라 히카루에 대한 항의일 것이다. 마이가 재빠르게 반응했다.

"이쪽으로 돌려주세요. ……안녕하세요. 하르모니아 우에노 예식부입니다. 아이하라 말씀이신가요? 오늘은 자리를 비웠습니다. 네, 고객님의 의견은 감사하게 받아들이고 있습니다. 익시즈의 리뷰 글 말씀이신가요? 현재 저희 쪽에서도 조사 중입니다. 아이하라뿐만 아니라 저희 하르모니아 우에노의 전 직원이 이번 일을 심각하게 받아들이고 있습니다. 네, 정말 감사드립니다."

마이는 부드러운 말투 속에 날카로운 칼날을 숨긴 채로 전화기를 내려놓았다. 그대로 몇 초 동안 생각에 잠겼다가, 이번엔 먼저 전화기를 들고 의상부로 내선 전화를 걸었다.

"나리타 팀장님은…… 아아, 나리타 팀장님이에요? 예식부의 키스기입니다. 안녕하세요. 오늘 하루만 아이하라를 맡아주실 수 있을까요? 마음대로 부려먹어도 괜찮아요. 오늘 익시즈에 조금 심각한 리뷰 글이 올라와서요. 아무래도 아이하라가 표적이 된 것 같아요. 네, 감사합니다. 잘 부탁드릴게요."

이렇게 해서 마이는 사무실로 뛰어 들어온 히카루를 의상부로 보냈다. 미노가 출근한 건 그 직후였다.

"이따가 오오모리 팀장님이랑 저, 셋이서 잠깐 이야기해요."

"어, 저도 말입니까?"

긴장감 넘치는 사무실에서 유일하게 여유 넘치는 이 남자는 누구의 눈으로 봐도 '이물질'이나 다름없었다.

회의실에 팀장인 오오모리, 부팀장인 마이, 웨딩 플래너 미노가 모였다. 미노의 표정에서 불안 같은 감정은 전혀 드러나지 않았다.

"아침부터 엄청난 숫자의 항의 전화가 걸려와서 프런트와 예식부의 업무가 마비될 정도예요. 그날 미노 씨는 나름대로 노력했지만 어쨌든 많은 실수를 범했을 텐데, 그 고객님들께는 확실히 사과했겠죠? 그런데 왜 이런 사태가 벌어진 건가요?"

마이의 추궁에도 미노의 반응은 시큰둥했다.

"예식 때 벌어진 문제에 대해서는 제가 노마구치 씨 부부께 사과드렸습니다. 그래서 분노를 거두고 피로연까지 이어갈 수 있었던 거고요. 피로연이 끝난 뒤에도 서비스부의 무례함 등을 제가 대신 사과드렸습니다. 그런데 왜 그러셨을까요? 논란이 커지면 비용을 내지 않아도 된다고 생각하셨나?"

여전히 이런 태도였다. 자기 일에 대한 책임감이 무서울 만큼 없었다. '그렇게 질질 짜면서 사과했던 걸 벌써 까먹었어요?'라는 말을 간신히 꾹꾹 눌러놓고서 마이는 날카롭게 미노를 추궁했다.

"미노 씨의 미팅이 미흡해서 생겨난 문제잖아요! 덕분에 무슨 영문인지는 몰라도 후방 지원에 불과한 아이하라가 비난을 받고 있어요. 다시 한번 미노 씨가 어떤 식으로든 노마구치 씨 부부에게 사과해야……."

그때 오오모리가 마이를 진정시키며 끼어들었다.

"미노도 열심히 노력했어. 이 친구의 실수도 다소 있었지만, 사회자나 서비스부, 레스토랑부에서도 다들 조금씩 문제를 일으켰잖아. 미노 한 사람에게만 사과하라고 할 수는 없는 노릇이야. 이번 일은 회사 차원에서 나와 마츠시게 씨가 노마구치 씨 부부와 이야기해 보겠네."

"저는 인터넷 글 같은 건 신경 쓰지 않으니까요. 괜찮습니다."

이번 대화는 결국 사태 수습은 회사가 맡는다라는 결론으로 마무리되고 말았다.

"말도 안 돼!"

미노와 오오모리가 지배인실로 가버린 뒤에 마이는 사무실에서 그녀답지 않게 목소리를 높였다.

"노마구치 씨 부부의 리뷰를 공개하지 말라고 했어야 해."

"지금까지 공개를 거부한 적은 없었으니까. 그래도 인터넷에서 이 정도로 논란이 될 줄은 몰랐어."

치나츠의 표정도 떨떠름했다. 그때 내선 전화가 울렸고 호노카가 재빨리 받았다.

"네, 예식부의 마츠다입니다. ……알겠습니다. 네, 바로 키스기 씨나 후지타 씨에게 다시 걸라고 전할게요."

그리고 전화기를 내려놓더니 마이와 치나츠에게 말했다.

"저, 저기, 취소하겠대요. 이번 논란을 인터넷에서 봤는지, 결혼식을 취소하겠다고……."

"역시나."

"대체 언제까지 계속되려나."

항상 냉정하고 침착한 마이도 화이트보드에 적힌 미노의 이름을 노려볼 수밖에 없었다.

#04

익시즈에 적은 리뷰 글에 많은 동정 댓글을 받은 게 어지간히 기뻤는지, 슈헤이는 바로 키미에에게 전화를 걸었다.

"익시즈에 달린 댓글을 봤는데, 다들 우리 편이네."

"응, 이대로 논란이 확대되면, TV나 잡지에서 관심을 가질지도 몰라."

"어쩌지? 옷이라도 사둬야 하나."

결혼식장에 대한 공격이 너무 간단히 성공한 덕분인지, 슈헤이는 천진난만하게 들떠 있었다. 키미에는 자기보다 여섯 살 어린 그가 남동생처럼 느껴질 때가 있었다.

"사람들이 쉽게 이해할 만한 항목을 골라서 한 가지씩 구체적으로 써보자. 그게 훨씬 잘 퍼질 거야. 아이하라 때문에 불쾌했던 걸 전부 알려줘."

'딱히 아이하라 때문은……'이라고 말하려던 슈헤이는 '뭐, 상관없겠지'라며 생각을 정리한 다음 장작이 될 만한 정보를 쓰기 시작했다. 그러자 이야깃거리가 줄줄 나왔다. 두들겨서 먼지 하나 안 나오는 사람이 어디 있으랴.

키미에도 인터넷상에 피워낸 불을 부지런한 게시물 작성을 통해 정성껏 키워내기 시작했다. 슈헤이가 제공해 준 사진도 중요한 장작이 되었다.

> └ 요리의 순서가 잘못된 것도 그렇고, 웨딩 플래너뿐만 아니라 식장 전체
>   가 악의적인데.
> └ 전액 환불은 물론이고 위자료도 잔뜩 받아내야지. 리뷰 원본도 봤는데,
>   그 정도면 완전 사기야.
> └ 저녁부터 고발글을 보고 있는데, 이 A하라는 신랑한테 버림받은 전 여
>   친 아냐? 그게 아니면 설명이 안 될 정도 아님?
> └ 이 A하라라는 인간의 정체를 밝혀보자.

장작은 계속 타올랐다. 나스비에게 직접 DM을 보내는 사람도
나타났다. 나스비는 팔로워가 많아 보이는 몇몇 사람에게 답장을
보냈다.

[친구 부부가 끝까지 포기하지 않겠다고 해서 계속 글을 올리고 있어요.
제가 말하는 정보는 전부 친구 부부에게서 직접 들은 내용이고, 제가 직
접 식장 측 사람에게서 들은 말도 있습니다. 피로연에도 직접 참석했고
요. 전부 진실입니다. 제가 직접 누구인지를 언급할 수는 없지만, 아직도
멀쩡하게 일하고 있다는 게 화가 납니다. 제 친구는 정신적인 충격 때문
에 출근도 못 하고 있는데요.]

오후에 접어들자 사람들은 히카루의 얼굴을 찾아내려고 혈안이 되어 있었다. 그리고 그들에 의해 용의자가 추려졌다. 아이하라가 아니었다. 이미 퇴직한 베테랑 플래너였다. 나스비는 황급히 글을 올렸다.

[아니에요, 아이하라는 좀더······.]

'예쁘다'라고 쓰려다 말았다. 그 말은 쓰고 싶지 않았다. 대신다른 말로 글을 올렸다.

[아이하라는 좀더 약삭빠른 인상이에요.]

결국 나스비는 히카루의 실명을 거론하고 말았다.
하필이면 우수 웨딩 플래너 시상식에서 찍은 기념사진이 아직홈페이지에 남아 있었다. 밤이 되자 그 사진을 발견한 누군가가나스비에게 DM을 보냈다.

[웨딩 플래너의 단체 사진을 찾아냈습니다. 혹시 이 안에 있습니까? 만약있다면 몰래 알려주세요!]

나스비의 입꼬리가 자기도 모르게 올라갔다.

'좋아, 넌 제법 적극적이네.'

[네. 한가운데에 있네요. 이 여자가 확실해요.]

하르모니아 우에노의 웨딩 플래너 아이하라 히카루. 이렇게 해서 그녀의 이름과 일하는 모습이 공개되고 말았다. 이때는 홈페이지에서 사진을 내리기 전이었다.

이 남자는 즉시 SNS에 '아이하라 히카루의 얼굴을 찾아냈어!'라고 자랑스럽게 떠들어대기 시작했다. 나스비는 자연스럽게 아이하라의 정체가 공개되었다는 점이 만족스러웠다.

키미에의 장작은 순조롭게 타오르고 있었다. 또한 이번 논란을 정리한 사이트와 게시판도 몇 개씩 생겨나기 시작했다. 인터넷에 퍼져 있는 사람들의 비난이 요약되면서 논란은 더욱 확대되는 동시에 알기 쉽게 정리되어갔다.

ㄴ 근데 아이하라의 페이스북 프로필 사진은 누구임?

ㄴ 국회의원일걸? 자기가 논란이 될 줄 알았다는 거 아님?

ㄴ 그 부부에 대한 악의적인 행동은 역시 아이하라가 꾸민 일이었어.

ㄴ 아이하라, 다 보고 있을 거 아냐! 이거 싹 다 네가 계획한 거지?

└ 이걸 실시간으로 보게 되다니, 운이 좋네!

└ 어라? 아이하라의 인스타에서 댓글이 막혔는데? 계정 삭제했나 봄.

└ 계정 폭파하고 튀었네!

키미에는 슈헤이와 시에리에게 '인터넷은 전부 너희 편이야. 아이하라, 절찬 논란 중'이라며 기쁨의 메시지를 보냈다.

#○5

논란 나흘째인 오늘도 나스비는 SNS에 글을 적고 있었다. 글을 올릴 때마다 사람들은 기다렸다는 듯이 반응했다. 그리고 이날 드디어 나스비에게 한 DM이 도착했다.

[나스비 님. 이번 결혼식 사건, 무척 흥미롭게 지켜보고 있습니다. 저는 〈깔끔 정보!〉라는 시사 정보 프로그램을 담당하는 사람입니다. DM으로 연락드리고 싶은데 괜찮으신지요?]

회사 점심시간에 DM을 확인한 키미에는 말 그대로 환희에 젖었다. 아무 변화도 없던 일상, 하는 일이라고는 회사 출퇴근 시간에 열어보는 하찮은 SNS와 스마트폰 게임. 집에서는 육아로 맘 편히 쉴 수도 없었다. 매일매일 싫증만 나던 내게 TV에서 연락이 오다니! 키미에는 즉시 답장했다.

[네, 괜찮습니다! 제 친구는 어제도 오늘도 눈물로 지냅니다. 하르모니아 우에노와 아이하라라는 웨딩 플래너를 절대 용서할 수 없어요!]

[친구 부부에게서 직접 이야기를 들어보고 싶은데, 자리를 만들어주실 수 있을까요?]

[물론 가능하지만 일단 친구 부부에게 연락해 볼게요. 대답을 듣는 대로 다시 연락드리죠.]

키미에는 이미 회사 일 같은 건 까맣게 잊고 슈헤이에게 전화 를 걸었다.

"TV에서 취재하고 싶대! 전국에 방송되는 〈깔끔 정보!〉라는 시사 프로그램이야!"

"진짜? 대박! 난 거기 나오는 여자 아나운서 좋아하는데! 취재 하러 오라고 해! 아, 오늘 밤 전화로 얘기할까? 작전회의부터 해 야지!"

"응, 알았어!"

슈헤이가 작전회의라 칭한 노마구치 부부와 키미에의 3자 통화에서는 특별한 내용이 오가진 않았다. 잔뜩 고양된 슈헤이와 키미에, 감상에 젖은 시에리가 있을 뿐이었다.

"〈깔끔 정보!〉뿐만 아니라 그 뒤로도 몇 군데에서 연락이 왔어. 주간지에서도."

"전부 할게!"

"저기, 꽃의 양이 달랐던 거나 플래너 변경 같은 문제가 진짜냐고 묻는 댓글들이 있던데, 틀림없는 거지?"

"틀릴 리가 없지. 전부 그쪽에서 의도적으로 망친 거야. 아까 낮에도 말했지만 아이하라는 자기 친구들을 동원해서 신랑의 주장이 이상하다느니, 3개월 전에 플래너를 변경하는 건 말도 안 된다느니 하면서 사태를 진정시키려고 발악하고 있어. 하지만 우리를 이기지는 못해."

거기에 시에리도 한마디 거들었다.

"아이하라는 우리를 죽이려고 했어."

그럴듯한 말투였다. 키미에는 시에리의 성격을 속속들이 알고 있었다.

"아이하라 쪽에서도 조금씩 반격해 오고 있어. 나도 과거 글들이 털리고 아이 사진까지 나돌게 됐어……. 누구 짓인지는 모르

겠지만 시에리의 예전 성씨로 계정을 만들어서 나하고 하르모니
아 양쪽을 부추기는 이상한 인간도 나타났고."

"그 자식들, 사람을 동원해서 호텔 쪽의 행동을 정당화하려는
거야. 우리가 악의적으로 당했다는 건 전부 사실이라고."

"알았어. 그쪽에서 해온 익명의 반격도 포함해서 전부 취재 때
말해버리자."

"나도 시에리 씨도 취재는 언제든 괜찮으니까 TV 쪽 사람한테
도 그렇게 전해줘."

이렇게 해서 다음 날부터 슈헤이와 시에리에게 잡지와 TV의
취재 요청이 쇄도하기 시작했다. 자신들의 정의를 의심치 않는
슈헤이의 말은 취재를 받을 때마다 점점 세련되게 바뀌어갔다.

#06

어느 평일 아침 8시 40분. TV에서는 정치와 경제에 관한 소
식이 끝나고 '방금 취재! 요즘 뉴스'라는 코너가 시작되었다. 사회
자가 심각한 표정을 지으며 설명을 시작했다.

"여러분은 평생 한 번뿐인 결혼식에서 이런 문제와 맞닥뜨린다
면 어떻게 하시겠습니까? 오늘은 그 소식을 심층 취재했습니다!"

정형화된 멘트가 끝나자 화면이 바뀌고 모자이크된 건물이 등장했다. 아는 사람은 다 알아볼 그곳은 바로 하르모니아 우에노였다. 그리고 이번 사건의 흐름이 간략한 그림으로 설명되었다. 이어서 화면에는 얼굴과 목소리가 변조된 한 쌍의 커플이 등장했다. 화면의 오른쪽 위에는 '피해자는 수천 명의 팔로워를 가진 인플루언서!'라는 글자가 떠 있었다.

소파에 앉은 부부의 모습. 남편은 고개를 숙인 채 힘들어하는 아내를 위로한다. 이윽고 남편이 조용히 말을 시작했다.

"아내는 수공예와 라이프스타일로 인플루언서……라고 하던가요? 사정이 있어 부모님이 결혼식에 참석하시지 못하게 되었고, 가족에 대한 마음을 담아 직접 면사포를 만들었습니다. 제작 단계도 SNS에 쭉 올려놓았고요. 그리고 드디어 결혼식을 끝내고 나서 확인해 보니 소중한 면사포에 흠집이 나 있었습니다."

그리고 식장을 통째로 빌려준다던 장담, 빈약한 꽃장식, 답례품에 흘러 들어간 납품서 등의 이야기가 다뤄졌다.

"호텔 측에서는 대화의 장에 계속 나오려는 성의를 보여주길 바랍니다. 더 이상 할 이야기가 없다고만 하지 마시고요."

리포터는 마치 자기 일처럼 슬픈 표정으로 공감하며 고개를 끄덕거렸다. 인터뷰 장소는 아무래도 노마구치 부부의 집인 것 같았다. 자연스럽게 시에리의 작품도 카메라에 들어왔다.

"1년 동안 준비해 오면서 정말 진심을 담은 결혼식이었습니다. 그 웨딩 플래너 분은 대체 왜 그렇게 많은 실수를 저질렀는지 모르겠습니다. 예식장을 통째로 빌리는 거라고 말해놓고 다른 커플이 있었다는 건…… 중복 계약이라는 소리 아닙니까?"

"그 여성 플래너에게 많은 제안을 받았는데, 실행하기에는 시간적으로 빠듯한 것들뿐이었습니다. 나중에 다른 남성 플래너는 이것도 안 되고 저것도 안 된다고 하더군요. 여성 플래너에게 설명을 요구하고 싶었지만, 3개월 전부터 저희 앞에서 자취를 감춰버렸고…… 결국 결혼식과 피로연 모두 엉망으로 끝났습니다. 저희 부부는 축하하러 와주신 모든 하객분께 사과드리고 싶은 마음뿐입니다."

TV 화면은 시사 프로그램의 실내 스튜디오로 바뀌었다. 사건의 흐름을 정리한 설명판에는 '여성 플래너에 의한 중복 계약', '웨딩 플래너가 3개월 전에 행방불명?'이라는 글자가 요란하게 적혀 있었다.

사회자와 패널들은 결혼식장과 담당 플래너에 대한 분노의 목소리를 쏟아내기 시작했다.

"3개월 전에 담당 플래너가 도망갔다고요? 결혼식 준비는 오랜 시간 동안 웨딩 플래너와 신뢰 관계를 쌓아가며 진행하는 것 아닌가요? 이건 말도 안 돼요. 너무 무책임하네요!"

"3개월 전이면 식을 취소할 수도 없잖아요. 이건 식장 측이나 이 여성 플래너가 직접 나서서 설명해야 맞는 것 아닐까요?"

"식장 측에서도 앞으로는 변호사를 통해서만 이야기하겠다고 선언했다죠? 대체 무슨 생각일까요? 이걸 소송으로 끌고 가면 식장과 웨딩 플래너에게 승산이 없을 텐데."

이 코너는 사회자가 무표정하게 읽어 내려간 원고로 마무리되었다.

"저희는 식장 측에도 취재를 요청했지만, 정해진 기한까지 아무런 답변도 받지 못했습니다."

이 방송은 하르모니아 우에노 예식부와 직원 식당 TV에서도 흘러나오고 있었다. 호노카는 평소의 그녀답지 않게 "이건 너무 일방적이잖아요!"라며 화를 냈다.

"결국 TV에도 나왔군…… . 나스비란 사람은 부추기는 솜씨가 보통이 아냐. 게다가 인플루언서, 인플루언서라고 엄청 떠들어대네. 그렇게 빠듯하게 다른 피로연을 끼워 넣는 게 말이 되냐고. 등신들 같으니."

시노미야는 직원 식당에서 조리사와 함께 시사 프로그램을 보고 있었다.

"말이 너무 심하지 않아? 이거, 히카루 이야기지? 그 애가 그렇게 나쁜 짓을 할 리가 없는데."

"요새 워낙 불경기다 보니, 대중이 비난할 대상을 갈구하는 건지도 모르죠."

기획실로 돌아오자 TV를 보던 히카루가 또 책상에 엎드린 채 코를 훌쩍이고 있었다.

"드디어 시사 프로그램에서도 다루기 시작했어. 오후에 마츠시게 지배인과 오오모리 씨를 불러서 이야기하는 게 좋겠어. 기자회견도 열지 않고 취재에도 응하지 않잖아. 회사 홈페이지에다 사정을 설명한 것도 아니고. 이대로 가다간 계속 이쪽이 가해자로 여겨질 거야."

시노미야도 자기 업무가 바쁜 사람이었다. 기획실에는 인원이 한 명뿐이니 당연한 일이었다. 그는 밀리기 시작한 업무를 정리하기 위해 컴퓨터 앞에 앉아 묵묵히 작업을 시작했다. 히카루가 멍하니 자신은 뭘 해야 하나 생각하는데, 마침 스마트폰이 울렸다. 화면을 보니 그녀의 삼촌이었다.

"TV 봤다! 그거 너 맞지? 지금 당장 사과하러 가라! 거짓말이라고? TV에서 거짓말을 할 리가 있나! 혼자 가기 그러면, 같이 가 주마!"

"괜찮아요. 회사가 알아서 수습해 줄 테니까요. 아니라니까요. TV에서도 거짓말을 할 때가 있어요! 아, 됐어요! 끊을게요!"

169

시노미야가 손을 멈추고 돌아보았다.

"TV의 영향력이 바로 나타나는군."

"나이 많은 분들한테는 TV가 곧 정의니까요. 고향에 계신 부모님께는 설명해 드렸는데, 친척이나 이웃에게까지 그럴 시간은 없잖아요. 제가 직접 말하는 것도 그림이 이상하고요."

사실 친척이나 이웃에게 해명하는 건 큰 문제가 아니었다. 문제는 따로 있었다. 시사 프로그램이 방영된 뒤, 하르모니아에 결혼식을 취소하겠다는 전화가 몇 통이나 걸려왔던 것이다. 그도 그럴 것이 기존 계약은 히카루가 성사시킨 게 대부분이었다. TV를 본 사람들로서는 접수 담당자가 바로 아이하라라는 웨딩 플래너이니 무리도 아니었다.

이때 하르모니아에는 50건이 넘는 결혼식 예약이 들어와 있었지만, 이틀 만에 40건 가까이 취소되었다.

#○7

시사 프로그램이라는 장작을 얻은 SNS에서는 더욱 심한 공격이 계속되었다.

└ 아이하라, 도망만 치고 책임 안 질 거면 이 업계에서 떠나버려!

└ 〈깔끔 정보!〉 봤어! 하르모니아와 아이하라는 신랑 신부에게 전액 환
불&위자료 지급해!

'#A하라를용서할수없다 #아이하라히카루'라는 해시태그가
SNS를 점령했다. 불과 며칠 만에 수십만 명의 사람이 히카루를
언급한 것이다. 히카루는 온갖 비난의 대상이 되었을 뿐만 아니
라 자택과 졸업 앨범까지 공개되고 끝내는 본가 주소, 가족까지
까발려졌다.

그러나 히카루를 공격하는 나스비의 글은 멈추지 않았다.

[친구는 우울증 증세도 보이고 이제 회복하기 힘들 것 같다고 말하는데,
A하라는 아직도 사과하지 않았음. 호텔 측도 왜 그런 여자를 감싸고도는
지 이해가 안 됨. 팀장이란 남자가 사과했지만 당신이 꿇은 무릎에는 한
푼의 가치도 없어! 우리가 원하는 건 그 망할 A하라가 무릎 꿇는 것뿐!]

그 말투는 초기에 비해 훨씬 과격해졌다. 일부에서는 '이 나스
비라는 사람의 주장도 조금 이상하지 않아?'라는 목소리도 나왔
지만, 인터넷상에 불어닥친 여론몰이는 여전히 강해지기만 할 뿐
이었다.

논란 8일째, 시사 프로그램이 방영된 저녁이었다. 지배인실에는 히카루와 마츠시게 지배인, 오오모리가 모여 있었다.

"회사 변호사가 뭘 하고는 있나요? 개인정보도 점점 폭로되고 있어서 정말 무섭다고요."

"우리가 정식으로 의뢰해서 지금 움직이고 있다네. 그러니까 우리도 이렇게 아이하라 씨한테서 정보를 듣고 변호사에게 전달하려는 거고."

오오모리가 말을 꺼냈다.

"노마구치 씨에게서 두 번째 만남을 갖자는 연락이 왔습니다. 지배인님, 화해 조건을 정리해 보죠. 지난번에 이야기한…… 10에서 15퍼센트의 할인이 업계의 일반적인 관례이긴 해도 이미 그걸로는 수습하기 힘든 상황입니다."

"이렇게 된 이상 전액을 환불해서……. 그렇지, 면사포 얘기도 있었지. 그건 우리 짓인지 아닌지 증명할 수도 없는 일이니까, 새 드레스를 한 벌 만들어서 선물하는 걸로 하지. 그리고 만약 다시 한번 결혼식을 올리고 싶다고 하면, 월드 측과 상의해야겠지만, 브루클린 하우스의 해외 결혼식을 제공하기로 할까?"

"파격적이네요. 그 조건으로 노마구치 씨와 대화해 보겠습니다. 이걸로도 안 된다면 시라이 변호사님께 중재를 부탁드릴 수밖에 없겠네요."

드디어 고문 변호사의 이름이 언급되었다. 두 번째 만남은 7월 16일로 정해졌다.

"아이하라, 한동안 출근 안 하고 쉬어도 돼. 이런 상태로는 업무를 볼 수도 없을 테니까. 나머지는 나하고 마츠시게 씨가 진행할 테니까 오늘은 기획실로 돌아갔다가 그대로 퇴근하도록 해."

"알겠습니다……. 이만 실례할게요……."

자신이 계약을 성사시킨 대부분의 결혼식이 취소된 덕분에 출근해 봐야 할 수 있는 일도, 해야 할 일도 없었다. 이날부터 며칠 동안 히카루는 웨딩 플래너 업무에서 제외되었다.

히카루가 복도를 지나가는데, 앞에서 바지 정장을 입은 여자가 걸어오고 있었다. 치나츠였다. 지금까지 수많은 항의 전화를 상대하느라 상당한 스트레스를 받은 그녀로서는 싫은 소리를 꺼내지 않을 수 없었다.

"넌 편하겠다? 도망치기만 하면 되니까. 현장에서 우리만 고생이지."

평소 같으면 히카루도 지지 않고 받아쳤을 테지만, 지금의 그녀에게는 그럴 만한 기운이 남아 있지 않았다. 그녀는 그저 말없이 계속 걸어갔을 뿐이다. 치나츠는 빈껍데기 같은 히카루의 뒷모습을 바라보면서 괜한 말을 했다는 죄책감을 느꼈다. 분풀이하려다 마음만 더 무거워진 셈이다.

히카루가 나간 뒤에 오오모리가 마츠시게에게 작은 소리로 말했다.

"실은 노마구치 씨 부부가 하루 먼저 올 테니 15일에 아이하라와 만나게 해달라는 요청이 있었습니다."

"노마구치 씨 부부에게 아이하라와 미노의 2인 체제였다고 말하긴 했지만, 이 정도로 아이하라만 물고 늘어질 줄이야……."

"네, 그렇게라도 말하지 않았다면 수습하기 더 힘들었을 테지만……. 어쨌든 아이하라와 노마구치 씨 부부는 모든 일이 마무리될 때까지 만나지 못하도록 손을 써두겠습니다."

"뭐, 잘 처리하도록 하게. 정말 어쩌다 일이 이렇게 성가시게 되어버린 건지……."

미노가 저지르고 다들 조금씩 상황을 악화시키면서 완성된 '혼돈'이었다. 두 번째 만남은 바로 그런 혼돈 속에서 이루어지게 되었다.

8. 반격

#01

직접 만나는 것은 두 번째이지만 전화 통화를 포함하면 몇 번째인지도 모를 이번 만남은 하르모니아 우에노의 레스토랑에서 있었다. 노마구치 부부와 네기시 키미에, 오오모리, 마츠시게까지 다섯 명이 모였다. 이날도 노마구치 슈헤이의 공세로 시작되었다.

"아이하라 씨가 나오지 않는다고요. 어떻게 된 겁니까?"

"죄송합니다. 아이하라는 마침 가족의 건강 악화로 휴가를 얻은 터라 도저히……."

"저희는 꼭 아이하라 씨에게서 직접 사과받고 싶은데요."

"아픈 가족을 보러 가긴 했지만, 본인도 지금 출근하기 어려운 정신 상태라……. 상당히 힘들어하고 있거든요."

"힘들어한다고요? 제 아내보다 심하다는 겁니까? 시에리 씨는 인플루언서로서 드디어 액세서리 기획 의뢰도 들어오고 있었는데, 이번 소동으로 전부 무기한 연기됐습니다. 회사 측에선 아이하라 씨가 어떻게 힘들어하는지 확인은 하셨나요? 이번 기회에 맘 편히 놀고 있는 건 아니고요?"

슈헤이의 말은 거침이 없었다. 피해자이니까. 당연하다면 당연했다.

오오모리는 굽실거리며 답변할 수밖에 없었다.

"저는 물론이고 부팀장들도 긴밀하게 연락을 취하고 있습니다."

"글쎄요. 지금 이 순간에도 게임이나 하고 있을지 누가 알겠습니까? 뭐, 일단 알겠습니다. 그건 그렇고…… 이번 일이 여러모로 인터넷에서 화제가 되고 있다는 건 알고 계시겠죠?"

"물론입니다."

"사람들은 다 저희 편을 들어주시던데요."

지금까지 수많은 고객의 컴플레인을 받아봤지만, SNS가 엮임으로써 이렇게 큰 사건으로 발전할 수도 있다는 걸 마츠시게와 오오모리는 새삼 통감하고 있었다.

마츠시게는 하르모니아 측에서 제시할 수 있는 최대한의 성의라며 화해 조건이 적힌 종이를 내밀었다.

"이번 결혼식에 지불하신 약 300만 엔을 전액 저희 쪽에서 부담하겠습니다. 또한 흠집이 났다는 면사포도 웨딩드레스의 일종이라고 판단해서 저희 쪽에서 새로운 드레스를 제작해 드릴 생각입니다."

거기에 브루클린 하우스에서 제공하는 '2인 해외 결혼식' 무료 이용권, 30만 엔짜리 여행권 등의 내용도 적혀 있었다. 슈헤이 역시 놀란 눈치였지만 금세 표정을 감추었다.

"솔직히 돈은 문제가 아닙니다. 지난번에도 말씀드렸지만, 아이하라 씨의 사과가 없으면 저희는 이번 일을 마음속에서 정리할 수가 없어요. 앞으로는 저희 같은 불행한 커플이 나오지 않게 하는 게 제 의견이자 인플루언서인 시에리 씨의 사명입니다. 그러니 마츠시게 씨에게 앞으로의 호텔 경영 방침, 직원 교육 방침에 관해서도 묻고 싶습니다. 하지만 일단은 아이하라 씨의 진심 어린 사과가 있어야겠죠."

오오모리는 난감한 가운데서도 간신히 목소리를 쥐어 짜냈다.

"그 부분은 따로 나누어서 생각해 주실 순 없겠습니까? 아이하라 이야기가 나오면 어쩔 수 없이 감정적으로 흘러가는 것 같으니까요. 그것보다도 일단은 저희가 제시한 내용을 받아주셨으면

합니다. 그다음에 다시 저희 쪽에서 아이하라가 사과하는 자리를 만드는 방향으로…….”

“여기 있는 네기시 씨의 개인정보도 이번 논란으로 인해 인터넷에 노출되고 있습니다. 내용을 살펴보면 아무래도 식장 측에서 흘린 느낌이 들던데요. 아이하라 씨의 휴대전화 번호라도 알려주시죠.”

키미에는 말없이 아래쪽만 보고 있었다.

“그건…… 가르쳐드릴 수 없습니다. 개인정보이기도 하고, 회사 직원에 관한 정보는 절대 노출시키지 말라는 지시도 받았으니까요…….”

“알겠습니다. 하지만 더 이상은 이번 일을 오래 끌고 가지 말아주십시오.”

‘인플루언서 어쩌고 하면서 오래 끌고 가는 게 누군데’라는 말을 오오모리는 간신히 도로 삼켰다.

“저희로서도 오래 끌고 갈 생각이 전혀 없습니다. 오히려 저희가 제시한 조건을 받아들이지 못하시겠다면…… 결국은 대리인을 통해서 협상하게 될 겁니다.”

“제시하신 내용은 일단 가져가서 상의해 보겠습니다만, 그럴 생각이시라면 저희도 변호사를 선임할 수밖에요. 또 연락드리도록 하죠.”

"하르모니아와 아이하라의 대응은 예상대로 막무가내네. 이제 대화할 생각이 없다는 거잖아."

키미에와 슈헤이는 오늘의 대화를 어떻게 과장해 나갈지, 다시 한번 작전회의를 시작했다.

그리고 며칠 뒤, 나스비는 오늘도 트위터로 히카루를 비난하고 있었다.

[친구 부부를 대신해서 소식을 전합니다. 두 사람은 식장 측의 요청을 받고 대화 장소로 향했지만 A하라가 약속 시간 직전에 약속을 취소! 약속의 중요성도 모르는 이 웨딩 플래너는 어디까지 쓰레기인 거야?]

그에 호응하는 사람들의 말도 가차 없었다. A하라가 약속 시간 직전에 약속을 취소했다는 이슈는 시사 프로그램 방송 이후 시들해진 비판자들을 다시 한번 일으켜 세웠다.

└ 사실은 그 멍청한 팀장이랑 짜고 장난질한 거 아니야? 이 신부는 뭔가 켕기는 부분이 있으니까 아무 말도 못 할 테고, 평소의 스트레스나 풀 겸 골탕이나 잔뜩 먹여보자라는 식으로. 그러면서 뒤에서 낄낄거렸을 게 분명해!

└ 정상적인 사람이라면 국회의원 얼굴을 프로필 사진으로 쓰진 않지. 머

리가 정상이 아닌 거야. 정상이면 진짜 못돼먹은 인간이고!

└ 이제 원양어선이나 타고, 그렇게 버는 돈은 전부 그 부부한테 갖다 바쳐, 아이하라!

이런 흐름을 보고만 있을 수 없었던 유리코도 다시 이 싸움에 참여하기로 결심했다. 지난번엔 사방에서 얻어맞기만 했지만, 히카루에게서 예식과 피로연의 사정을 전해들은 지금은 참을 수 없었다. 이번 일도 히카루에게 물어보자 다음과 같은 대답이 돌아왔다.

"노마구치 씨 부부가 만나러 온다는 이야기는 못 들었어. 나도 그분들에게 물어보고 싶은 게 많았는데."

사실을 확인한 유리코는 이번에야말로 지지 않겠다고 결심하며 스마트폰을 양손으로 쥐고 앨리스 이름으로 글을 쓰기 시작했다.

[그 부부가 A하라 씨와 직접 약속을 잡은 거 맞아? 식장 측하고 이야기했을 뿐이지? 식장 측에서 그녀에게 연락하지 않았을 가능성은 생각해봤어? 다들 거기까지 확인해 보고 공격하는 거지? 그리고 이상하잖아. 담당 플래너는 남자였을 텐데, 왜 식장 측이나 나스비나 A하라 씨의 이름만 언급하는 거야? 무슨 의도로 그러는 건데?]

그러자 나스비와 그 추종자들이 대답했다.

└ 지금 누가 담당이었는지가 중요해? 실수해서 폐를 끼친 플래너가 사과

　하는 게 당연한 거잖아. 너 가끔씩 나타나서 트집 잡던데 A하라 아냐?

└ 이 인간, 전에도 봤어. 본인이네.

└ 관계자인 건 확실한 듯. 재밌어지겠는데.

하지만 오늘의 앨리스는 꺾이지 않았다. 꺾이기는커녕 오히려
화가 솟구쳤다.

[이야기의 흐름을 보면 본인이나 관계자가 아니라도 알 수 있잖아. 만약
A하라라는 사람이 중간에 교체되었다고 쳐봐. 예전 성씨를 언급한 건 결
혼식 당일이니까, 실수한 사람은 그 직전까지 미팅을 담당한 후임 남성
플래너 아냐? 애초에 프로필 사진에 자기 사진을 안 쓰면 나쁜 인간이라
는 건 무슨 논리야? 나스비의 프로필 사진도 게임 캐릭터잖아. 풍선이나
인형을 자기들이 준비할 수밖에 없었다고 하는데, 그건 당연한 거지. 자
기들이 직접 꾸미고 싶다고 했을 거 아냐. 애초에 장식할 물건을 직접 가
져오는 경우는 흔해. 결혼식도 안 해본 인간들이 비판하지 말라고.]

└ 식장에서 잘못한 이상 변명의 여지가 없는 거지.

∟ 평생 한 번뿐인 결혼식을 망쳤다는 사실은 변하지 않아. 지금 도망치고
 있는 건 아이하라라고.

∟ A하라 ㅈㅅ할 듯(기대 중).

∟ 나스비와 부부에게서 블랙 컨슈머 냄새가 나. 특히 이 나스비라는 인간
 의 말투는 정상적인 성인으로 안 보여.

하르모니아 예식부의 직원들도 이런 소동을 지켜보고 있었다.

"내막을 모르는 사람들이 떠들어대면서 논란이 이상하게 과열
되고 있어. 위험한데."

마이가 자기 스마트폰을 보며 중얼거렸다.

"중복 계약은 없었고, 다른 커플과 마주친 것도 그 부부가 규
정을 지키지 않아서잖아."

"그 부부가 아이하라 씨와 만날 예정이었어요? 아이하라 씨는
휴가 중인데도요?"

호노카가 화면을 들여다보며 혼잣말처럼 질문했다.

"잘못된 정보가 너무 많아."

"피로연장에서도 하객들이 그 정도로 여기저기 돌아다니고 나
갔다 들어오는 건 처음 봤어요."

"꽃 문제도 미노 씨가 요츠야 플라워에서 받은 스케치로 설명
했을 테고……."

"장식할 물건은 본인이 가져오는 게 보통인데! 정말 화가 나요!"

"그렇다고 인터넷에서 싸우면 안 돼. 회사에서도 지시가 내려왔으니까."

"알고 있어요."

연이은 예약 취소로 이번 사태를 언급하는 것조차 꺼려질 만큼 예식부 직원들은 호텔 내에서 매우 난처한 입장이었다. 그런 가운데 미노는 대체 무슨 업무가 있는지 식장 여기저기를 돌아다니고 있었다. 자신은 이번 일과 상관없다는 듯이 행동하는 그를, 마이는 말없이 한 번 쏘아볼 뿐이었다.

#02

[이번 소동을 처음부터 지켜봤어요. 저는 동종업계 사람입니다.]

'하치'라는 인물이 등장한 것은 논란이 시작된 지 2주 정도가 지났을 무렵이었다. 구체적인 정체는 드러나지 않았고 기존 글에는 좋아하는 술안주 정도만 올라와 있을 뿐이었다.

[나스비 씨에게 질문하고 싶습니다. 하르모니아 우에노라면 거기 납품하는 꽃집은 요츠야 플라워겠죠? 거긴 일 처리가 무척 꼼꼼해서 최종 스케치 같은 것도 보여줬을 겁니다. 꽃이 빈약해 보일 거라는 건 사전에 알았을 텐데요.

꽃에 대한 논의는 4월에 했다고 했는데, 그렇다면 여성 플래너가 아니라 남성 플래너와 이야기한 것 아닌가요? 또 꽃집과 직접 대화하는 건 보통 한 번뿐이고, 이후에는 플래너가 중간에서 조율할 겁니다. 실제로 플래너가 교체됐는지는 모르겠지만, 당신들이 비판해야 할 대상은 남성 플래너가 아닌가요?]

나스비는 하치의 공격에 슈헤이의 익시즈 게시물을 링크하며 퉁명스럽게 답변했다.

[자세히는 모르겠어요. 하지만 신랑 신부가 기대했던 것과 실제 꽃장식 사이에 상당한 차이가 있었다는 건 사진으로 확인해 주세요. 꽃이 너무 초라해 보여서 자기들이 가져온 인형과 풍선으로 최대한 화려하게 보이도록 노력한 겁니다.]

하치는 멈추지 않았다.

[그 부분도 이해가 안 됩니다. 장식에 관한 건 사전에 이미 논의가 됐을 겁니다. 식장에서는 최소한의 장식만 준비하고, 신랑 신부가 희망하는 경우에만 그런 장식품을 직접 가져오기 때문입니다. 그리고 신랑님은 TV에서 3개월 전에 연회장과 일정을 변경했다고 말했지, '플래너가 바뀌었다'라고는 말하지 않았습니다. 마치 별일 아니라는 듯이 3개월 전에 연회장과 일정을 변경했다고 말하던데, 그런 경우 직원들은 엄청나게 고생합니다. 같은 날에 식을 올리는 커플과의 시간 조정이나 답례품의 발주일 등 많은 항목을 재조정해야 하니까요. 그런 시점에 식장 측이 아무 이유도 없이 플래너를 변경한다고요?]

나스비도 물러서지 않았다. 친구 부부가 피해를 입은 사실은 분명하기 때문이다.

[저는 거짓말한 적이 없어요. 친구 부부에게 사실을 확인하고 그들을 대신해서 하르모니아와 A하라를 고발하고 있을 뿐이니까요. 불만이 있다면 직접 하르모니아와 A하라에게 물어보거나, 결혼식을 망친 제 친구 부부에게 직접 확인하시면 되겠네요. 제 친구는 결혼식날 이후로 일은커녕 사람들 앞에 제대로 나서지도 못하는데, 어떻게 그런 말을 할 수 있어요?]

이 시점엔 이미 많은 사람이 이 일에 흥미를 잃었지만, 그래도 여전히 열심히 선동하는 사람들이 남아 있었다. 그리고 아주 조금씩이지만 상황이 바뀌고 있었다.

"시노미야 군, 오랜만이야. 하르모니아가 TV에 나오는 건 나도 봤네."

"후지시로 씨, 오랜만에 뵙습니다. 좋아 보이시네요. 음, 그 일 때문에 조금 할 이야기가 있습니다. 언제 한 번 식사라도 하지 않으시겠어요?"

시노미야가 옛 상사에게 연락한 것도 바로 그 무렵이었다. 예식부 소속이 아닌 그가 자신의 업무를 처리하면서 히카루와 미노의 업무 내역을 확인하는 데는 다소 시간이 걸렸다. 그럼에도 그는 나름대로 실태를 파악할 수 있었다. 다만 호텔 측이 이번 일에 침묵을 지키면서 히카루를 도우려 하지 않는 이유를 알 수 없었다. 그리고 그 의문은 후지시로 덕분에 허무하게 풀리게 되었다.

#03

시노미야와 옛 상사 후지시로는 역 앞의 이자카야에서 술을 마시고 있었다. 서민적이고 떠들썩한 가게일수록 비밀스러운 이야기도 쉽게 할 수 있는 법이다.

후지시로 타카시, 63세. 양복과 안경을 갈색으로 통일한 모습을 보면 제법 세련됐다고 할 수도 있었다. 그는 30대에 광고 디자인 업계에서 하르모니아로 이직했고, 오랫동안 하르모니아 우에노의 광고물을 제작했다. 신입인데도 어느 부서에도 적응하려 하지 않는 인턴 시절의 시노미야를 반강제로 기획부, 현재의 기획실로 끌고 온 사람이 바로 그였다. 자신이 다루기 힘든 신입임을 잘 알았던 시노미야는 나중에 후지시로에게 물었다.

"왜 저를 기획부로 불러주셨던 거죠?"

"이건 내 생각인데, 창작을 하는 사람들은 화가 많은 법이야. 그때는 네가 가장 제대로 된 녀석이었거든."

그렇게 말하는 후지시로는 웃고 있었다. 그때 이후로 시노미야는 늘 윗선에 하고 싶은 말을 거침없이 해왔다. 기획부가 축소되고 디자인은 외주로 맡기자는 의견이 나오는 가운데 그는 최대한 비용을 절감시키며 후지시로가 쌓은 성을 홀로 지키고 있었다.

"직장에서 겉돌진 않고? 내가 나갈 때, 기획부 수장이 아사카와였지? 그녀는 아직 거기 있나?"

"기획부는 축소되어 '기획실'이 되어버렸어요. 그 사람은 지배인의 입김으로 레스토랑부의 팀장 자리에 올랐죠. 예식부의 키스기 씨가 특히 불만이 많은 것 같아요."

"마츠시게가? 그 친구도 여전하군."

후지시로는 쓴웃음을 지었다.

"시노미야, 우리 회사로 오고 싶으면 언제든 말하라고."

후지시로는 50대에 하르모니아에서 퇴직하고 작은 디자인 사무실 겸 광고대행사를 운영하고 있었다. 하지만 환갑이 넘어가자 슬슬 자기 시간을 갖고 싶어졌는지, 시노미야에게 농담인지 진담인지 모를 영입 제의를 하곤 했다.

"이번엔 좀 진지하게 생각해야겠네요."

"하르모니아 건, 조금 심각하더군. 플래너가 실수했다지?"

"제가 아끼는 후배 플래너가 그 일에 휘말렸어요."

"여성 플래너의 실수로 신랑 신부가 피해를 입었다고 하던데. 상대방이 그렇게 유명한 사람이야? TV에 나온 내용이 사실이라면 예식부뿐만 아니라 서비스부와 의상부도……."

"흥, SNS 팔로워가 고작 2000 정도예요. 오히려 이번 소동으로 꽤 늘어난 것 같지만요. 사실은……."

시노미야는 지난 며칠 동안 수집한 정보를 정리해서 후지시로에게 말해주었다.

"아아, 미노가 엮여 있다면 사정을 대충 알겠군."

"회사가 은근히 미노를 배려하는 느낌이던데, 왜 그런 건가요? 실은 그걸 물어보고 싶어서 오늘 뵙자고 했습니다."

"들으면 허무할 만큼 간단한 이야기야. 미노는 경력사원으로 채용됐지? 전에는 통신 회사에 다녔고. 7, 8년 전이던가? 하르모니아에 들어온 게."

"네. 그 뒤로 그 친구의 업무 성과를 보고 들으면서 참 이상한 인재를 영입했다 싶었습니다. 채용하기 전엔 몰랐던 걸까요?"

후지시로가 공개한 내막은 정말 허무했다.

"낙하산이야, 낙하산. 하르모니아는 우정사업 민영화를 통해 민간 기업이 되지 않았나. 하르모니아 우에노 설립에는 일본 우정공사, 다시 말해 민영화 이전의 우정성이 엮여 있었지. 회사가 설립될 때 우정공사에 있던 사람이 미노의 아버지야. 그리고 어딘가의 외국계 호텔에서 영입된 게 마츠시게였고. 그 두 사람은 대학 선후배 사이라고 하더군."

"네? 전혀 몰랐습니다."

"공무원……은 이제 아니지만 말이지. 어쨌든 그런 조직에 들어올 때는 연줄이 중요시되고, 들어온 뒤에는 그 연줄을 쉬쉬하는 법이지. 그래서 의외로 누가 누구의 연줄로 들어왔는지를 서로 모르는 경우도 많아. 미노가 예식부에 있다면 그 윗선은 오오모리겠지?"

"오오모리 씨가 팀장으로 있습니다."

"미노가 전에 있던 회사가 어려워졌을 때 미노에게 제의한 게 오오모리였을 거야. 회사와 예식부가 미노를 배려하는 건 설립자에 대한 의리 같은 거지."

"고작 그런 이유로……."

시노미야는 말문이 막혔다.

"공무원, 그것도 우정공사야. 그쪽 연줄은 '고작'이라고 할 만큼 작지 않다고. 특히 나와 마츠시게, 오오모리 같은 세대에게는. 자네들에게야 하찮은 일로 보이겠지만 말이지."

생각해 보면 오래된 조직이었고 도쿄치고는 유동인구가 적은 지역이었다. 연줄이라는 것이 크게 작용할 수밖에 없었을 것이다. 특히 1980년대 말에 입사한 세대에게는.

"아이하라 씨에 대한 세상의 오해는……."

"왜 그 아이하라 씨라는 사람에게 책임이 전가되었는지는 모르겠지만, 하르모니아가 미노 혼자 책임을 짊어지지 않게 하려고 피해자 부부에게 무슨 말을 한 거겠지. 아마 깊이 생각하지 않고 불쑥 나온 말이었을 거야. 그 결과 지금의 소동으로 발전한 거지. 이번 소동이 대체 누구에게서 비롯되었는지는 모르지만, 그 인물은 이대로 소란이 가라앉기만을 숨죽인 채 기다리려고 할 걸세."

"경찰은 웨딩월드 측에 기자회견을 권했습니다."

"웨딩월드는 주가에 매우 민감한 곳이지. 예식부가 월드 측에 인수된 후부터 난 아무래도 일하기가 불편해져서 퇴직했던 거야.

아버지가 세운 작은 회사도 어떻게든 좀더 이어가 보고 싶었고."

"오늘은 덕분에 많은 걸 알게 됐습니다. 알고 보니 정말 하찮은 이유였지만요. 만약 제가 하르모니아에서 잘리면, 그때는 잘 부탁드릴게요."

"우리야 대환영이지. 월급이 짜⋯⋯다는 건 하르모니아도 마찬가지겠군."

후지시로는 웃으며 술잔을 기울였다. 시노미야도 술잔을 입에 갖다 댔지만, 오늘은 아무리 마셔도 취할 것 같지 않았다.

#04

회사에서 아무리 신경 쓰지 말라고 해도 궁금한 건 어쩔 수 없었다. 호노카는 오늘도 예식부 사무실에서 스마트폰을 만지작거리고 있었다. 이번 사건을 정리하며 조회수를 올리는 사이버 렉카 채널이 우후죽순처럼 생겨나서 '도망친 웨딩 플래너, 비극의 인플루언서가 TV에서 고발', '충격! 이 정도로 무책임할 줄 몰랐던 하르모니아의 대응', '문제의 웨딩 플래너 A하라 히카루의 출신 학교 공개' 등의 제목으로 인터넷에서 수집한 정보를 제멋대로 옮겨 적고 있었다.

"오늘은 아이하라가 회의에 참석하는 날이지? 이걸 어떻게 할까?"

치나츠가 편지 한 통을 들고 마이에게 말을 걸었다. 발신자는 젊은 여성인지 편지는 귀여운 디자인의 봉투에 들어 있었다.

"누구한테 온 건데?"

"예식부. 그런데 발신자 이름을 보면, 아마 아이하라가 접수부터 결혼식까지 담당한 사람이었던 것 같아. 오오모리 씨한테 넘겨야 하나?"

"팀장님하고 미노 씨는 지배인실에서 언제 나올지 모르니까, 우리끼리 열어보자."

오오모리처럼 '회사 측 입장'에 가까운 사람들에게만 맡겨둔다면 이번 일은 빨리 해결되기 힘들 것이다. 마이는 수석 부팀장으로서 편지를 건네받았다.

편지지는 봉투와 한 세트였다. 처음 10초 정도 조용히 편지를 읽던 마이는 곧 목소리를 내서 치나츠와 호노카에게도 내용을 들려주었다.

"하르모니아 우에노의 직원 여러분, 그리고 예식부 여러분께. 오랜만에 연락드립니다. 저는 지난번 하르모니아에서 결혼식을 올린 사사키 하루카라고 합니다. 그때는 정말 감사했습니다. 마음 따뜻한 플래너님이 함께해주신 덕분에 무척 멋진 예식과 피로연을 올릴 수 있었습니다. 하객으로 참석한 친구들도 호평 일색이었고, 지금도 다 함께 모이면 그때의 기억을 화제로 꺼낼 정도입니다."

마이는 여기서 잠시 끊으며 숨을 골랐다.

"너무 좋네요. 지금 이런 편지를 받다니……."

호노카가 중얼거렸다. 마이는 이어서 읽기 시작했다.

"제 결혼식을 담당해 준 분은 아이하라 씨였습니다. 지금 시사 프로그램과 인터넷에서 아이하라 씨가 자주 언급되고 있습니다. 한 부부의 결혼식을 악의적으로 망쳤다는 내용입니다. 물론 저보다는 여러분이 훨씬 잘 알고 계시겠죠. 하지만 도저히 믿기지 않습니다. 아이하라 씨는 저희의 어렴풋한 희망 사항을 전부 경청해 주고, 짧은 기간 안에 연출과 장식도 완벽하게 구성해 주셨습니다. 요리 메뉴 결정도 훌륭하게 조언해 주셨고요. 미팅 기간 중에는 몇 번이나 편지를 써주셨고, 결혼식 당일에도 함께 울고 웃으며 기뻐해 주셨습니다. 그런 아이하라 씨가 TV나 인터넷에서 말하는 것처럼 업무를 내팽개친 채 도망치고, 고객에게 심술을 부리고, 사과하러 나오지도 않는 일이 있을 수 있을까요? 저는 도저히 믿기지 않습니다."

치나츠와 호노카도 마이가 들고 있는 편지를 가만히 바라보고 있었다. 마이는 계속 읽어 내려갔다.

"저는 오히려 회사의 누군가가 아이하라 씨를 악의적으로 곤경에 빠뜨린 것 같다는 생각이 듭니다. 아이하라 씨는 괜찮으신가요? 누군가 보호해 줄 사람은 있는 건가요? 역효과가 났을지도 모르지만, 저도 아이하라 씨를 잘 아는 사람으로서 '그분이 그럴리 없다'고 인터넷에 몇 번이나 글을 올렸습니다. 하지만 논란이 너무 커서 그런지 전혀 소용이 없었어요. 하지만 이것만큼은 아이하라 씨가 알았으면 해요. 저도, 제 친구들도 다들 인터넷에서 '아이하라 씨의 도움으로 정말 멋진 결혼식을 올린 사람도 있다. 나도 그중 한 명이다'라고 목소리를 내고 있습니다. 이 목소리가 아이하라 씨, 아니, 우리의 히카루에게 닿길 바랍니다."

사무실에서는 편지를 원래대로 접어 봉투에 넣는 작은 소리만 들려왔다.

"이제 슬슬 아이하라가 올 시간이네."

마이는 두 사람에게서 고개를 돌려 벽에 걸린 시계를 올려다보고 있었다.

#05

그날 오후 히카루는 며칠 만에 하르모니아를 방문했다. 호텔

외관을 보는 것만으로도 마음이 무거워졌다. 그녀는 먼저 기획실로 향했다.

"좋은 아침. 왔구나."

시노미야가 사무실을 들여다보는 히카루를 발견하고 웃옷을 집어 들며 빠르게 걸어왔다. 이날 히카루는 시노미야와 점심을 먹기로 해서 일찍 온 것이다.

"많은 걸 알아냈어. 하르모니아 측과 노마구치 씨 부부의 대화도 포함해서. 일단 나가자. 뭐 먹고 싶어?"

"초밥이요."

"좋아, 알았어. 가자."

시노미야는 자리에 앉자마자 이야기를 시작했다.

"사이버 렉카 채널들이 여러 개 생겨난 건 알고 있지? 전부는 불가능했지만, 여기하고 여기, 그리고 여기의 운영자를 알아냈어."

"네? 그걸 어떻게……."

"이런 사이트에는 자기 과시욕 때문인지 몰라도 어딘가에 자기 사인 같은 게 들어가거든. 대부분은 닉네임 같은 거지만. 그래서 그 이름을 인터넷으로 검색해서 바로 알아낸 경우도 있고, 다른 페이지나 트위터 게시글, 예를 들면 그 사람이 방문한 레스토랑 등을 통해 주소를 특정하고, 닉네임에서 연상되는 이름을 SNS

에서 일일이 검색해서…….”

"어어어, 그렇게 집요하게요? 해킹 같은 게 아니라요?"

"무슨 영화도 아니고, 일개 샐러리맨한테 그럴 능력이 어디 있겠어. 아무튼 네 개 정도의 운영자를 알아냈고, 이게 그 사람들이 공개한 메일 주소야. 삭제 요청을 해보자."

"감사합니다. 이런 일까지 해주시고…….”

"그리고 전에 회사가 묘하게 미노만 배려하는 경향이 있다고 이야기했잖아? 그 이유를 알아냈어. 내 예전 상사였던 후지시로라는 분, 너도 이름 정도는 알지? 그분이 가르쳐줬어. 시시한 이야기지만 묘하게 납득이 가더라고. 이유는 이래."

미노가 하르모니아 우에노의 창업에 관여한 사람의 아들이라는 것, 그는 그 연줄로 하르모니아에 입사했고 그때 도움을 준 게 오오모리였다는 것, 지배인인 마츠시게가 미노 아버지의 직속 후배라는 것, 그리고 그들의 파벌에는 일반 입사자들은 이해하기 힘든 결속력이 있다는 것까지 이야기했다.

"한마디로 낙하산이야."

"고작 그런 이유로…….”

히카루가 신음하듯 내뱉은 한마디는 시노미야가 후지시로 앞에서 내뱉은 말과 똑같았다.

"그리고 회사 서버에 남아 있던 마츠시게, 오오모리와 노마구치 부부의 대화 녹취도 들었어. 잘 안 들리는 부분도 있지만, 거기서 마츠시게와 오오모리가 정확히 이렇게 말했어. '2인 체제'라고. '미노가 제시'라고 말한 다음에 선명히 들리지는 않지만 아이하라가 어쩌고 하는 이야기도 나오더라고."

"그게 무슨 소리예요?"

"그 말을 진지하게 받아들인 나스비라는 사람이 트위터에서 이야기를 잔뜩 과장해서 떠들어대고 있어. 그때의 대화 장소에 신부가 친구를 데려왔다는데, 아마 그 여자겠지. 키미에 씨라고 부르더군. 그래서 그 여자에 관해서도 검색해 봤더니 바로 나오더라고."

"잠깐만요……. 이야기를 잘 못 따라가겠어요."

히카루는 시노미야가 일주일 동안 수집한 정보 속에서 허우적대는 기분이었다.

"그게 그러니까…… 무슨 뜻이죠?"

이미 사태를 대략 파악하고 있는 시노미야는 이제 미소를 짓고 있었다.

"이번에는 예식부와 서비스부, 사회자와 의상부까지 조금씩 실수를 저질렀어. 그건 보고서를 통해서도 알 수 있잖아."

"네. 노마구치 씨의 요청서까지는 읽어봤어요. 어떻게 그 정도로 실수가 겹칠 수 있는지……. 특히 미노 씨요."

"그래서 그걸 사죄하는 자리에서 마츠시게와 오오모리가 이번 소동의 책임은 아이하라 히카루에게 있다고 말하더라고. 명확히 말하자면 누명을 씌운 거야."

"그럴 수가! 하지만……!"

"나도 이상했어. 그런 식으로 누명을 씌우려고 해도 노마구치 부부는 '그게 무슨 소리냐, 우리를 담당한 사람은 미노 씨인데'라고 반응해야 맞잖아?"

"당연하죠. 제가 두 분과 이야기했던 건 처음 접수창구에서 만나 인사했을 때랑 미노 씨의 일정 누락으로 세 번 정도 대신 나갔을 때 정도일 텐데요. 그리고 결혼식 3개월 전에 일정 변경 전화를 받은 것하고, 결혼식 리허설과 내용이 채워지지 않은 원부를 확인한…… 것 정도…….."

말이 이어질수록 히카루의 목소리는 자신감을 잃어갔다. 그런 '정도'가 아니었다는 걸 겨우 깨달은 것이다.

"미노와 노마구치 양쪽에겐 그 정도로 엮인 것만으로도 충분했겠지. 미노는 눈물로 사과했고, 회사 측은 그 자리에 없는 사람에게 책임을 씌워서 마무리하려고 했어. 누구든 비난의 대상이 필요했던 노마구치 앞에 내민 먹잇감이 아이하라 히카루였던 거지. 아마 노마구치 부부는 책임 소재 같은 건 잘 알지도 못할 거야. 우리 같은 커플이 나오지 않길 바란다느니, 인플루언서의 사명이라느니, 하르모니아의 향후 경영 방침을 말해달라느니. 그럴 듯한 말에 스스로 도취된 거야. 논리라곤 찾아볼 수도 없지."

"뭔가 오히려 더 혼란스럽네요……."

"전부 시시한 정보였지만, 양이 너무 많긴 했지. 시간이 더 지나면 머릿속에서 정리될 거야. 이런, 슬슬 회의에 들어갈 시간이로군. 마츠시게와 오오모리는 당장의 상황을 모면하기 위해서, 악의는 없었다지만 네게 누명을 씌운 셈이야. 오늘은 고문 변호사도 같이 참석한다며? 여러모로 조심하고, 무슨 이야기가 오갔는지 나중에 알려줘."

"네……. 어쨌든 다녀올게요."

시노미야가 계산을 끝마친 뒤, 두 사람은 하르모니아로 돌아왔다.

#06

히카루는 회의 전에 마이에게 인사하기 위해 예식부 사무실에 잠깐 들렀다. 그때 제일 먼저 눈에 띈 사람이 미노였다. 그는 이번 사태와 전혀 상관없다는 듯 히카루에게 말을 건넸다.

"어, 오늘은 나왔나 보네?"

히카루는 주먹을 꽉 쥐며 미노에게 한 걸음 다가갔다.

"그래, 어서 와."

그들 사이에 마이가 끼어들었다.

"오늘 온다기에 기다렸어. 이거, 고객님이 보낸 편지야. 아이하라를 엄청 칭찬해 주시더라. 회의에 들어가기 전에 한 번 읽어봐."

마이는 그렇게 말하며 미소로 편지를 건네고는 히카루의 몸을 반 바퀴 돌리고 등을 밀었다. 그리고 히카루의 뒤에서 양어깨를 짚은 채 따라 걸었다.

"잘하고 와."

"감사합니다."

히카루가 뒤돌아보자 방금 전의 미소는 어디로 갔는지, 입을 일자로 꾹 다문 마이가 고개를 힘차게 끄덕였다.

히카루는 그게 무슨 의미인지 잠시 고민했다. 그렇다, 그건 직원 연수 때 그녀가 항상 보여주던 표정이었다. 그녀는 '할 수 있지?'라고 물으며 지금처럼 고개를 끄덕이곤 했다.

"정말 감사합니다."

히카루는 다시 한번 인사를 하고는 오오모리, 마츠시게, 그리고 고문 변호사 시라이가 기다리는 회의실로 향했다.

문을 열자 맨 처음 보인 사람은 젊은 남자였다.

"마츠시게 씨와 오오모리 씨는 곧 올 거예요."

고문 변호사 시라이 켄지였다. 나이는 히카루와 비슷한 또래로 변호사 사무실의 젊은 피로 불리는 것 같았다. 큰 키에 운동이라도 하는지 사이즈가 딱 맞는 양복을 입고 있어서 발랄한 이미지를 주었다. 대하기 거북한 아저씨가 나올 줄 알았던 히카루는 마음이 조금 편해졌다.

"이번 실수와 그에 대한 노마구치 씨 부부의 분노 건 말인데, 하르모니아 측이 노마구치 씨에게 어떤 제안을 할 수 있을지 마츠시게 씨와 함께 고민 중입니다. 아이하라 씨에게도 뭔가 조언을 드리고 싶습니다."

시라이의 말투는 그가 풍기는 분위기대로 부드러웠다.

"조언……이요?"

"아이하라 씨는 어떻게 하고 싶어요? 앞으로도 하르모니아에 소속되고 싶다면 비즈니스 네임, 쉽게 말해 가명으로 일하는 것도 회사에서 인정해 주겠다는데요. 우에노에서 일하기 힘들 것 같다면 다른 지점, 아니면 요코하마에 있는 웨딩월드 본사로도 갈 수 있어요. 토요일에만 접수 담당을 맡는 조건으로 원거리 통근도 인정해 주겠답니다."

'인정한다……? 가명……?'

"최근엔 변호사들도 이런 인터넷 논란을 자주 다루는데, 제가 아직 이쪽 분야는 제대로 공부하지 못했고…… 이번 일에 대한 최선의 대처법이 뭔지 아직 잘 모르겠거든요. 개인정보가 인터넷에 퍼졌다면 그냥 이사 가서 다시 시작해 보는 건 어때요? 이사 비용은…… 회사에서 부담할 수 있으려나. 일단 알아보고 말해줄게요."

'변호사가 온다기에 기대했는데 같이 싸워주진 않는 걸까? 도와주진 않는 걸까? 자기는 잘 모르겠다고 하면, 마츠시게나 오오모리처럼 이번 소동을 유발한 사람들과 다를 바가 없잖아.'

"이 회사를 고소할 수는 없나요? 저를 위해 뭔가 해주려는 사람이 한 명도 없는데요."

시라이는 그 말에 자신에 대한 비난이 담겨 있다는 걸 알아채지 못한 듯했다.

"글쎄요, 할 수 있나 없나를 따지면…… 할 수 있겠네요. 이번 논란으로 인해 정신적으로나 현실적으로나 일을 할 수 없는 상태에 빠졌다고 주장한다면, 피고용자에 대한 안전배려의무 위반이니까요. 하지만…… 아아, 마츠시게 씨."

마츠시게와 종이 상자를 끌어안은 오오모리가 회의실에 들어오면서 답변을 끝까지 들을 수는 없었다. 다만 익숙지 않은 '안전배려의무 위반'이라는 단어가 처음으로 자신이 처한 상황을 정의해 주는 느낌이 들어서 묘하게 안심이 되었다. 법을 위반한 사람이 내가 아닌 다른 누군가라고 생각하니 조금이나마 위로를 받은 기분이었다.

하지만 긴장이 풀리는 것도 아주 잠깐이었고, 금세 머리털이 곤두서는 느낌을 받았다. 오오모리의 뒤로 본사의 니시카와, 그리고 미노가 들어왔기 때문이다.

히카루는 마츠시게에게 호소했다.

"미팅을 진행한 사람은 미노 씨라서 제가 노마구치 씨의 결혼식에 대해 아는 건 일부뿐이에요."

"알아. 미노 군에게도 이야기를 들었고. 이번에는 예식부뿐만 아니라 서비스부, 의상부, 레스토랑부, 사회자까지 모두 조금씩 실수를 저질렀다는 것까지는 판명됐네. 그걸 노마구치 씨에게 설명해도 받아들이지 않아서 문제지. 호텔의 경영 방침이 어떻다느니 SNS의 힘을 빌려 고발하겠다느니. 심정은 이해하지만 솔직히 대화가 통하질 않더군."

마츠시게는 괴로운 얼굴로 현재의 상황을 설명했다.

"난 직접 이야기를 들으러 온 건 오늘이 처음이네만……."

니시카와가 미노에게 질문하기 시작했다. 추궁과는 거리가 먼 부드러운 말투였다. 그의 시선은 오오모리가 가져온 상자를 향하고 있었다.

"1년이 넘는 기간 동안, 미팅을 포함한 방문 횟수는 30회. 자료도 전부 제출받았지만, 아무래도 이해가 안 가는 점이 몇 가지

있더군. 세세한 부분은 마츠시게 씨와 오오모리 군에게 맡기기로 하고……. 미팅 기간 동안 노마구치 씨와는 계속 양호한 관계였나?"

"네, 늘 똑같은 분위기였고, 계속 순조로웠습니다."

"노마구치 씨 부부 이야기로는 미팅 단계에서 '예전 성씨를 언급하지 않기'로 결정했다던데. 어떻게 된 거지?"

"이건, 제가, 사회자에게 피로연 진행표를 발주했는데, 사회자가 신입이다 보니까, 최종본을 작성할 때 말이죠……."

"아니, 사회자 쪽은 '축전을 읽지 말라'는 내용이 누락되었다던데. 예전 성씨에 관한 내용은 전달받지 못했다고 하고."

"아……. 하지만 사회자 쪽에서 일 처리를 늦게 해서 그런 건데. 최종 진행표의 완성이 조금 늦어져서 그렇게 된 겁니다."

히카루는 미노의 이야기를 들으며 오오모리가 가져온 상자를 뒤지고 있었다. 히카루가 미노에게 남긴 대량의 메모와 미팅 일정표, 요츠야 플라워에서 받은 꽃장식의 스케치 등…… 이번 사건의 자료가 전부 들어 있었다. 하지만 히카루가 찾는 물건은 나오지 않았다. 이윽고 그녀는 자신이 찾던 한 장의 종이를 발견하고 높이 들었다.

"오오모리 씨, 이것 좀 봐주세요. 노마구치 씨 부부의 원부가 새하얗잖아요. 결혼식 2주 전의 소동을 기억하시죠? 미노 씨는 결국 이 원부를 채워 넣지 않았던 거예요?"

"시간이 없어서 원부 대신 피로연 진행서를 직접 작성했어. 그때는 아이하라 씨가 미팅을 진행해 줬지?"

"저하고 마이 씨는 그 부부에게 피로연 내용을 확인하고, 그걸 미노 씨에게 전달한 거예요! 원래는 원부를 작성한 뒤에 피로연 진행서를 쓰는 게 순서잖아요!"

"아이하라, 좀 진정해."

오오모리가 옆에서 미간을 찡그리든 말든, 미노는 기억을 더듬듯이 대답했다.

"사회자에게 피로연 진행서를 보내고 최종본 작성을 의뢰한 건데……. 아, 맞아요. 개식사에서 예전 성씨를 언급한 건, 제가 두 분에게 '오히려 모든 걸 내려놓고 친구들과 즐기는 게 좋지 않겠어요? 긍정적인 사고로 나아가죠!'라고 제안한 결과였습니다."

"뭐? 긍정적인 사고?"

히카루가 반사적으로 되물었다. 더는 선배를 존중하는 말투가 아니었다.

"싫다고 하는 사람들한테 제안을 해? 긍정적인 사고가 어떻다고요?"

"아이하라, 진정하라니까."

"최종적으로 가족 친지는 부르지 않고 친구분들만 초대하기로 했으니까요. 예전 성씨를 감출 것 없이 긍정적으로 생각하자고……."

히카루는 백지 원부를 손에 든 채로 더 이상 아무 말도 할 수 없었다. 전혀 동요하지 않고 당당하게 말하는 미노가 무서웠다. 한편 미노의 두루뭉술한 답변을 듣던 니시카와는 어이가 없으면서도 답답한 기분을 느끼며 질문했다.

"그쪽과 양호한 관계였다면 그런 오해는 안 생겼을 텐데? 원부 내용이 전부 미정, 미정, 미정……. 그 결과, 피로연 진행도 부족함이 많았어. 그런데 꽤 이른 단계부터 청첩장에 대한 논의는 진행되고 있었군."

하객 확인과 청첩장에 대한 논의는 3개월 전에 시작하는 게 보통이다. 너무 일찍 하면 나중에 하객 명단이 변경될 수도 있고, 너무 늦으면 초대하는 쪽이나 초대받는 쪽이나 서로 불편해지기 때문이다. 하지만 미노는 반년 전부터 노마구치 부부와 하객에 관한 논의를 거듭해 왔다. 본인이 웨스트를 사용하지 못하니까 시간이 더 걸릴 것으로 생각한 것일까?

물론 의문은 그뿐만이 아니었다. 전부 파악할 수도 없고 헤아릴 수도 없는 사소한 수수께끼가 눈앞에 펼쳐져 있었다. 니시카와가 할 수 있는 말은 결국 이것뿐이었다.

"자네는 대체 뭘 한 건가?"

기록은 남아 있건만, 기록과 연관된 모든 사람의 기억이 안개처럼 흐려져 뒤죽박죽이었다. 히카루도 오오모리의 지시로 깊이 개입하지 못했기에 이번 사건의 전말을 파악할 수 없었다. 이런 현실 앞에서 무슨 말이든 할 수 있는 사람은 아무도 없었다.

모두가 납득할 만한 결말은 이미 찾아내기 힘들 것 같았다. 마츠시게가 이쯤에서 마무리하자는 듯이 입을 열었다.

"일단 회사 내에서 신중히 검토한 끝에 이번 논란은 조용히 지켜보자는 결론이 나왔네. 우에노뿐만 아니라 하르모니아 그룹 전체 그리고 웨딩월드 측을 대표해서 이야기해야 해. 나 같은 사람이 기자회견을 열 수도 없고, 물론 웨딩월드 측에 부탁할 수도 없는 일이지. 게다가 노마구치 씨 부부는 피해자이기도 하니까 일을 크게 만들 수는 없어. 물론 그렇다고 아이하라 씨를 신경 쓰지 않겠다는 이야기는 아닐세."

"경찰 쪽에서는 기자회견을 열어야 한다고 말했잖아요."

"그건 타마무라 형사의 개인적 의견일 뿐이지. 지금은 다들 바쁘기도 하고, 인터넷 논란에 회사가 어떻게 대응해야 하는지에 대한 정답이 없어. 인터넷 루머 같은 건 시간이 해결해 주는 부분도 있을 테니, 어떻게든 알아서 대처해 줄 수는 없겠나? 조언을 받고 싶다면 여기 계신 시라이 변호사님께 묻도록 하게. 그래도 되겠지요?"

'알아서 대처', '이사 가서 다시 시작하면 된다', '안전배려의무 위반', '부부와는 양호한 관계'. 히카루의 머릿속에서 그 말들이 계속 맴돌고 있었다. 그래, 이렇게 간절히 호소하는데도 이 사람들은 철저히 강 건너 불구경이구나……. 그 순간, 히카루는 스스로도 놀랄 만큼 모든 사실을 '순순히' 받아들이고 있었다. 개운한 기분이었다.

그런 히카루의 표정을 본 오오모리와 마츠시게는 또 한 번 커다란 실수를 저지르고 만다. 사태의 수습을 예감한 것이다. 정확히는 수습될 거라 믿어버린 것이다.

"모든 게 해결될 때까지 조금만 더 버티면 돼. 다 같이 열심히 해보자고."

회의를 끝내는 오오모리의 말은 이미 히카루에게 아무 감흥도 주지 못했다.

쿠인 법률사무실 편

9. 모멘텀

#⊙1

"아직 오전인데 왜 이렇게 덥지⋯⋯?"

근육질에 가까운 몸에 하얀 운동화를 신은 여자는 스마트폰을 내려다보며 한 건물로 들어갔다. '제3 도쿄 변호사 회관'이라 적힌 건물이었다.

쿠인 하자쿠라, 38세. 현재는 대표 변호사로서 같은 변호사인 남동생과 '쿠인 법률사무실'을 운영하고 있었다. 한때는 젊은 실력파 변호사로 많은 주목을 받았지만, 최근 그녀는 법률사무실을 동생에게 맡겨둔 채 무료 법률 상담에 전념 중이다.

그녀 뒤에서 살짝 숨을 헐떡이며 걸어오는 사람은 남동생인 테츠야. 변호사치고는 편한 복장의 누나와 달리 곱슬기 강한 머리카락과 조금 낡은 양복이 전형적인 변호사 분위기를 풍겼다. 손때 묻은 까만 가죽 서류 가방이 그의 트레이드 마크였다.

테츠야는 하자쿠라에게 늘 '능력이 아깝다'고 투덜대지만, 누나는 들은 체도 하지 않았다. 2년 정도나 이런 상태가 지속되고 있었지만, 테츠야도 더는 아무 말도 못 했다.

제3 도쿄 변호사 회관에 자리 잡은 무료 사법지원센터에는 작은 상담실, 혹자는 '취조실'이라고 조롱할 만큼 으스스한 방 세 개가 나란히 붙어 있었다.

상담 내용은 보통 '남편이 바람을 피웠다', '집 앞에 이웃이 멋대로 주차해서 곤란을 겪고 있다' 등이다. 당사자에게는 중요한 문제지만 무료 법률 상담에 나선 변호사들의 개인 법률사무실을 유지해 줄 수 있을 만큼 큰 사건은 아니었다. 하지만 하자쿠라는 오늘도 몇 명의 고민하는 이들을 성심성의를 다해 상담해 주고 있었다.

"지난번 문제로 또 온 거예요? 어떻게 됐는지 말해줄래요?"

30대 초반으로 보이는 남자가 들어왔다. 이게 법률 상담인지 동네 수다인지 구별이 안 될 만큼 하자쿠라의 상담실은 늘 화기애애했다. 상담 제한 횟수인 세 번을 전부 사용하고도 계속 오는 단골도 많았다.

"아버지가 남기신 유산에 대해 누나와 이야기해 봤습니다. 법률로 정해진 부분은 어쩔 수 없지만 도저히 양보할 수 없는 부분도 있잖아요."

"전에 말했던…….."

"네, 아버지가 기르시던 '코우타'라는 거북이가 문제입니다. 저를 잘 따르거든요. 그런데 누나는 자기 돈으로 수조를 산 거니까 자기가 기르겠대요. 지금까지 먹이 한 번 준 적이 없으면서요."

"그냥 다른 거북이를 길러보는 건 어때요?"

"처음 보는 거북이에게 정이 가야 말이죠……. 아무리 비슷하게 생겼어도 저는 바로 알아보거든요."

이어서 또 다른 상담이 이어진다. '파트타임으로 일하는데 점장이 임금을 안 준다'는 주부와 '이웃집 나무의 낙엽이 우리 집으로 떨어진다'는 노부부의 상담. 상담이 끝나자 퇴근 시간이었다.

"누나."

"왜?"

"이제 슬슬 우리 법률사무실에 도움이 되는 활동도 다시 해보지 않을래? 우리도 젊은 변호사를 한 명 영입했고, 직원들도 먹여 살려야 하잖아."

"무료 상담도 영업 활동의 일종이야."

분명 상담에서 의뢰로 연결되는 경우도 있었다. 그러나 테츠야의 눈에는 하자쿠라가 아직도 막연한 세계에서 잠들어 있는 사람처럼 보였다.

#⊙2

7월 25일, 히카루는 일사병에 주의하라는 TV의 일기예보를 보고 집을 나섰다. 그녀가 향한 곳은 미나미 아오야마에 있는, 녹색 타일과 유리로 된 벽이 인상적인 건물이었다. 벽면에는 '제3도쿄 변호사 회관'이라는 글자가 깔끔하게 새겨져 있었다.

"상담하실 내용을 서류에 적고 이쪽에서 기다려주세요. 순서가 돌아오면 불러드릴 테니까, 이쪽 문으로 들어오시면 돼요."

그녀가 안내받은 곳은 1번 방 앞의 소파였다. 대기실에 들어온 히카루는 도망치고 싶은 마음을 꾹 참고 번호표를 강하게 움켜쥐며 자리에 앉았다. 논란, 변호사, 법률 상담……. 분명 현실일 텐데도 마치 다른 세상으로 내던져진 듯한 기분으로 주위를 둘러보았다.

2번 방의 문이 열리며 상담자로 보이는 초로의 남성이 나왔다. 그리고 곧 3번 방의 문이 열렸다. 안에서 나온 건 나이가 지긋한 부부였다. 고민이 있어서 이곳에 온 것일 텐데도 묘하게 표정이 밝았다. 부부에 이어서 꽤 풍채가 좋은, 변호사로 보이는 남자가 그들을 배웅하러 나왔다. 히카루는 순간 그 남자, 즉 테츠야와 눈이 마주친 듯한 느낌이 들었다.

'전형적인 변호사 느낌이야……. 시라이 씨랑은 다르네.'

히카루의 가냘픈 몸이 더욱 움츠러들었다. 이대로 있다간 긴장감에 짓눌려 버릴 것만 같았다.

"다음 분, 상담실로 들어오세요."

당황하며 일어선 히카루는 처음 설명과는 달리 3번 방으로 안내되었다.

쭈뼛거리며 들어오는 히카루를 보고, 하자쿠라는 두 번 정도 눈을 깜빡거린 뒤에 상냥한 미소를 지어 보였다.

"안녕하세요. 오늘 많이 덥죠? 자, 여기 앉으세요. 원래는 다른 변호사님께 배정되어야 하는데, 마침 제가 상담이 일찍 끝나서요. 제가 해드려도 되겠죠?"

"아, 네…… 저기…….

히카루는 하자쿠라가 권하는 대로 의자에 앉았다. 들어오기 전에는 고지식한 남자 변호사를 상상했기에 조금 의외였다. 조금 피곤해 보이긴 해도 감출 수 없는 활기를 가진 여자였다.

"쿠인 하자쿠라라고 해요."

옆에 서 있던 젊은 남자도 함께 명함을 건넸다.

"쿠인 테츠야입니다."

히카루는 두 장의 명함을 받아들며 멍하니 생각하고 있었다.

"쿠…… 이…….."

늘 부부로 오해받는지, 두 사람은 거의 동시에 "남매입니다"라고 말했다. 여기까지가 두 사람의 정해진 루틴이었다.

"상담 내용은…… 흔히 말하는 인터넷 논란이네요."

하자쿠라는 자료를 읽으며 얼굴도 들지 않고 말했다.

"제 개인정보가 인터넷에 점점 퍼지면서 여기저기서 올라오고 있어요. 제가 담당 플래너도 아닌데……. 그래서 회사에 출근도 못 하게 됐고요."

하자쿠라는 고개를 들고 상담자의 얼굴을 바라보았다.

"이 나스비라는 사람을 고소할 수밖에 없지 않나 싶어서요. 그래서 오늘 상담을 받으러 왔습니다."

하자쿠라는 다시 서류를 내려다보더니, "대충 알겠네요……"라고 작게 중얼거렸다.

"이거, 회사 잘못이네요."

"네?"

히카루와 테츠야가 동시에 외쳤다.

"역시 의외였나 보네요?"

눈을 크게 뜨고 아무 말도 못 하는 상담자에게 하자쿠라가 설명하기 시작했다.

"사태가 너무 복잡해서 문제의 중심이 잘 안 보이는 거예요. 자, 조금씩 정리해 보죠. 일단, 이 노마구치 씨 부부에게 '2인 체제'라고 설명한 건 회사 측이죠? 이번 소동은 거기서부터 시작된 건데도 회사에선 아무 대응도 안 하고 있고요. 논란을 키운 SNS나 온라인 사이트를 방치하면서 '우린 잘 모르겠으니까 알아서 대처하세요'라고 한 거죠?"

"네, 하지만⋯⋯."

하자쿠라는 스읍 하고 가볍게 숨을 들이마신 뒤 천천히 설명했다.

"회사의 녹취록에 따르면 오오모리 팀장과 마츠시게 지배인이 설명 도중에 당신의 이름을 언급했잖아요. '2인 체제'라는 말은 거짓이죠. 이런 식이면 피고용자를 제대로 보호했다고 할 수 없으니까 불법행위에 해당해요. 두세 번이나 노마구치 씨 부부와 대화를 나눴다면 잘못된 발언을 정정할 기회는 충분히 있었을 텐데, 그러지도 않았죠. 그런 점에서 저는 회사 측에 잘못이 있다고 생각해요."

"아니, 그래도⋯⋯."

이번엔 테츠야가 반문했지만 하자쿠라는 무시했다.

"경찰서에서는 기자회견을 권했잖아요. 그런데도 당신을 보호하기 위한 어떤 행동도 하지 않았어요. 고소한다면 회사를 고소하는 게 맞아요."

하자쿠라의 답변은 조용하지만 강력하고 명쾌했다.

"잠시만요. 그런 재판은 들어본 적이 없어요."

"그랬던가?"

"그런 거예요?"

테츠야는 두 여자의 얼굴을 번갈아 바라보았다.

"하자쿠라 변호사님, 잠시만요."

혼란에 빠진 히카루에게 "잠시만 기다려줘요"라고 말한 뒤, 하자쿠라와 테츠야는 자료와 법률서 등이 놓인 상담실 안쪽 공간으로 들어갔다.

"누나, 잠깐 진정해 봐. 이건 명예훼손으로 가는 게 맞지 않아? 선을 넘은 게시글에는 모욕죄, 혹은 협박죄까지 성립할 수 있어. 그런데 회사를 고소한다는 얘기는 처음 듣는다고."

"그렇지."

"주동자를 찾아내서 화해하는 것만으로도 상당한 시간과 비용이 드는데……."

"그럴지도 모르지."

"저 상담자분한테도 그렇게 말하는 게……."

"그걸로 해결될까? 뭐, 사과문 정도는 올라올지도 모르지. 하지만 너무 밋밋해."

하자쿠라는 그렇게 말하며 히카루에게 돌아갔다. 그녀가 자리에 앉으며 다시 설명을 시작했다.

"최근에 인터넷 논란에 관한 상담이 많거든요. 물론 실제로 소송까지 이어진 경우도 몇 건 있어요. 테츠야 변호사님?"

조금 늦게 돌아온 테츠야가 하자쿠라에게 서류를 건넸다.

"사람들이 많이 사용하는 SNS의 경우에는 해외 본사에 사용자의 IP를 공개해달라고 해야 하는데, 그 비용이……."

테츠야가 가져온 서류에서 '도쿄에 있는 에이전트에 의뢰해서 해외 본사에 IP 공개를 청구, 비용은 30만 엔, 공개에까지 걸리는 기간은 약 3개월'이라는 문장이 눈에 들어왔다.

"개인 대 개인의 소송에서 이런 금액이 점점 쌓이고 소송 기간도 길어지는 건 의뢰인인 히카루 씨의 생활에도 큰 부담이 될 거예요. 그래서……."

하자쿠라는 말을 이어나갔다.

"공동 불법행위, 고용 계약상의 불법행위를 저지른 하르모니아 우에노를 민사로 고소하는 게 어때요?"

어쩔 줄 모르는 히카루에게 테츠야가 입을 열었다.

"하지만 이런 형태로 재판을 하면 상당히 오래 걸릴 테고, 조금 비현실적으로 느껴질 수도 있죠. 일단 나스비라는 사람을 찾아내는 방법도 있긴 합니다.”

하자쿠라는 태블릿으로 '#A하라를용서할수없다'를 검색한 다음 밑으로 쭉 스크롤해 내려갔다.

“하지만 나스비라는 사람이 어느 정도의 위자료를 낼 수 있느냐가 문제죠. 자, 여길 봐요. 나스비라는 인물이 기초생활수급자라고 말하는 사람이 있어요. 사실인지 아닌지는 모르지만, 만약 그렇다면 이 사람을 고소한다 해도 법률상 아무것도 받아낼 수 없죠. 그러니까…….”

하자쿠라는 뭔가 말하려던 테츠야를 한 손으로 제지했다.

“이 사건의 근원인 하르모니아를 고소하는 거예요. 그들이라면 소송과 배상을 감당할 수 있으니까요.”

두 변호사의 태도를 보면 일반인인 히카루도 이게 꽤 까다로운 사건임을 알 수 있었다.

“그렇게 일이 커진다는 생각은 못 해봤거든요.”

하자쿠라는 책상 위에서 손을 깍지 끼더니 다시 히카루의 눈을 들여다보며 말했다.

“오늘 정말 잘 찾아오신 거예요. 히카루 씨는 지금 무척 커다란 문제에 휘말려 있거든요. 디지털 타투라는 말 들어봤나요? 다른 사람들의 악플로 평생 남을 만한 상처를 입는 걸 말해요. 게다가 회사 측에는 그걸 막을 의무와 기회가 있었어요. 그런데 막기는커녕 사태를 더 촉발시켰죠. 그게 가장 큰 문제예요. 이제부터는 저에게 맡겨주지 않겠어요?"

디지털 타투. 인터넷에서 새겨진 사라지지 않는 상흔. 처음 듣는 단어지만 분명 그건 문신이나 마찬가지였다. 게다가 자기 의지에 반해서 강제로(그것도 오해로 인해) 문신이 새겨진 자신의 영혼. 이건 큰 문제다. 그렇다, 정말로 큰 문제였다.

히카루는 아까 건네받았던 명함을 다시 읽어보았다. 전(前) 제3 도쿄 변호사회 부회장, 쿠인 하자쿠라.

"부회장……."

히카루가 중얼거리자 "전 부회장이죠"라며 하자쿠라가 웃었다.

"우리 직원이 명함을 만들 때 그럴듯해 보인다면서 집어넣은 거예요."

히카루에게는 그 말과 미소가 결정적이었다.

'아직 아무것도 시작되진 않았지만 이 사람에게 맡겨보자. 분명 날 도와줄 거야. 이 사람이라면 믿을 수 있어.'

멈춰 있던 톱니바퀴가 드디어 다시 움직이는 느낌이었다.

"고민해보고 결심이 서면 다시 찾아뵙겠습니다."

그렇게 말하며 상담실을 나가는 히카루를 쿠인 남매가 미소로 배웅했다.

"표정이 많이 좋아진 것 같은데."

"계속 혼자서 고민했을 테니까."

"어, 근데 진심이야? 소송이 쉽진 않을 텐데."

"아직 우리가 맡는다고 결정된 건 아니잖니."

하자쿠라는 책상 위의 자료를 안쪽으로 가져갔다. 무뚝뚝한 태도였지만, 테츠야는 하자쿠라의 변화를 정확히 느끼고 있었다. 그녀가 이제 긴 잠에서 깨어난 것이다.

변호사 회관에서 빠져나온 히카루는 여름의 태양을 올려다보았다. 그리고 그 자리에서 어머니에게 전화를 걸었다.

"걱정 끼쳐서 미안해. 변호사님이 맡아주시기로 했어. 같은 여자이기도 하고, 시라이와 다르게 무척 의지가 되는 변호사님이야. 응, 바로 결정했어."

전화 너머에서는 어머니가 "다행이다, 다행이야"라며 기쁨의 눈물을 흘렸다. 걱정을 끼칠까 봐 자세한 이야기는 하지 않았지만, 어머니는 역시 어머니다. 자신보다 밤잠 설치는 날이 훨씬 많았을 것이다.

"유리코하고 시노미야 씨한테 얘기해야겠어. 기뻐하겠지?"

그녀가 기쁜 마음으로 스마트폰을 손에 쥐는 게 대체 얼마 만일까?

#03

유리코는 오늘도 SNS에서 나스비 및 그 추종자들과 설전을 벌이고 있었다.

[앨리스_ 부부 측의 과실도 있어. 식장 측에서 대기실에서 나갈 때는 직원에게 미리 말해달라고 했는데 지키지 않았잖아. 그런 사실은 숨긴 채 무조건 식장이 나쁘다고 말한 나스비의 주장은 전혀 신뢰할 수 없어.]

[나스비_ 식장 측의 실수가 수없이 발생한 시점부터는 변명의 여지가 없지. 식장 측에서 전액 환불, 여행권, 해외에서의 재결혼식 등을 제안하고 있어. 다시 말해 변명할 수 없을 만큼 잘못했다는 걸 인정했단 뜻이야.]

[앨리스_ 그렇다고 그걸 A하라 한 명에게 뒤집어씌우는 게 맞다고? 이건 이 사람의 실수, 저건 저 사람의 실수로 정확히 지적해야 알아듣지.]

[하치_ 소주에 빨간 고추 두 개 띄워서 마시는 게 제일 맛있음.]

[나스비_ 신랑 신부 측에게 그런 걸 설명할 의무는 없잖아? 잘못한 건 A 하라하고 하르모니아니까.]

[하치_ 그리고 소주는 탄산수로 희석해도 됨. 이걸 금붕어 소주라고 함. 한 번 마시면 중독됨.]

하치는 말싸움에 참전하지 않고 좋아하는 술이나 안주에 관해 혼잣말을 중얼거리고 있었다.

[앨리스_ 설명할 의무가 왜 없는데? 부부도 그렇고 나스비도 그렇고, 모든 책임을 상관도 없는 A하라에게만 덧씌우고 있잖아.]

[나스비_ 부부는 A하라에게 악의적인 피해를 입었다고 느꼈고, 식장 측에서도 A하라의 책임이라고 말한 이상 고발을 멈출 생각은 없음. TV에서도 이야기했지만, 우울증이 생긴 친구는 아직 직장으로 복귀도 못 하고 있어. A하라라는 그×은 절대 용서 못 해.]

[하치_ 죄송한데요, 나스비 님. 너무 심한 표현은 삼가는 게 좋지 않을까요? 가끔 과격한 말을 사용하시는데, 그건 당사자 부부에게도 폐가 되지 않을까요?]

[나스비_ 진짜 관계자가 나타났네. 다른 계정으로 내 신상 털고 다니는 게 너지? 신부 본명까지 인터넷에 퍼뜨리고. 우린 변호사한테 상담 중이

거든?]

유리코가 '방구석 지질이들이 꼭 변호사나 소송 좋아하더라'라
고 쓰려는 순간, 휴대전화가 울렸다. 발신인은 '카린'이었다.

"걱정 끼쳐서 미안해. 지금도 싸워주고 있었던 거지?"

"응, 내가 욕먹는 것보다 더 화가 나."

"오늘 변호사 회관에 무료 법률 상담을 받으러 갔어. 그리고
변호사를 선임하기로 했어! 이런 일은 처음이라 잘 모르겠지만!"

"정말? 어떤 사람이야? 괜찮은 사람 같아?"

"응, 무슨 부회장이었어!"

"그렇구나! 잘은 모르지만 부회장이라면 안심이지!"

유리코는 카린의 기분이 오랜만에 좋아진 것 같아 기뻤다.

"마침 나스비가 변호사 어쩌고 이야기하던 참이었어."

"나도 보고 있었어. 그럼 서로 변호사를 대동해서 이야기하게
될 거라고 말해줘."

"알았어. 카린에게 피해가 가지 않을 정도로만 때려눕힐게."

"잘 부탁해."

두 사람의 경쾌한 대화는 거의 한 달 만이었다. 유리코는 기쁨
을 억누르고 나스비에게 한마디를 던졌다.

[앨리스_ 나스비도 변호사 선임했구나. 그러면 A하라 씨의 변호사한테서
연락이 갈 거야. 당장 내일이라도.]

사무실에서 점심을 먹으며 상황을 지켜보던 시노미야의 눈이
'A하라 씨의 변호사'에서 멈추었다. 그리고 시시각각으로 올라오
던 글들도 멈췄다. 7월 25일, 오후 1시. 인터넷에 휘몰아치던 바
람이 한순간이나마 뚝 멎었다.
"멈췄군."
시노미야가 그렇게 중얼거리는 순간 책상 위의 스마트폰이 부
르르, 부르르 진동했다. 히카루가 보낸 메시지였다.

#⊙4

– 확실한 거지?

키미에는 슈헤이에게 메시지를 보냈다. 사실인지 거짓인지,
아니면 인터넷에 흔한 허세인지 모르겠지만 아이하라 측에서 변
호사라는 단어를 꺼냈다. 키미에는 불안감을 달래기 위해서라도
슈헤이에게 확인을 하고 싶었다.

몇 시간 뒤, 회사 일이 끝났는지 슈헤이에게서 답장이 왔다.

– 나도 시에리 씨도 거짓말은 안 해. 아이하라의 심술도 하르모니아의
과실도 전부 사실이야. 키미에 씨도 피로연에 참석하고 같이 식장 측
과 대화하러 갔었으니까 잘 알잖아? 꽃도 적었고 중복 계약도 있었어.
그 탓에 피로연장을 제대로 장식하지도 못했고.

분명 슈헤이가 증거를 보여주긴 했다. 결혼식 며칠 전, 미노가
슈헤이에게 보낸 문자였다. 내용은 다음과 같았다.
'저와 아이하라 씨는 노마구치 씨 커플이 이번 결혼식에 어떤
마음을 쏟고 있는지 잘 알고 있습니다. 그래서 회사를 열심히 설
득한 끝에 피로연장을 장식할 시간을 확보했습니다.'

– 맞아. 그 인간들 때문에 시에리가 회사에도 못 가고 있잖아. TV에 웨딩
드레스 입은 신부가 나오면 힘들어해. 머리가 어지럽고 속이 안 좋대.
인플루언서로서 의뢰받았던 일도 전부 날아가 버렸고. 정말 열 받는다
니까. 그러니까 아이하라도 하르모니아도 비난받는 게 당연하잖아. 앞
으로도 잘 부탁해.

슈헤이의 메시지를 보며 키미에는 생각했다.

'시에리가 회사에 못 가는 건 유명인 행세를 하다가 자신에게도 불똥이 튀어서 그런 거잖아. 하지만 어찌 됐든 간에 우리에겐 잘못이 없어. 우리가 옳아. 옳은데, 변호사를 선임했다는 앨리스의 말은 사실일까?'

#O5

8월 1일, 며칠 만에 회사를 찾은 히카루는 예식부 사람들에게 인사하러 갔다. 오오모리가 '이번 일이 수습될 때까지 부주의한 발언을 금지한다'는 지시를 내려서인지 마이나 호노카조차 짧게 인사만 나눴다.

예식부 직원들은 클레임이나 예약 취소에 대응하느라 심신이 모두 지친 상태였다. 호텔의 식장은 결혼식뿐만 아니라 기업이나 단체의 회의 등에도 쓰인다. 이번 논란으로 그것조차 연이어 취소되면서 회사 내에서 예식부를 바라보는 시선이 매우 싸늘해졌다.

마이와 호노카는 자신들도 힘든 처지에 놓인 지금, 최대 피해자인 히카루 앞에서 어떤 태도를 취해야 좋을지 몰랐다. 차라리 '네 탓'이라는 식으로 말해버린 치나츠가 이해하기 쉬웠을 정도다.

히카루는 오오모리와 마츠시게가 기다리는 지배인실로 향했다. 가는 도중에 천장을 올려다보았다. 불과 며칠 동안 회사에 오지 않았던 것뿐인데, 왠지 모르게 불편했다.

'이미 이곳은 내가 있을 만한 장소가 아닌 걸까?'

"아이하라 씨!"

앞쪽에서 그녀를 부르는 소리가 들리면서 히카루는 갑자기 현실로 되돌아왔다.

"나리타 씨!"

목소리의 주인공은 의상부에서 히카루를 친절히 대해주던 여자 직원이었다.

"노마구치 씨의 결혼식에 대한 책임을 전부 네가 뒤집어썼다면서? 힘들어서 어떡해?"

"네, 그것 때문에 인터넷에서 제가 논란이 돼서 특별 휴가를 받아 숨어 있기로 했어요. 저 때문에 다들 힘드시겠네요."

"회사도 이상하네. 그게 왜 아이하라 씨 책임이야? 누가 봐도 미노 씨 책임인데."

히카루는 문득 이상한 점을 느꼈다. 나리타가 걸어온 방향은 지배인실 쪽이었다. 의상부 사람이 이곳을 걸어 다니는 것 자체가 조금 부자연스러웠다. 의아해하는 히카루의 표정을 읽었는지, 나리타가 설명했다.

"미노 씨가 노마구치 씨 부부와 의상부에서 미팅을 가졌다는 서류를 지배인실에 전해주고 오는 길이야. 7월, 11월, 그리고 12월부터 4월까지 쭉 미팅 담당자명은 미노 씨로 되어 있어. 게다가 나도 몇 번이나 그 세 사람이 모여 있는 모습을 봤는걸."

"아…… 감사합니다."

시노미야 외에도 이렇게 그녀의 아군이 있었다. 편지를 보내준 고객도 있었다. 좌절하면 안 된다. 그녀는 그렇게 자신을 타일렀다.

"실례합니다."

지배인실에는 그녀의 적인 마츠시게와 오오모리, 그리고 고문 변호사인 시라이가 나란히 앉아 있었다. 그녀는 먼저 그들과 싸워야만 하는 것이다. '폭풍이 지나가길 기다리면 돼'라고 말하는, 이 무서우리 만큼 우둔하고 무관심한 자들과.

"잘 지냈나? 미노에 대한 조사도 거의 끝나가거든. 최종 정리에 들어가던 참이야."

오오모리의 말투는 여전히 가벼웠다.

"미노 씨는 뭐라고 하던가요?"

'씨'라는 존칭을 붙이는 것조차 지금은 거부감이 들었다. 사실은 그냥 미노라고 부르고 싶은 심정이었다.

"결혼식은 한 달 전쯤에 있었지만, 미팅 기간을 포함하면 반년에서 1년 전까지 거슬러 올라가니까 말이지. 그 친구로서도 노마구치 씨 부부가 어느 부분에서 화가 났는지 기억나지 않는 부분도 많은 것 같아."

"제가 인수인계와 대신 들어간 미팅 때 남긴 메모를 보면 모든 게 파악될 것 같은데요."

"물론 미노가 남긴 자료도 포함해서 전체 흐름을 파악하려고 노력 중이네."

마츠시게와 오오모리가 번갈아가며 이야기했다.

"이번 일은 여러 부서의 실수가 거듭된 경우라 조금 복잡하거든. 물론 미노의 실수가 가장 많긴 했지만."

"그걸 전부 제가 뒤집어썼잖아요. 얼굴, 주소, 출신 학교까지 인터넷에 전부 퍼졌어요. 지금도 계속 퍼지고 있고, TV에까지 나왔잖아요. 어째서 회사에서는 아무 말도 안 해주는 거죠? 그냥 '담당은 아이하라가 아니라 미노였습니다'라는 발표만으로도 상황은 완전히 달라질 텐데……."

"회사에선 특정 직원의 실수로 이런 소동이 벌어졌다는 식으로 발표하기 힘들거든요."

시라이가 끼어들었다.

"예식부의 본사인 웨딩월드에서도 그 부분에 대한 판단이 아직 내려지지 않았으니까 좀더 기다려달라더군요. 그래서 저도 아직 이렇게 일반적인 조언밖에 해드릴 수 없는 상황입니다."

히카루는 시라이를 한 번 쏘아본 뒤에 오오모리와 마츠시게에게 말했다.

"아무리 기다려도 회사에서 아무것도 해주지 않으니까, 개인적으로 변호사를 선임하기로 했습니다."

어디서 소문이 새어나갔는지는 몰라도(아마 시라이를 통해서 알게 되었겠지만) 세 사람은 이미 알고 있는 눈치였다. 그리고 마츠시게는 이런 말을 꺼냈다.

"그렇게 되면 회사와 자네는 이해관계가 서로 대립하는 사이가 되네. 인터넷 게시물 삭제 같은 대응을 전부 자네 혼자 해야 한다는 뜻이네. 우리로서는 도와줄 수가 없어."

서로 대리인을 선임한 이상 앞으로는 직접적인 협력이 불가능해진다는 의미였다. 하지만 이미 회사는 히카루에게 해준 것이 아무것도 없었다.

"그러시군요. 알겠습니다. 그러면 저는 쿠인 변호사님과 대응하겠습니다."

히카루는 "그럼 이만 가보겠습니다"라고 말하고는 거의 일방적으로 지배인실을 나와버렸다.

#06

그동안 메시지 등으로 대화는 나누었지만, 시노미야와 히카루가 직접 만나는 건 며칠 만의 일이었다. 히카루는 지배인실에서 나오자마자 기획실을 찾았다.

"더 야윈 것 같은데? 밥은 잘 챙겨 먹는 거야?"

히카루는 논란이 시작된 뒤로 체중이 10킬로그램이나 줄었다. 몸집이 작은 그녀에게는 상당히 큰 수치였다.

"점심 사주세요. 파스타가 먹고 싶어요."

"조금 기운이 생겼나 보네."

시노미야는 웃으며 메모를 건넸다. 전화번호였다.

"위쪽은 경찰 사이버 범죄 대책과, 아래쪽은 도쿄 법무국 인권 보호부. 인터넷에서는 아직도 실명과 주소가 언급되고 있고, 죽으라느니 자살하라느니 하는 악플도 많아. 이쪽에 가서 상담해 보는 게 좋을 거야. 쿠인 씨라는 그 변호사한테도 한 번 물어보고."

"고맙습니다. 바로 물어볼게요. 저기, 그리고 말이죠."

말이 쉽게 나오지 않았다. 그도 그럴 것이, 이렇게 물심양면으로 도와준 시노미야의 직장을 고소하게 될지도 모르기 때문이었다.

"잘한 거야. 나도 못 견딜 지경이라서 곧 관둘 생각이야. 예식부가 웨딩월드에 인수된 이후 결혼식에 관해 잘 모르는 마츠시게가 부임하질 않나, 여기저기서 자의적인 인사이동이 벌어지질 않나. 과도한 예산 삭감으로 현장도 엉망이 되면서 직원들도 무기력해졌잖아. 조직이 붕괴되기 직전인 것 같아. 아마 폐업까지는 가지 않겠지만, 더 이상 여기는 내가 일하고 싶은 환경이 아니야."

빠르게 말을 쏟아내는 걸 보면 시노미야도 상당한 스트레스를 받고 있었던 모양이다. 그의 말을 듣자 히카루도 죄책감을 조금이나마 덜 수 있었다.

"저 때문에 엄청난 일이 벌어지겠네요. 하지만 제 누명을 벗겨주지 않은 회사를 용서할 수 없어요. 웨딩 플래너가 제 천직일지 모른다고 생각했는데……. 이대로 가면 같은 업종으로 이직할 수도 없잖아요."

"진짜 담당자는 미노였다는 정보가 공개되지 않는 이상 '아이하라 히카루'라는 이름은 계속 상처투성이로 남아 있겠지. 이 회사에 널 아껴주던 선배가 있고, 네가 존경하던 상사가 있다는 건 전혀 상관없는 문제야. 올바른 정보를 세상에 알려야 해."

하르모니아 우에노를 빠져나온 히카루는 쿠인 법률사무실로 향하는 길에 유리코에게 메시지를 보냈다.

– 나스비가 아니라 하르모니아를 고소하려고.

– 앗! 밤에 통화하자.

유리코는 바로 짧은 답장을 했다. 아직 이른 오후니까 당연히
회사겠지. 이어서 메시지가 또 왔다.

– 하르모니아는 변호사님에게 맡기겠지만, 나스비와 추종자들은 내가 날
려버리겠어.

히카루의 주위 사람들은 일부러 밝게 행동하고 있었다. 미안
한 마음도 들지만, 그보다는 든든하고 기쁜 마음이 앞섰다. 우울
하게 지내던 시간이 드디어 끝을 맞이한 것이다.

#07

히카루는 쿠인 법률사무실의 벨을 눌렀다. 젊은 여자 직원이
임신 중인 볼록한 배로 뒤뚱거리며 히카루를 안쪽으로 안내해 주
었다. 오늘은 쿠인 법률사무실에서 정식으로 아이하라 히카루의
의뢰를 수임하는 날이었다.

쿠인 법률사무실은 한 맨션 건물을 마주 보고 있었고 사무실 두 개를 합한 공간이었다.

"영화 같은 데서 보던 거랑 다르게 가족적이죠?"

하자쿠라는 밝은 표정으로 그녀를 맞아주었다. 다만 매우 바빠 보였다.

"미안해요. 이 다음에 다른 사건 사전 미팅이 있어서요."

거실은 의뢰인과의 상담 공간이고 그 안쪽은 변호사의 집무실이었다. 주위를 두리번거리는 히카루를 보며 하자쿠라가 말했다.

"많이 좁죠? 이번에 위층으로 이사하기로 했어요. 조금은 넓어질 테니까 지금보단 쾌적할 거예요."

하르모니아에서는 볼 수 없는 활기 넘치는 성격이었다. 히카루는 이 사람이 웨딩 플래너를 했다면 분명 에이스 직원이 됐을 거라고 생각했다.

소파에 앉은 히카루는 전화번호가 적힌 메모를 건넸다. 반대쪽 소파에 테츠야가 앉았고, 하자쿠라는 그 등받이에 걸터앉아 메모를 읽었다.

"인권보호부하고 사이버네요. 한 번 가보는 것이 좋아요. 어떻게 대응하라고 조언했는지 나중에 알려줘요. 그리고 하르모니아 측과는 이야기해 봤나요?"

"네. 역시 제 누명을 벗으려면 고소할 수밖에 없다는 걸 확신

했어요."

"조금 알아봤는데, 하르모니아에선 아직 변호사를 고용하지 않았어요. 고문 변호사인 시라이라는 그 젊은 애? 걔는 아직 담당이 아니에요. 다시 말해 하르모니아는 이번 일에 관해 아직 아무 조치도 취하지 않은 거죠."

"저한테는 변호사를 선임했다고 했는데……."

"히카루 씨가 변호사를 선임했다는 걸 알면 부랴부랴 선임하겠죠. 소송에 대비해야 하니까요."

하자쿠라는 웃었다. 이제 슬슬 에너지가 솟는 모양이었다.

의뢰인은 '소송'이라는 단어에 큰 부담감과 위화감, 아무튼 말로 표현하기 힘든 중압감을 느끼는 법이다. 테츠야는 그걸 잘 알고 있었다. 하지만 하자쿠라의 미소에는 그런 '안개'를 말끔히 걷어내는 힘이 있었다. 테츠야는 누나를 곁눈질하며 생각했다.

'이건 누나 나름의 배려일까, 아니면…….'

이어서 회사를 상대로 민사소송을 제기한다는 것, 그러기 위한 자료를 수집해야 한다는 것, 지금까지의 타임라인을 정리해서 제출해야 한다는 것 등등에 관해 이야기를 나누었다. 마지막으로 수임료 이야기가 나왔다. 바쁜 하자쿠라는 외출 준비를 해야 했기에, 대신 테츠야가 절차를 밟아주기로 했다. 30분당 57엔, 이것이 규정된 상담료였다.

"이번 일, 아이하라 씨한테는 잘못이 없잖아요. 오늘 상담료는 됐어요."

하자쿠라는 그렇게 말하며 나가버렸다. 남겨진 두 사람은 입을 다물지도 못한 채로 가만히 바라볼 뿐이었다.

"옛날부터 저랬어요. 한동안은 조용히 살았지만요."

테츠야는 그렇게 말하며 웃었다.

"어느 쪽이 오빠인지 누나인지……. 두 분은 동갑이신 거죠? 쌍둥이……."

"전혀 안 닮았잖아요? 쌍둥이는 아닙니다. 법률상으로는 하자쿠라가 누나고 제가 동생이죠. 제 형하고 결혼했거든요. 정확히는 형수죠."

"그랬군요."

"사실 법률상으로는 아무 관계도 아니에요. 두 사람이 바쁜 와중에 결혼 준비를 하면서 결혼식장을 찾아다닐 무렵이었나? 바로 그때 형이 죽었죠. 그게 재작년이었어요."

"아…… 죄송해요. 그런 줄도 모르고……."

진심으로 미안해하는 히카루에게 테츠야가 따뜻한 목소리로 말했다.

"겉으로는 기운이 넘쳐도 사실 계속 우울해하고 있었거든요. 그런데 아이하라 씨가 오고 나서부터는 뭔가 엔진에 시동이 걸린 것처럼 예전으로 돌아왔네요. 그만큼 누나한테는 이번 사건이 특별한 거겠죠."

유리코가 퇴근할 시간이 되자 히카루는 전화를 걸었다. 개인 간의 소송은 어렵다는 점, 하르모니아가 안전배려의무 위반이라는 잘못을 범했다는 점, 디지털 타투라는 새로운 문제와 직면하고 있다는 점 등을 전달했다. 그리고 오오모리와 마츠시게가 노마구치 부부에게 '2인 체제였다'라고 말했다는 사실도.

"어쩌다 이렇게 되어버린 건지 나도 아직 정리되진 않았지만, 녹취록에서 내 상사가 분명히 그렇게 말했어. 시노미야라는 선배가 알려준 거야."

"정말 누명이었네! 그게 대체 무슨 회사야!"

"하르모니아 우에노."

"누가 몰라서 물어?"

히카루가 타고난 명랑함을 되찾은 것 같아서 유리코도 기뻤다.

앞으로 어떻게 될지는 모르지만, 그래도 조금씩 좋은 방향으로 나아가고 있었다. 그것만큼은 확실했다.

[동종업계 사람으로서, 이번 사건은 담당 플래너 혼자 일으킬 수 없는 문제라고 생각합니다. 전임인 A하라 씨가 어디까지 숙지하고 있었는지, 후임 플래너는 어떻게 인수인계를 받았는지, 연회장 스태프들과 사회자가 어떤 지시를 받았는지 등을 알아야 할 것 같은데요. 지금까지 공개된 정보는 너무 적은 것 같습니다.]

유리코가 앨리스 계정으로 SNS에 접속했다. 마침 하치와 나스비가 대화 중이었다. 나스비가 실시간으로 접속해 있는 걸 보고 자신도 뭔가 한마디를 해주고 싶었지만, 어느새 두 사람의 대화에 몰입하고 말았다.

[A하라가 전부 가능하다고 장담한 이상 책임은 A하라에게 있는 거지. 친구 부부는 그 말만 믿고 하객을 부른 건데 이름은 틀리게 부르고, 아무 통보 없이 중복 계약을 하고, 꽃도 요리도 엉망진창.]

[이름 실수는 A하라 씨의 잘못인지도 모르죠. 하지만 식장을 통째로 빌렸다는 건, 보통 그런 일이 없는데도 그렇게 안내를 받으셨다면 A하라 씨의 잘못이 아닌 회사의 지시였을 가능성이 있습니다. 다만 예식장을 통

째로 빌린 것과 피로연장을 통째로 빌린 것을 혼동하고 있는 건 아닌가요? 하르모니아 우에노 정도의 호텔에는 크고 작은 여러 개의 식장과 연회장이 있기 때문에 매일 한 쌍의 커플만 받는다고 안내한다는 건 말이 안 되는데요.]

하치의 공격에 나스비는 초조함을 감추지 못했다. 하치의 주장은 결혼식과 피로연을 잘 모르는 사람도 이해하기 쉬운 내용이었다. 하치의 의도를 이미 파악하고 있었기에 나스비는 여유를 잃어가고 있었다.

[하나하나 세세한 부분은 친구 부부도 처음 해보는 결혼식이니까 착각할 수도 있지. 하지만 돈을 지불한 것보다 낮은 단계의 음료 메뉴가 나오고 답례품에 명세서가 들어가 있었다니까? 너도 관계자일 테지만 이건 변명의 여지가 없잖아.]

[답례품은 포장하는 직원이 따로 있기 때문에 A하라 씨의 실수라고 보기 힘듭니다. 꽃 문제도 전에 말씀드린 것처럼 하르모니아는 업계 최대급인 요츠야 플라워와 거래하고 있습니다. 요츠야에서는 꽃장식을 제안할 때 플래너를 통해 그림 같은 걸 보내서 설명했을 텐데, 그 역할을 맡은 플래너는 시기적으로 봐도 후임이라는 그 남성으로 보입니다.]

논리 정연한 하치의 말은 나스비를 더욱 자극했다.

[그런 사정을 고객이 왜 알아야 하는데? 이쪽은 A하라 때문에 결혼식을 망치고, 인생이 엉망이 된 친구가 이대로 주저앉지 않도록 올바르게 고발하고 있을 뿐이야.]

[식장 측에서 성의 있게 대응하지 않은 게 원인이라는 건 압니다. 다만 당신 글을 읽다 보니 웨딩 플래너와 친구 부부 사이에 있었던 일을 어디까지 파악하고 있는지 모르겠고, 왜 친구 부부의 사생활까지 노출하는지 궁금해집니다.]

하르모니아에 책임이 있다는 사실을 언급하면서도 나스비의 논란 키우기에 정확히 찬물을 끼얹는 솜씨가 유리코에게는 무척 통쾌하게 느껴졌다. 나스비는 하치에게 답변하는 것을 그만두고, 대신 자신을 팔로잉하는 사람들에게 호소했다.

[전국에 계신 많은 분이 이렇게 친구 부부를 생각해 주셔서 정말 기쁩니다. 친구 부부도 많은 위로를 받았습니다. 여러분께 진심으로 감사드립니다. 저는 거짓된 내용을 한마디도 적지 않았기 때문에 전혀 후회하지 않습니다. 목소리를 내길 잘했다고 생각합니다. 여러분의 응원 덕분에 A하

라와 하르모니아를 고발할 수 있었습니다. '행복한 결혼식'은 되찾을 수

없겠지만, 특히 신부에게는 여러분의 따뜻한 위로의 말을 전하겠습니다.

A하라 측의 대응을 기다리기 위해 한동안은 조용히 있으려고 합니다.]

그런데도 하치는 공격을 멈추지 않았다.

[책임이 회사 측에 있다는 건 충분히 알고 있습니다. 원래는 회사 전체가

진지하게 받아들이고 대응해야 하는 상황이죠. 다만 A하라 씨의 이름만

공개적으로 언급되고 있다는 사실이 너무 안쓰러운 동시에 의아할 따름

입니다. 더 이상의 발언은 자제하시는 편이 친구 부부를 위해 좋지 않을

까요? 한동안이 아니라 이제 그만하면 되지 않았나요? 아마 회사 측과

친구 부부의 협상도 계속될 텐데, 더 이상은 글을 올리는 의미가 없다고

생각합니다. 하르모니아 측에서 친구 부부에게 성의 있는 대응(이미 늦었

습니다만)을 보여주기를 진심으로 기원합니다.]

"와, 끝까지 읽게 되네. 하치 이 사람 누구지? 카린이랑 아는

사람일까?"

유리코는 하치에게 DM을 보냈다.

[같이 싸워주셔서 감사합니다. 이제부터 A하라 씨는 변호사와 함께 대응

해 나갈 예정입니다.]

[좋은 생각이네요. 이 정도로 논란이 확대된 이상, 단순 사과로 끝날 일이 아니니까요.]

그리고 유리코는 이 사람이 누구인지 알아내기 위해 일부러 닉네임을 언급해 보았다.

[카린도 기뻐할 거예요.]

[메시지 감사합니다. 카린이 누군가요?]

카린이라는 이름을 모른다면 게임이나 온라인에서 알게 된 사이는 아닌 것 같았다.

[제가 실례했네요. 카린은 A하라 씨의 닉네임입니다. 같이 싸워주신 게 너무 기뻐서 누구신지도 모르는데 무작정 DM을 보내버렸네요. 저는 A하라 씨와 친구로 지내는 사람인데요, 하치 씨도 A하라 씨의 친구분이신가요?]

[동종업계 사람으로서 그 부부에게 미안함을 느꼈어요. 그런데 A하라 씨

의 이름만 언급되는 게 아무래도 이해가 안 가서, 도저히 잠자코 있을 수 가 없었을 뿐입니다.]

인터넷은 익명의 공간이다. 논란의 향연이 벌어지고 있는 이 곳은 특히나. 유리코는 정체를 밝힐 리가 없다고 생각하며 더 이 상 파고들지 않기로 했다. 그리고 한 통의 DM을 더 보내고 나서 컴퓨터 전원을 껐다.

10. 소송

#01

키미에는 나스비 계정에 도착한 앨리스의 DM을 몇 번이고 다시 읽어보았다. 아이하라 히카루가 변호사를 선임해 이번 논란에 대처할 것이라는 내용이었다. 변호사 이름도 언급한 걸 보면 사실인 것 같았다. 키미에는 참지 못하고 슈헤이에게 메시지를 보냈다.

– 저기, 아이하라가 변호사를 선임했다고 하던데.
– 정말 선임한 거야?

팔로워를 늘리고 '좋아요'를 많이 받을 생각뿐이었던 그들 부부에게는 예상보다 논란이 커지고 있었다. 자신들이 피해자라는 생각은 여전히 남아 있었지만, 상대방이 최강의 카드인 변호사를 동원했다니.

– 나, 괜찮은 거지?

– 몰라. 하지만 우린 사실만 말한 거야.

– 모르겠다니? 다 너희가 부탁해서 한 일이잖아! 이 정도로 논란이 커진

   덕분에 하르모니아와의 대화도 유리하게 돌아가고 있고, TV랑 잡지에

   도 나올 수 있었다고 좋아했으면서!

– 나중에 시간 나면 내가 다시 전화할게.

그날 슈헤이의 연락은 오지 않았다.

키미에는 한 달간 인터넷상에서 아이하라를 공격했다. 하지만 그녀의 실명을 거론하진 않았으니까 괜찮을 것이다. 아니, 정말 그럴까? …… 생각이 정리되지 않았다. 그때 딸의 목소리가 귀를 타고 뇌에 꽂혔다.

"엄마, 뭐 보고 있어?"

"엄마 바빠! 저리 가 있어!"

울음을 터뜨리는 딸을 신경 쓸 시간 따윈 없었다.

'나는 괜찮은 걸까……?'

불안과 공포가 두뇌 회전을 방해하는 탓에 도무지 머리가 굴러가지 않았다. 결국 슈헤이의 전화를 기다린다는 결론밖에 생각나지 않았다. 그러나 슈헤이는 그로부터 일주일이나 지나서야 전화를 했다.

"나하고 시에리 씨도 변호사를 선임하려고 여기저기 알아보는 중이야. 그런데 어디서도 받아주질 않더라고. 결국 사이버 렉카 채널 운영자가 소개해 준 도쿄의 변호사한테까지 갔어."

"받아주지 않는다니, 그게 무슨 말이야?"

"우리가 조금 불리한 상황 같아. 아이하라 씨를 인터넷에서 그 정도로 공격한 이상 이쪽에서 뭘 해도 진대. 우리야 인터넷을 잘 모르니까 키미에 씨한테 이것저것 부탁한 건데. 그렇게까지 해주길 바라진 않았거든……."

키미에는 슈헤이에게 따졌다.

"너희들을 위한 일이었잖아! 아이하라가 밉다고, 하르모니아가 밉다고 하면서 부탁한 주제에!"

"도쿄의 변호사가 하는 말이, 자기들이 상황을 파악해 볼 테니까 지금은 움직이지 말아달래. 나스비, 그러니까 키미에 씨는 SNS 자체를 금지시키라고……."

"왜 그렇게까지 해야 하는 건데?"

키미에는 분명히 알 수 있었다. 예상했던 것보다 논란이 너무 커진 탓에 슈헤이와 시에리는 겁을 집어먹은 것이다. 그리고 자신을 희생양으로 내세울 작정이었다.

"그 먼 도쿄까지 가서 변호사한테 들은 말이 고작 날 얌전히 시키라는 것뿐이었어?"

"시부야는 너무 좋았어. 새로 생긴 가게도 몇 군데 둘러봤거든."

슈헤이는 스피커폰으로 통화하고 있었기 때문에 스마트폰 너머에서 시에리의 목소리도 들렸다. 어두운 분위기를 바꾸고 싶었던 건지 시에리가 꺼낸 화제는 너무나도 엉뚱했다. "오가닉 커피 맛있더라", "도쿄의 변호사 사무실은 카페처럼 생겼던데" 하는 소리를 키미에는 무시했다.

"우리가 선임한 변호사는 당연히 우리만 챙길 수밖에 없대. 그래서 키미에 씨는 어떻게 하면 좋냐고 물어보니까, 하르모니아와 아이하라 씨에게 사과하고 용서받는 게 좋다고 했어. 착수금으로 22만 엔을 내면 키미에 씨의 의뢰도 받아주겠대."

슈헤이는 변호사에게 키미에에 대해서도 물어보았다. 그녀가 저지른 행위로 인해 자신들에게도 책임이나 죄가 생기는지, 그걸 피하려면 어떻게 해야 하는지. 원래는 하르모니아와 교섭하기 위해 변호사를 선임할 생각이었지만, 어느 사무실에 가도 '비용 전액 환불, 드레스 선물, 무료 해외 결혼식 등 하르모니아 측의 제안은 파격적이며, 이쪽에서 논란을 키운 만큼 제안을 받아들이는 게 타당하다'라는 답변만 받았다.

"변호사한테 부탁해? 22만 엔? 그럴 돈이 어디 있어! 하루 벌어 하루 사는 처지인데! 싫어, 내가 왜 사과해야 하는 건데! 나도 이상한 댓글이 달리니까 날 지키기 위해 어쩔 수 없이 계속 올렸던 거야!"

"내 SNS에도 블랙 컨슈머란 악플이 달려. 나처럼 불행한 신부가 나오지 않길 바랐을 뿐인데, 키미에의 선한 의도를 다들 왜곡해서 받아들이는 거야."

"이제부터 하르모니아 측과 화해가 진행될 것 같아. 지금 도쿄의 변호사가 그쪽 사람들과 조건을 검토하고 있어. 그러니까 앞으로는 상황을 너무 시끄럽게 만들면 곤란해. 우리를 위한다면 이해해 줘."

"사과하면 되는 거야? 알았어, 하르모니아에는 사과해도 좋아. 하지만 아이하라한테는 싫어. 절대 싫어! 나쁜 건 그 여자잖아!"

"어찌 됐든 우리는 변호사님의 중재로 하르모니아와 화해할 생각이야."

그리고 슈헤이는 자기 입장에선 옳다고 생각하는 말을 키미에에게 던졌다.

"더 이상 억지 부리면 너와의 인연을 끊을 거야. 이해해 줘."

그 말을 끝으로 전화는 끊어졌다.

슈헤이는 그 뒤로 몇 개의 문자를 키미에게 보냈지만, 끝까지 답장은 오지 않았다. 그리고 노마구치 부부는 이날부터 하르모니아와의 대화에서 키미에를 제외시켰다.

#02

8월 22일. 폭염이던 작년만큼은 아니어도 충분히 더운 날씨였다. 그리고 점심시간을 기다렸다는 듯이 쿠인 법률사무실의 전화가 울렸다.

"아아, 점심시간이구나."

임신 중인 직원은 검진 때문에 오후 출근이고, 유일한 파트너 변호사는 식사하러 나가 있었다. 계속 울리는 전화는 결국 하자쿠라가 받았다.

"네, 쿠인 법률사무실입니다."

"여보세요……. 네기시 키미에입니다. 저는 체포되는 건가요?"

힘없는 목소리였다.

'체포라니? 그리고 네기시 키미에가 누구였더라?' 하자쿠라는 잠시 생각한 끝에 답을 찾았다. 그렇다, 아이하라가 말한 논란의 주범이었다.

"무슨 말씀이신가요?"

"저는 돈도 없는데, 체포당하게 될까요? 아이하라 씨의 변호사 맞죠?"

아이하라 히카루의 변호사인가 하는 점은 개인정보와도 연결되기 때문에 하자쿠라는 직접적인 답변은 피했다.

"그 점에 관해서는 직접 답변해 드릴 수 없습니다. 다만 이야기는 들어드릴 수 있어요. 무슨 용건이신가요?"

그다음에 그녀가 쏟아낸 것은 변명의 홍수였다. 친구 부부에게 속았다느니, 들은 대로 글을 올렸을 뿐이라느니, 애초에 하르모니아의 대응이 잘못됐다느니, 아이하라라는 이름을 직접 언급하진 않았다느니 하면서 장장 30분 동안 이야기가 이어졌다.

"아이하라라는 이름을 언급하긴 하셨죠. 분명 '아이하라는 좀 더 약삭빠른 인상이에요'라는 글이 있었던 것 같은데."

하자쿠라는 수화기 너머에서 쏟아지던 변명의 파도를 멈추는 데 성공했다.

"무슨 이야기인지는 잘 알겠습니다. 저로서는 딱히 드릴 말씀이 없지만, 본인이 하신 행동들은 절대 잊지 마세요."

오랜만의 장시간 통화에 귀가 조금 아플 정도였다.

그 무렵, 앨리스의 SNS에 댓글이 달렸다. 처음 보는 이름이었지만 프로필을 확인해 보니 '노마구치 슈헤이'라는 걸 알 수 있었다. 사람들의 눈을 의식했는지, 슈헤이의 말은 정중하면서 간결했다.

└ 이번에 나스비라는 사람으로 인해 큰 피해를 끼쳐드린 것 같습니다. 아이하라 씨를 직접 뵙고 이야기하고 싶은데, 본인에게 전달해 주시겠어요?

"이런 댓글이 달렸는데, 어떻게 할래?"
히카루는 유리코의 연락을 받고 고민에 빠졌다. 만나서 이야기를 들어보고 싶었다. 그리고 하르모니아 소속 웨딩 플래너로서 미노의 실수를 대신 사과하고 싶었다. 하지만 소송이니 뭐니 하는 말이 오가는 시기에 과연 만나도 괜찮은지 확신이 서지 않았다.
"다음 주, 퀸한테 가서 의논해 볼게. 개인적으로 이야기를 들어보고 싶긴 해."
변호사님이란 호칭은 너무 딱딱했기에, 히카루와 유리코는 자기들끼리 이야기할 때는 하자쿠라를 '퀸'이라고 불렀다. '쿠인'에서 따온 별명이었다.

"그럼 퀸하고 의논한 다음 결정하겠다고 전할게."

"잘 부탁해."

히카루는 바로 하자쿠라에게 전화해 자초지종을 설명했다.

"어떻게 할까요? 결혼식 일을 사죄하고 싶은 마음도 있긴 하거든요."

히카루의 말을 들은 하자쿠라는 웃고 말았다.

"이쪽에는 나스비? 그 네기시 키미에 씨한테서 전화가 왔었는데요."

"네에?"

"아주 많은 이야기를 쏟아냈는데, 전화를 받자마자 '저는 체포되는 건가요?'라고 물어서 안 웃을 수가 없더라고요. 꽤 오랫동안 변호사로 일했지만, 이런 경우는 처음이에요. 그건 그렇고, 사죄라는 말은 좀 잘못됐어요. 사과라고 해야죠. 죄가 있어서 용서받으려는 건 아니니까요."

"일단 변호사다 보니까 그런 사소한 부분도 꼭 짚고 넘어가야 직성이 풀리거든요"라고 말을 이으며 하자쿠라는 커피잔을 입에 갖다 댔다.

"이야기를 들어보는 방향으로 생각해도 괜찮을까요?"

"조금 더 고민해 봐요. 그쪽이 만나고 싶어 하는 건 그쪽의 자유니까요."

밤이 되자 이번에는 시노미야와 의논해 보기로 했다.

"그래서 말인데, 노마구치 씨 부부와 만날지 말지 고민 중이
에요."

"만나고 싶다고? 그렇다면 만나지 않아도 되는 거 아냐?"

역시 시노미야는 짓궂은 부분이 있었다.

"몇 번 거절해 놔야 상대방은 더 간절해지는 법이지. 하르모니
아와 싸우려면 장기말은 많이 챙겨두는 게 좋을 거 아냐."

"노마구치 씨 부부가 장기말이라고요?"

"만나고 싶다고 말한 것 자체가 마음이 약해졌다는 증거야. 자
기가 퍼뜨린 정보로 상대방을 실컷 때려놓고는 변호사가 등장하
자마자 앨리스에게 중재해달라고 하고 있잖아. 이번 사태가 처음
상상한 것 이상으로 확대되면서 통제할 수 없는 지경이 되니까 자
기들도 슬슬 무서워진 거겠지."

"만나면 아군으로 만들 수 있겠네요."

시노미야는 엄지와 검지로 안경의 위치를 조정했다. 여전히
렌즈에는 김 하나 서려 있지 않았다.

"하지만 뜸을 들이면 아군이 아니라 장기말이 돼. 하르모니아
와 화해하는 조건도 말해줄 거고, 우리한테 잘 보이려고 많은 도

움을 줄 수도 있지."

"우와……."

히카루는 무심결에 감탄하고 말았다. 시노미야가 아군이라서 다행이라고 새삼 생각하면서.

✦✦✦

"그래서 9월경에 노마구치 씨 부부와 만나보려고 하는데요."

히카루는 하자쿠라에게 조언을 구했다. "너무 우유부단한 걸까요……?"라며 자신 없는 눈빛을 던지면서. 하자쿠라의 결론은 명쾌했다.

"9월이면 이제 2주 정도 남았네요? 결론부터 말하자면 그만두는 게 나을 것 같아요."

의아해하는 히카루에게 하자쿠라가 말했다.

"노마구치 씨 부부 대리인한테서 전화와 메일을 받았거든요. 이번 논란에 대해 부부 쪽에서 사과드릴 테니까 용서해 줄 수 없겠냐고요. 그런데 제 생각에 이번 일은 히카루 본인이 결백하다는 정보가 널리 퍼져서 명예가 회복되는 게 가장 이상적인 해결 방법이 아닐까 해요."

그건 맞는 말이었다. 위자료 같은 보상을 얻으려는 건 아니었으니까. 어쨌든 평온한 일상으로 돌아가고 싶을 뿐이었다.

"그래서 일단은 이번 사건의 발단이었던 익시즈에 다시 글을 올려달라고 했어요. 자신들이 올린 게시글로 인해 엉뚱한 사람에게 피해를 주었다는 점, 잘못된 인식으로 잘못된 정보를 언론에 퍼뜨렸다는 점, 그리고 그에 대한 사과의 말을 명확히 써달라고 했죠."

"그쪽 변호사는 뭐라고 하던가요?"

"두 사람이 받아들이게 하겠대요. 노마구치 씨 부부와 이야기하다 보면, 말이 계속 바뀌어서 일하기 힘들다고 하던데요. 어제 했던 말이 오늘은 또 바뀌어 있다고요. 그래서 아이하라 씨가 직접 만나지 않는 편이 낫겠다고 생각한 거예요. 분명 시간 낭비일 거예요. 변호사의 경험을 통해 얻은 감이에요. 예를 들면 형사 사건에서도…… 어쨌든 그러니까…… 만나지 말아요."

하자쿠라는 단호하게 말했다.

– 그래서 말인데…….

이런 서두로 이야기를 시작하는 게 몇 번째인지 모르지만, 히카루는 유리코에게 메시지를 보냈다.

– 재판 때문에 바쁘기도 하고 그럴 기분도 아니니까 당장은 만나기 힘들

 것 같다고 전해줘.

– 그래. 굳이 만날 필요 없어.

이렇게 해서 논란 이후 노마구치 부부와 히카루가 직접 만나
는 일은 없었다.

#○3

지난번에 앨리스가 '아이하라 측에서 변호사를 선임했어. 그
동안 이번 논란을 즐기던 사람들, 두고 봐'라는 글을 올린 뒤로,
그녀의 계정에는 다양한 DM이 날아들었다. 그중 가장 많은 DM
을 보낸 건 사이버 렉카 채널의 운영자들이었다.

[우리 사이트에서 아이하라 씨의 기사를 삭제했습니다.]

[다시 '아이하라 씨의 논란은 누명이었다'라는 페이지를 만들고 싶습니다.]

그중에는 상당히 상세한 내용을 적어 보내는 사람도 있었다.

[제 사이트에는 월간 100만 명 이상의 방문객이 찾아오니까, 조금이나마 명예 회복을 도와드리고 싶습니다. 마치 아이하라 씨의 잘못인 것처럼 내용을 작성한 사이버 렉카 채널들이 내용을 삭제하기 전에 전부 스크린 샷을 찍어두는 게 좋을 겁니다. 이걸 증거로 소송을 걸면 한 건당 50만에 서 100만 엔 정도를 청구할 수도 있습니다. 필요하시다면 인터넷 문제를 전문으로 다루는 변호사도 소개해 드릴 수 있습니다. 초기 비용은 10만 엔, 나머지는 성과 보수로 지급하는 경우가 많습니다.]

그러니까 한마디로 '우리는 고소하지 말아주세요'라는 의미였다. 게다가 이런 메시지를 보낸 사람 중에는 논란 당시 히카루가 '내용이 사실무근이니까 삭제해 주세요. 삭제하지 않으시면 법적 조치를 취하겠습니다'라고 메일을 보냈을 때 '사실무근? 어디가?' 라는 답장만 보냈던 이도 있었다.

블랙 코미디가 따로 없는 상황이었다. 하자쿠라는 "참 일관성 없는 사람들이네요"라며 웃어버렸다. 그리고 이러한 메시지들은 전부 상대하지 말라고 단칼에 정리했다.

하자쿠라의 조언을 받은 이후 이런 식의 DM에 대해 히카루 측이 보낸 답장은 늘 똑같았다.

[몇 번이나 이쪽에서 삭제 요청을 했는데도 빨리 처리되지 않았던 점이

아쉬울 따름입니다. 나중에 저희 대리인이 연락할지도 모르니, 그때는 빠른 대응을 부탁드립니다.]

시노미야가 써준 문장이었다. 그걸 유리코가 그대로 복사해 답장했다. 답변할 내용을 일일이 작성하는 것보다는 정해진 내용으로 유리코가 답장하는 게 훨씬 간편하다는 게 두 사람이 내린 결론이었다.

게다가 논란 중에 하르모니아에 고마운 편지를 보내주었던 사사키 하루카와 그 친구들, 인터넷의 게임 친구들도 일제히 '#A하라를용서할수없다'라는 해시태그를 사용한 사람들에게 삭제 요청을 해주고 있었다.

모두가 히카루를 위해 부탁하지도 않은 일을 해주고 있었다. 왜 그런지는 히카루 본인도 몰랐다. 시노미야와 유리코에게는 몇 번이나 고맙다는 말을 했지만, 이제야 '사사키 씨에게도 감사 인사를 하러 가야겠어'라고 생각할 만한 여유가 생겼다.

히카루는 앨리스의 계정을 빌려서 사사키 하루카에게 DM을 보냈다.

[고마워요! 같이 힘써주셔서 얼마나 기쁜지 몰라요! 하지만 이상한 사람이 있으면 바로 차단하세요. 위험한 일은 절대 피해야 해요.]

[히카루 덕분에 결혼식이 좋은 추억으로 남았어요. 조금이라도 보답할 수 있게 해줘요!]

[보답이라뇨! 제 일을 한 것뿐인데요!]

[그래도 처음 우리를 담당했던 미노라는 플래너, 그 사람하고 끝까지 갔으면 힘들 뻔했어요! 히카루로 바꿔달라고 하길 잘했죠!]

[아, 처음엔 미노가 담당했었죠.]

처음엔 미노가 담당했지만, 요리나 연출에 대한 요청이 전혀 통하지 않아서 접수를 맡았던 아이하라 씨가 플래닝도 해주셨으면 한다고 요청한 것이다. 결국 히카루가 맡은 부분은 문제가 없었지만, 미노가 담당했던 연출 부분에서는 당일에 몇 가지 혼선이 빚어졌다. '캔들 바이킹'에서 하객들이 집에 가져갈 주머니가 지정된 장소에 놓여 있지 않았던 것이다. 그걸 빠른 대처로 정리해 준 사람도 히카루였다.

하루카는 웨딩 플래너로서의 아이하라 히카루와 미노 아키히코를 잘 알고 있는 사람이었다. 담당을 바꾼 뒤로도 미팅 시기가 겹치면서 미노와 노마구치 부부가 대화를 나누는 모습을 몇 번이나 목격했다고 한다.

[그래서 바로 알았어요. 이번 일은 히카루가 아니라 미노 씨 때문이라는 걸. 그 부부도 옆에서 듣고 있으면 너무 애매모호한 이야기만 하더라고요.]

[그랬구나……. 고마워요. 다음에 같이 밥 먹으러 가요! 또 연락할게요!]

이제는 더 이상 고객과 웨딩 플래너의 관계가 아니다. 두 사람은 넓은 의미에서의 친구가 되어 있었다.

우선은 당면한 과제부터 해결해야 한다. 타임라인을 글로 정리해서 하자쿠라에게 넘겨야 했다. 유리코는 "그런 일도 본인이 직접 해야 해? 난 변호사님이 해주는 줄 알았는데"라고 말했는데, 사실은 히카루도 똑같이 생각하고 있었다. 인권 보호부에 문제를 제기하고, 우에노 경찰서의 사이버 범죄 대책과에 가서 상담을 받는 등 민사 재판의 준비 과정에서는 본인이 직접 해야 하는 것이 굉장히 많았다. 그리고 이런 작업은 무서우리만큼 신경을 갉아먹는 법이다.

다들 쉽게 '소송하면 되지'라거나 '법정에서 얘기하자' 같은 말을 하지만, 정말 고통스러운 일이었다. 여기 들어가는 비용과 시간과 수고를 생각하면 대부분은 그냥 포기해 버릴 거라는 사실을 실감할 수밖에 없었다.

몇 시간 분량의 녹취를 글자로 받아 적고, 나스비 등의 글을 스크린샷으로 저장한 다음 그것들을 시간순으로 정리해 나갔다. 시노미야가 도와주긴 했지만, 녹음을 받아 적는 데만 일주일 넘는 시간이 걸렸다.

그런데도 끝까지 버틸 수 있었던 건, 시노미야와 유리코, 사사키 하루카와 그 친구들, 그 밖의 많은 사람이 지지해 주었기 때문이다. 논란 당시에는 모니터로 자신에 관한 글을 보는 것만으로도 괴로웠지만, 지금은 꽤 편한 마음으로 볼 수 있게 되었다. 단련이 되어서일까, 아니면 사람들의 따뜻한 손길 덕분일까. 아마그 둘 다일 것이다.

#04

– 어떻게 할래?

유리코의 메시지가 도착했다.

소송 준비로 죽도록 바쁜 어느 날, 앨리스의 계정에 DM이 도착했다. '정말 죄송했습니다'라는 문장으로 시작된 DM의 발신 계정명은 나스비, 본문에 언급된 이름은 네기시 키미에였다.

[정말 죄송했습니다. 친구 부부의 부탁이라지만 말도 안 되는 잘못을 저질렀습니다. 어떻게든 사과드리고 싶어서 앨리스 씨에게 메시지를 보냅니다. 아이하라 씨의 친구분 맞으시죠? 대신 연락해 주실 수 있을까요?]

히카루는 몇 번이고 반복해서 읽었다. 어떻게 할까?

- 잠깐 시노미야 씨와 의논해볼게. 나스비한테는 '아이하라에게 물어볼게요'라고만 답장해 줘.
- 알았어.

"직접 이야기한다고······. 글쎄······ 넌 어떻게 하고 싶은데?"
"논란 당시에는 화도 나고 무서웠지만, 지금은 하르모니아에 대한 분노가 더 커져서 그런지, 나스비는 오히려 한 번 이야기를 들어보고 싶은 마음도 생기네요."
"실은 나도 이야기를 좀 들어보고 싶어. 쿠인 변호사님에게 알리지 않으면 문제가 생기려나?"
"민사니까 정보 수집은 거의 우리가 도맡아야 하잖아요."

"좋아, 그럼 내가 통화해 볼게. 일단 사정만 들어보자고. 난 제 삼자니까. 아이하라는 통화 내용을 듣고만 있어. 스마트폰의 스피커폰으로 통화하면서 태블릿으로 음성을 공유할게."

"부탁해도 될까요? 영화나 드라마 같으면 결정적인 대결 장면일 텐데, 막상 당사자가 되고 보니 비장한 각오는 안 생기네요."

"그렇겠지. 어쨌든 새 계정을 만들어서 그걸로 통화할게."

나스비에게 질문할 항목을 꼼꼼히 확인하고 마음의 준비도 하고 싶었다. 무엇보다 지금은 하자쿠라 변호사에게 제출할 타임라인을 정리해야 했다. 그래서 히카루는 2주 뒤인 9월 14일에 나스비와 대화하기로 했다. 이쪽에서는 시노미야가 대신 나서서 이야기한다. 그런 내용을(시노미야의 본명을 제외하고) 앨리스가 나스비에게 전달했다.

#05

인터넷상에 악플은 아직 남아 있었지만 세상은 바뀌고 있었다. 하르모니아의 논란이 시작된 지 약 2개월, TV와 주간지에서도 이 일에 흥미를 잃은 지 오래였다.

다만 이렇게 인터넷에 계속 남아 있다는 것 자체가 큰 문제였기에 히카루는 TV와 주간지에 정정 기사를 내달라고 지속적으로 요청했다. 그러나 다들 '저희는 이런 사건이 있었다는 사실을 다룬 것뿐이니까요', '논란이 있었던 건 사실이니까요'라며 빠져나갔다.

하자쿠라도 히카루에게서 그 사실을 전해 들었지만, 사실 예상한 대로였다. 해결 방법이 있긴 하지만, 지금은 때가 아니었다.

"그런 요청에 어떻게 대응해야 하는지 잘 아는 거죠. 우리가 직접 비판한 게 아니라 논란을 다룬 것뿐이고 주장을 소개한 것뿐이라는 식으로요. 그런데 막상 자기들이 일방적으로 잘못된 정보를 퍼뜨린 경우에는 또 다른 식의 변명을 하더라고요."

쿠인 법률사무실에서 하자쿠라와 소송을 준비하고, 방송국과 잡지사에 항의를 하는 사이 어느새 달력은 9월 14일을 가리키고 있었다.

밤 9시 반, 나스비의 전화가 걸려오기 30분 전이었다. 먼저 시노미야와 히카루는 통화 앱으로 대화를 나누고 있었다.

"나스비에게 물어볼 질문 가운데에서 노마구치 씨 부부한테서 무슨 말을 들었는지, 특히 하르모니아 측이 어떤 식으로 대응했는지가 가장 중요하겠지."

"제가 물어보고 싶은 게 있으면 문자로 보낼 테니까 시노미야 씨가 물어봐 주세요."

"오케이."

정확히 10시가 되자 시노미야의 태블릿이 진동했다. 나스비의 통화 요청이었다.

"여보세요."

시노미야의 목소리가 들렸다.

"안녕하세요."

제일 먼저 '이게 나스비의 목소리구나'라는 생각이 들었다. 녹취에서 들은 적은 있지만 선명한 음질로 목소리를 들음으로써 히카루와 시노미야의 머릿속에서 처음 나스비가 실체화되었다.

"안녕하세요. 나스비, 네기시 씨죠? 저는 아이하라의 대리인입니다. 실명은 이야기하지 않도록 할게요."

"앨리스 씨와는 다른 분인가요?"

앨리스와 하치는 그렇다 치고, 인터넷에서 자신을 악의적으로 공격하던 사람이 아닌지 살피려는 의도가 느껴졌다.

"네. 저는 아이하라의 친구고 대신 통화를 맡게 된 사람입니다. 이번 사건을 쭉 지켜보고만 있었습니다."

"네, 알겠습니다. 그럼 사정은 전부 알고 계신 거죠?"

"네"라고 짧게 대답하며 시노미야는 대화를 이어나갔다. 화기애애한 분위기로 긴장을 풀어줄 필요는 없었다.

"이번에 저와 아이하라가 가장 이해하기 힘들었던 건, 왜 미노가 아닌 아이하라였는가라는 점입니다. 당신은 노마구치 씨 부부가 결혼식을 준비하는 동안 쭉 의논 상대가 되어주었죠? 그렇다면 담당자가 남자였다는 것, 나아가 '미노라는 사람이었다'는 사실을 알고 계시지 않았나요?"

"저는 그 인간들한테 속은 거예요. 시에리는 인터넷상의 이미지가 있어서 적극적으로 나서기 힘드니까, 고발을 도와달라고 했어요. 우리는 가장 친한 친구가 아니냐면서요. 게다가 제가 작성한 글은 매번 그 부부한테 확인을 받고 나서 올렸다고요."

"그 부부는 아이하라와 미노에 대해 각각 어떻게 이야기하던가요?"

"시에리는 '슈헤이는 아이하라 씨를 여자로 보고 있어' 같은 말을 했어요. 그래서 저도 별로 좋은 인상을 받진 못했던 거죠."

"물론 아이하라도 저도 이번에 신랑 신부 두 분이 피해자라는 인식은 갖고 있습니다. 식장 측의 과실로 부당한 일을 당한 건 사실이죠. 신랑 신부가 분노하는 건 당연합니다. 하지만 그 분노의 화살이 왜 아이하라를 향했는지, 그게 의문입니다."

시노미야는 다시 한번 키미에에게 정확히 질문했다.

"하르모니아와 몇 번인가 대화하는 과정에서 지배인님과 팀장님 모두 '아이하라는 혼자 앞서 나가는 경향이 있다'라고 말했거든요. '청첩장 문제도 아이하라가 덤벙거린 탓이라 충분히 질책해

됐다'라고도 했고요."

히카루가 스마트폰으로 '뭐?'라는 메시지를 보냈다.

"두 사람의 기대를 배신했다는 걸 깊이 반성하라는 말도 했다고 들었는데……. 미노 씨도 '경력을 봐도 제가 아이하라 씨를 좀 더 제어해야 하는 위치였는데. 죄송합니다'라고 했고요."

— 뭐어어어?

히카루의 메시지가 또 날아들었다. 아무래도 '어'의 개수로 황당한 정도를 표현하는 듯했다.

"말이 되나요? 거의 1년 동안 미노가 담당해 왔잖아요."

"미노 씨는 조만간 아이하라 씨도 직접 사과하게 하겠다고 했어요. 세 사람이 다 이렇게 말하니까, 아이하라 씨가 심술이라도 부리나 보다라고 생각하게 되어버린 거죠."

"이번에 아이하라가 담당한 건 접수뿐입니다. 그 뒤로는 쭉 미노의 판단이었고요. 다만 미노의 미팅이 허술해서 점점 시간이 빠듯해지니까, 결혼식 2주 전쯤에 아이하라가 이대로는 안 되겠다면서 신랑 신부에게 이것저것 정해달라고 재촉했습니다. 그녀가 결혼식 준비에 관여한 건 최종 단계에서의 그런 지원 정도였어요."

나스비의 목소리는 들려오지 않았다.

"당신들이 하르모니아와 미노를 비판하는 데는 정당한 이유가 있겠죠. 다만 그건 식장과 담당자인 미노를 향해 쏟아내야 했습니다. 당신들이 한 짓은 협박이나 다름없어요."

"하지만 저에게는 시에리와 슈헤이 씨가 소중해서……."

"저한테도 아이하라가 소중합니다."

냉정히 대화할 생각이었지만, 시노미야는 화가 나고 말았다.

"네…… 그렇겠죠……. 하지만 이쪽 사정도 이해해 주셨으면 해요. 결혼식에서는 시에리의 예전 성씨를 언급해 버렸고, 답례품에는 명세표도 들어 있었고요. 음료 메뉴도 종류가 너무 부족했고, 아이들에게는 케이크도 나오지 않았어요. 연회장을 장식할 시간도 메일에는 '세 시간밖에 확보하지 못했다'라고 적혀 있었는걸요. 미노 씨 한 사람 때문에 이런 문제가 생길 수는 없다고 생각했어요. 분명히 누군가가 악의적으로 벌인 짓이라고 믿었죠."

히카루의 메시지가 도착했다.

– 평소에도 미노는 말도 안 되는 실수를 해요. 고객님은 일본 음식을 희망했는데, 무슨 이유인지 몰라도 레스토랑부에 프랑스 음식을 주문한 적도 있었어요. 그리고 세 시간 확보는 너무 많죠. 보통은 한 시간 반이에요. 세 시간밖에라니, 그런 이상한 메일을 보내니까 헷갈렸던 거네요.

시노미야는 문장을 눈으로 좇으며 '핸런의 면도날'을 떠올렸다. '어리석음으로 충분히 설명되는 일을 악의 탓으로 돌리지 말라'는 뜻이었다. 결국 미노의 무능함이 소란을 만들고, 악의를 찾아내려던 사람들이 일을 키운 셈이다. 단지 작은 실수들이 겹쳤을 뿐인데.

"이번에는 다양한 부서에서 조금씩 실수가 발생했습니다. 그로 인해 노마구치 씨 부부가 피해를 입은 건 정말 안타깝게 생각합니다. 하지만 아이하라는 그 실수를 막으려 했을 뿐입니다. 식장 측과 대화하는 자리에 아이하라만 나가지 않은 걸 이상하게 생각하지는 않으셨나요?"

"아이하라 씨는 도망친 줄로만 알았죠. 7월 15일에 아이하라 씨를 만나러 가기로 약속했는데, 직전에 오오모리 씨가 '가족의 건강 악화로 못 오게 되었다'고 말했는걸요."

스마트폰에 메시지가 왔다.

— 15일의 약속. 유리코한테도 들었는데 난 모르는 이야기예요.

"그 약속은 아이하라에게 전달되지 않았습니다. 하르모니아 측은 아이하라 본인과 그녀의 주장을 외부에 공개할 수가 없었던 겁니다. 왜냐하면 사건의 중심인물은 미노였으니까요."

"전혀 몰랐어요. 친구 부부한테는 '아이하라가 멋대로 한 짓이다', '호언장담만 해놓고 아무것도 실행되지 않았다'라는 말만 들었으니까요. 직접 사과드리고 싶어요. 노마구치 부부와도 인연을 끊을 작정이에요."

"인연을 끊는 건 알아서 하시고요. 아이하라는 당신의 목소리를 듣고 싶어 하지 않을 수도 있고, 저도 당신의 개인적인 이야기를 전달할 생각이 없습니다. 다만 언젠가 그런 마음이 본인에게 전달되길 기원합니다."

중간의 침묵을 포함해서 장장 두 시간 정도의 통화였다. 통화가 끝나자 완전히 맥이 빠지고 말았다.

"오늘 이야기는 나중에 또 하는 걸로 해요."

히카루도 시노미야도 이날만큼은 지쳐 쓰러지듯 잠이 들었다. 그리고 다음 주부터 나스비는 생각지도 못한 방향으로 변화하기 시작했다.

11. 사과문

♯⊙1

9월 20일. 외젠 들라크루아가 프랑스 7월 혁명을 주제로 그린 〈민중을 이끄는 자유의 여신〉처럼, 커다란 깃발을 들고 선두에 섰던 나스비가 갑자기 실명으로 글을 올리기 시작했다.

[저 네기시 키미에는 하르모니아 우에노의 결혼식 문제에서 아이하라 씨의 명예를 심각하게 훼손하는 글을 올렸습니다. 이 자리를 빌려 사죄드립니다. 정말 죄송했습니다.]

반쯤 장난으로 공격하던 사람들은 이날 이 순간을 기점으로 입을 다물었다. 뿐만 아니라 일제히 사라져버렸다. '우리가 틀렸던 건지도 몰라.' 도망칠 이유, 잊어버릴 이유는 그것만으로 충분했다.

그 뒤에는 앨리스를 비롯한 히카루의 게임 친구들, 하치, 사사키 하루카와 친구들, 그리고 일부 흥미를 잃지 않은(처음부터 부부와 나스비에게 회의적이던) 사람들만이 나스비의 글을 계속 지켜봤다.

[얼마 전 아이하라 씨의 담당 변호사님께 전화로 사죄드리고 싶다는 뜻을 전했습니다. 하지만 아이하라 씨는 직접 만나서 사과를 받아주지 않을지도 모른다는 말을 들었습니다. 그렇다면 적어도 제 사죄의 마음을 SNS를 통해서나마 표현하고 싶다고 생각했습니다.

7월 15일, 직접 만나 뵐 때 사과드리고 싶었지만, 그것도 하르모니아 측에서 취소시키는 바람에 이뤄지지 못했습니다.]

그제야 가만히 지켜보던 하치가 조용히 댓글을 달았다.

[그때는 당신이 가장 열심히 A하라 씨를 비난하던 시기였다고 기억하는데요. 모처럼 사과하기로 마음먹었다면 거짓말은 하지 않는 게 좋을 것 같습니다. 그리고 사죄하기 위해서라지만 A하라 씨의 본명을 언급하는

건 좀 그런 것 같네요.]

[그렇네요. 하지만 직접 만나 사죄드리고 싶은 마음만은 진심입니다. 저는 신랑 신부의 말을 믿고 글을 올렸는데 얼마 전, 신랑이 강한 어조로 말했습니다. 더 이상 혼란을 일으키지 말라고요. 신부는 "난 나처럼 불행한 신부가 더 생기지 않길 바랐을 뿐이야"라고 했고요. 마지막에는 "앞으로는 알아서 변호사를 선임해서 대응해"라고 했습니다.]

히카루와 유리코, 시노미야는 직소 퍼즐의 마지막 조각이 채워져 가는 걸 지켜보는 듯한 심정으로 글을 읽어 내려갔다.

그로부터 며칠에 걸쳐 나스비, 아니, 네기시 키미에의 폭로는 계속되었다. 중간에 누군가가 '태세 전환' 같은 말로 비아냥거려도 전혀 반응하지 않고 담담히 이야기를 이어나갔다.

[하르모니아 우에노에서 결혼식 당일에 벌어진 일은 사실입니다. 신랑 신부는 이야기할 상대가 저밖에 없으니까 들어달라며 몇 번이나 저를 찾아왔습니다. 호텔과 대화하는 자리에도 나와달라고 했고요. 그리고 우리가 결국 이길 테니 악플은 신경 쓰지 말라고만 말했습니다.

저는 매번 글을 올리기 전에 내용을 친구 부부에게 확인받았습니다. 그리고 그때마다 고맙다는 말을 들었습니다. 신랑 신부가 흘린 눈물을 의심할 생각도 하지 못했습니다. 만약 A하라가 고소하면 오히려 유리해진다, 하르모니아와 안티들도 전부 엮어서 키미에 씨도 위자료를 받을 수 있다, 소송을 하게 되면 변호사 비용은 우리가 부담하겠다라고도 했습니다.

친구 부부는 변호사를 선임해서 하르모니아와 화해를 진행했습니다. 그게 잘 진행될 것 같자 저에게 '조용히 있지 않으면 고소하겠다'고 했습니다. 그때 처음으로 제가 이용당했다는 걸 알게 되었습니다. 지금도 일방적으로 계속 글을 올리면 경찰에 고발하겠다는 연락이 오고 있습니다.]

이때 처음 보는 계정이 키미에의 말에 반론하기 시작했다.

[나스비의 일방적인 주장에는 매우 문제가 많습니다.]

그 한마디에는 나스비와 슈헤이가 메신저로 주고받은 메시지의 스크린샷이 첨부되어 있었다. 거기에는 '인터넷은 전부 너희 편이야. 아이하라, 절찬 논란 중', '약삭빠른 인간이구나. 나도 그런 사람 많이 봤는데 진짜 싫어' 같은 키미에의 발언이 담겨 있었다. 하지만 불과 몇 시간 만에 그 계정의 게시물은 삭제되었다.

이 글을 올린 사람은 당연히 슈헤이였다. 나스비의 고백에 초조해진 나머지 익숙하지도 않은 SNS에 글을 올려 반론하려 했지만, 변호사가 곧바로 전화를 걸어 내리라고 한 것이다.

쿠인 법률사무실에서 이번 소동을 맨 처음 알아챈 사람은 하자쿠라를 보조하는 파트너 변호사였다. 하자쿠라는 즉시 태블릿으로 흐름을 좇기 시작했다.

"메시아 콤플렉스라는 말이 있는데, 혹시 알아?"

질문을 받은 테츠야는 인터넷에서 메시아 콤플렉스를 찾았다. 그걸 아는지 모르는지, 하자쿠라가 말했다.

"곤란에 빠진 사람을 돕고 싶어 하는 생각의 이면에는 열등감이나 낮은 자존감이 숨어 있는 경우가 있어. 다른 사람을 도움으로써 나는 행복하다, 나는 가치 있는 사람이다라는 느낌을 받으려는 거지. 그런데 본인이 그걸 자각하고 있는 경우라도 자기 자신을 쉽게 속일 수 있어. 이건 상대방을 위한 일이라는 핑계를 대면 되니까."

"아."

테츠야는 그렇게밖에 대답할 수 없었다. 하자쿠라는 말을 이었다.

"상대의 감사를 바라지만, 사실은 상대방보다 나를 더 생각하는 거야. 한심하게도 말이지."

테츠야의 눈은 메시아 콤플렉스에 대한 설명을 보고 있었다.

"바라던 결과가 나오지 않은 경우, 이상하게 거기에 집착하거나 오히려 쉽게 단념해 버리는 특징도 있다."

테츠야는 어쩌면 이것이 누나가 자기 자신에게 하는 말일지도 모른다는 생각이 들었다.

'누나는 아니야. 약혼자, 아니, 남편을 잃고 조금 지친 것뿐이야. 그래서 무료 법률 상담실에서 모두가 용기를 얻어갈 수 있었던 거야. 이번 의뢰인인 아이하라 히카루도 마찬가지고.'

테츠야는 이걸 직접 말해야 할지 판단이 서지 않아, 결국 하자쿠라의 말을 묵묵히 듣고만 있었다.

#○2

나스비가 인터넷에서 실명으로 사과함으로써 악플은 점점 줄어들었고, 그때까지 비난하는 목소리에 파묻혀 있던 앨리스와 하루카, 그리고 인터넷에서 이번 소동을 알게 된 게임 친구들의 활동이 상대적으로 두드러져 보이게 되었다.

그러나 논란에 참가한 대부분의 사람들은 이미 흥미를 잃어버렸다. 논란에 참가하기 위해 부계정을 만든 경우가 많았고, 그 계정들은 이미 완전히 방치되어 있었다. 그래서 인터넷에 남겨진 기억의 잔재는 여전히 '아이하라 히카루라는 웨딩 플래너가 신랑신부의 결혼식을 악의적으로 망쳤다'라는 내용이었다.

"나스비의 주장에 문제가 많다던가 하던 그거, 신랑이지? 바로 삭제해 버렸지만."

이번 일로 친해진 하루카에게서 전화가 왔다.

"응, 봤어. 신랑 본인이겠지."

"무려 그 계정에서 이야기를 들어달라는 DM이 왔어."

"앗! 왜 하루카한테?"

"앨리스 씨는 무섭고, 내가 그나마 말 붙이기 쉬워 보였던 게 아닐까? 나도 히카루에 대한 글을 많이 올렸잖아."

"실은 전에 앨리스도 '아이하라 씨와 직접 만나고 싶다'는 메시지를 받았는데 거절했거든. 앨리스에게 두 번 부탁할 용기는 없었나 보네. 하지만 변호사님이 직접 만나지 않는 편이 낫다고 하셨거든."

"내가 이야기를 들어보는 정도는 괜찮지 않을까? 내가 결혼할 때는 처음에 미노 씨가 실수를 너무 많이 해서 결국 히카루의 도움을 받는 패턴이었잖아? 그러니까 나야말로 이번 일을 가장 잘 이해할 수 있는 사람이 아닐까 하는데."

"그럼 나도 같이 들어보고 싶어. 태블릿 갖고 있지? 스피커폰으로 통화하면 나도 스마트폰으로 들을 수 있어."

"그러면 이야기를 들어본다고 답장할게."

시노미야를 통해 노마구치 부부와 오오모리, 마츠시게가 대화한 녹취는 전에 들어보았다. 그 뒤로도 양쪽의 대화는 계속 진행되어 이제 화해하는 쪽으로 나아가고 있다고 했다. 그건 좋았다. 다만 쿠인 법률사무실에 찾아간 이후 회사에 출근하지 않은 히카루는 시노미야에게서 몇 가지 정보는 듣고 있지만, 역시 당사자의 말을 꼭 들어보고 싶었다.

슈헤이와의 통화는 이번 주말, 즉 9월 24일 밤으로 정해졌다.

#○3

당일 10시, 하루카의 태블릿에서 착신음이 울렸다.

"안녕하세요. 사사키 씨 맞나요?"

그것이 슈헤이가 처음으로 꺼낸 말이었다. 하루카는 슈헤이를 어떻게 부를지 순간 고민한 끝에 '신랑님'이라고 부르기로 했다.

"신랑님이시죠?"

나스비 때와 마찬가지로 어색한 대화가 시작되었다.

"결혼식 때는 여러모로 힘드셨겠네요. 꽃도 그렇고 예전 성씨를 언급한 것도 그렇고. 아이하라 씨한테서 자세히 전해 들었습니다."

"네⋯⋯."

"그런데 왜 히카루 씨였나요? 미노 씨에 대해서는 어떻게 생각하시죠?"

"아니, 그게, 저희 사정도 좀 들어주세요. 지금 하르모니아 측에서는 변호사를 통해 '이 조건에 합의하지 않으면 더는 대화를 이어나갈 수 없다'고 이야기하고 있어요. SNS에서도 블랙 컨슈머라고 욕을 먹고……."

"그야 먹을 만하죠."

"저희는 친구한테도 배신당해서 아내가 많이 우울해졌어요. 변호사한테는 한 달에 5만 엔이나 내고 있는데도 '하르모니아와 아이하라 씨 측과는 문서를 통해 교섭 중이다. 연락을 기다려라'라는 말만 듣고, 어떻게 진행되는지도 모르고 있는 상황입니다."

슈헤이가 계속 변명만 늘어놓자 하루카는 화를 참지 못했다.

"지금 그걸 물어보는 게 아니잖아요. 저는 히카루 씨에 대한 이야기를 들어보려고 오늘 통화하자고 한 거예요. 신랑님은 호텔 측의 '2인 체제'라는 말을 믿은 건가요? 아니, 상식적으로 그걸 믿는 게 말이 돼요? 미노 씨와 1년 동안 미팅을 진행하셨잖아요. 히카루 씨와 이야기한 건 기껏해야 미팅 자리에 대신 나갔을 때 정도일 거고요. 그런데 호텔 측에서 '2인 체제'라고 하니까 '네, 그러셨군요' 하고 믿은 거예요? 저는 이해가 안 되는데요."

시노미야가 나스비에게 했던 것과 똑같은 질문이었다. 히카루는 같은 내용을 슈헤이에게도 꼭 물어보고 싶었다. 나스비의 답변은 '청첩장 건은 아이하라 씨의 실수라는 말을 듣다 보니, 어느새 전부 그녀 잘못이라고 생각하게 되었다'는 것이었다. 그런데 슈헤이의 대답은 그보다 좀더 구체적이었다.

"저희도 일단은 미노 씨에게 사과를 받고 나니 기분이 좀 진정된 상태였습니다. 그런데 마츠시게 씨와 오오모리 씨가 '미노의 제안을 뒤에서 결재한 사람은 아이하라였습니다', '미노는 열심히 노력했지만 책임자인 아이하라가 잘못된 지시를 내렸고 결정도 늦게 했습니다'라고 하니까요."

– 응?

전에 시노미야에게도 그랬던 것처럼, 히카루가 메시지를 보냈다. 물론 슈헤이는 그걸 알아채지 못한 채 말을 이어나갔다.

"미노 씨도 이렇게 말했습니다. 아이하라 씨는 뭐든 혼자 앞서 나가는 경향이 있어서 봄쯤이었나, 자기가 그녀를 타일렀다고요. '아이하라 씨가 두 분 앞에 모습을 보이지 않은 건 연회장을 변경하신 무렵부터였죠?'라고 물었는데 그 말을 들으니까 얼핏 그랬던 것 같기도 했고요. 식장의 높은 책임자들이 한목소리로 그렇게 말하니까, 이번 사건의 중심이 아이하라 씨였다고 생각하게 된 거죠."

히카루는 그저 경악할 수밖에 없었다. 녹취의 잘 들리지 않았던 부분에서 그런 대화가 오갔다니. 2인 체제는커녕, 이번 일의 책임자는 자신이 되어 있었다. 미노의 말을 빌리자면, 히카루가 사과하면 이야기가 아름답게 완결되는 분위기였다. 설마 그런 식으로까지 말했을 줄이야. 창업자의 아들을 지키기 위해서라면 뭐든 할 수 있다는 걸까?

"저도 하르모니아에서 결혼식을 올렸는데, 처음엔 미노 씨가 담당이었어요. 그런데 멀리 사는 친척이 오니까 메인 요리를 마에자와 소고기로 해달라고 부탁했더니, 그냥 국산 소고기로 바뀌어 있고, 일본 음식으로 부탁했더니, 무슨 이유에선지 프랑스 음식으로 바뀌어 있었죠. 어쨌든 일 처리가 너무 형편없어서 견디지 못하고 중간에 아이하라 씨로 교체해 달라고 했어요. 신랑님이 결혼식을 준비할 때는 미노 씨가 괜찮아 보였나요?"

"4월이었나? 피로연의 공연 내용은 나중에 정해도 된다고 친절하게 말해놓고서 갑자기 음악에 대한 논의를 해야 하니까 먼저 어떤 곡으로 할지만 정해달라고 했어요. 당황스러웠죠. 공연 내용도 정해지지 않았는데 어떻게 정하냐고 했더니, '그럼 미팅에 그쪽 업자분을 부를 수는 없겠네요'라고 하더군요……."

"먼저 사용할 곡을요? 이상하지 않나요? 아이하라 씨는 '일단 공연 내용을 정하고, 거기에 어울리는 곡을 골라보세요'라고 안내하시던데요."

어떤 연출을 어느 타이밍에서 몇 가지나 몇 분 동안 실행할지, 그밖에 환담을 나누는 시간에는 어떤 곡을 흐르게 할지 등 연출이 정해지지 않으면 곡의 종류와 숫자를 결정할 수 없었다. 음악의 사용에 대한 미노의 논의 방식은 그야말로 본말이 전도된 것이었다.

"저도 이상하게 생각했지만, '음악에 관한 논의는 이걸로 끝입니다'라고 딱 잘라 말하더라고요. 연출 내용을 정하지 못한 저희로서는 뭐라 할 말이 없어서……."

"그런 식으로 가다가 결혼식까지 한 달이 남았을 때……."

"네. 아이하라 씨가 많은 걸 정리해 주셨죠. 그래서 저희는 '아, 아이하라 씨가 책임자였구나'라고 생각하게 된 것 같습니다."

슈헤이는 말을 이어나갔다.

"이번에 키미에 씨가 논란을 일으키고 있었다는 걸, 저희는 전혀 모르고 있었습니다. 막바지에야 알게 돼서 바로 키미에 씨를 말렸어요. 우리를 친구로 생각한다면 이제 그만해 달라고요. 그런데 그녀는 뭐랄까, 정신적으로 조금 이상한 구석도 있거든요."

"그게 말이 된다고 생각해요? 정신적으로 이상한지 아닌지는 잘 모르겠지만, 그런 사람에게 '인터넷에 퍼뜨려줘'라고 부탁했다는 얘기잖아요. 그리고 말린 건 변호사가 시켜서 그랬겠죠. 하르모니아와 마찰이 생길 수 있으니까 그만두라고 했겠죠.”

“정말로, 저도 아내도 아이하라 씨 일 때문에 계속 마음이 아파서······.”

“네? 계속 마음이 아프셨어요? 논란을 전혀 몰랐다고 할 때는 언제고요? 자꾸 거짓말하실래요?”

하루카는 자기도 모르는 사이에 화가 나고 말았다.

– 꽃장식. 피로연장 꽃장식의 최종 이미지 스케치를 보여줬었는지 물어봐.

하루카는 히카루의 메시지를 읽으며 질문을 이어나갔다.

“시사 프로그램과 잡지 인터뷰에서도 꽃장식이 초라하고 적었다고 말하던데, 꽃집 측에서 최종 스케치를 보여줬나요?”

“아니요. 꽃집에서 오신 분과는 한 번밖에 만나지 못했고······ 못 본 것 같은데요.”

스마트폰에 히카루의 메시지가 떴다.

– 꽃집과의 미팅은 보통 한 번. 그래서 스케치는 미노가 보여줬을 거야.

"미노 씨가 보여주지 않던가요? 꽃집과의 논의는 보통 플래너가 중간에 껴서 전달하기 때문에 스케치도 미노 씨를 통해 보냈을 텐데요."

실제로 하루카의 경우도 그랬다. 요츠야 플라워의 담당자와는 한 번 만나서 이야기했을 뿐이고, 이후로는 히카루와 '이건 어떨까요?', '이쪽도 좋지 않아요?'라며 신나게 떠들어댔던 것이다.

"미노 씨한테서는 아무것도……. 그 일도 미노 씨의 이야기로는 꽃집과 아이하라 씨 사이에서 착오가 있었다고 했습니다."

그 말을 듣자 히카루는 모든 걸 이해했다.

'미노는 요츠야 쪽에서 건네받은 스케치를 노마구치 씨 부부에게 보여주는 걸 깜빡하고 나한테 다 뒤집어씌운 거야.'

지배인실에서 미노와 함께 조사를 받을 때 자료가 담긴 상자에 요츠야 플라워에서 받은 최종 스케치도 분명 있었다.

다시 히카루의 메시지가 도착했다.

– 많은 걸 알게 됐어. 고마워. 이제 끝내도 돼.

하루카는 그걸 보고 대화를 마무리하기 시작했다.

"이번에 당신들은 피해자였다고 생각해요. 하지만 당신들과 나스비가 한 짓을 저는 용서하지 못할 거예요."

"만약 돈으로 해결할 수 있다면, 평생이 걸리더라도 지불하겠습니다."

"아무도 그런 말은 안 했어요. 히카루 씨가 바란 건, 자기는 담당자가 아니었으니까 잘못된 정보를 바로잡아달라는 것뿐이었다고요. 그 밖의 이야기는 양쪽의 변호사분들이 해주시겠죠. 저는 제삼자니까 더 이상은 아무 말도 하지 않을 거고, 듣지도 않겠어요. 사과하고 싶다는 말만은 전달해 드릴게요. 이만 실례하죠."

#○4

하자쿠라는 사무실에서 히카루가 건넨 자료를 받아들었다. 지난 몇 달 동안의 사건 흐름이 완벽히 정리된 건 시노미야와 유리코, 하루카가 도와준 덕분이었다.

"히카루 씨 친구들 중에는 탐정이 많은가 보네요."

지금까지의 민사소송에서는 본 적이 없을 만큼 타임라인과 증언이 깔끔하게 정리되어 있었다. 하자쿠라는 무심결에 웃고 말았지만, 이번 일에 큰 도움이 될 것은 확실했다.

"6월에 결혼식이 있었고, 다음 달인 7월 초순에 논란이 시작. 나스비가 여기서 계속 떠들어댔고, TV와 주간지가 그 뒤를 따랐다. 하르모니아가 노마구치 씨 부부에게 설명한 내용이 부정확해서…… 인플루언서인 신부에 대한 배려…… 이게 무슨 소리죠?"

"시에리 씨는 팔로워가 2000명이 넘고 영향력이 있는 유명인이니까 일반인보다 사생활이 엄중히 지켜져야 한다고, 남편인 슈헤이 씨가……."

"자기 입으로 인플루언서라고 하는 거, 부끄럽지 않나. 하지만 뭐, 사생활은 평등하게 지켜져야 하는 거죠. 유명하든 안 유명하든 상관없어요. 그래서 시라이라는 변호사가 여기서 등장했고…… 가명으로 근무하고 이사하라는 말도 이때 들은 거군요."

마츠시게와 오오모리가 설명한 내용, 미노가 꽃장식 스케치를 깜박하고 보여주지 않은 점, 나스비가 논란 글을 올릴 때는 노마구치 부부에게 늘 확인을 받았다는 사실 등도 덧붙여져 있었다.

"어때요? 알기 쉽나요?"

"이 시라이라는 변호사, 영 신통치가 않네."

"하하, 그런가요?"

"정신과인지 심신의학과인지 하는 데도 찾아갔던 거죠?"

"시라이 씨와 처음 상담할 때 추천받았어요. 굉장히 재미있는 선생님이었어요."

"어땠는데요?"

"못된 회사랑 엮였구먼. 차라리 주간지에 돈 받고 다 불어버

려!'라고 하던 걸요. 몇 번인가 갔었는데, 수다만 떨고 오는 느낌
이라 의외였죠."

그 말이 끝나자 하자쿠라는 안쪽에 있던 테츠야를 불렀다. 그
의 얼굴은 평소보다 조금 진지해 보였다.

"재판은 문제없이 진행시킬 수 있을 겁니다. 다만 이번 건은,
사실 일본에서는 전례가 없는 사건이에요."

"네?"

눈을 동그랗게 뜨는 히카루에게 테츠야가 설명했다.

"물론 인터넷 논란에 의한 명예훼손 재판은 판례가 있죠. 큰
사건도 몇 건 있어서 사법부와 여론도 현실에 맞춰 변화해 왔고
요. 하지만 이번처럼 나스비가 아니라 그 원인을 만들고도 오해
를 풀려고 하지 않고 심지어 다른 직원의 책임으로 돌린 기업에게
'논란으로 인한 안전배려의무 위반을 묻겠다'고 소송하는 건 일본
에서 처음 있는 일이거든요."

"네에……."

테츠야가 마지막까지 소송을 망설였던 이유가 바로 이것이었
다. 당사자인 히카루도 소송, 그것도 '일본 최초'의 소송을 한다는
것이 실감나지 않았다.

"그래서 저희도 좀더 공부할 시간이 필요합니다. 평소보다 만
반의 준비를 해두고 싶어요."

"지방 법원에서는 전례가 없는 소송을 싫어하거든요. 얘도 그렇고."

"얘라니."

테츠야가 기막히다는 듯이 말했다.

"앞으로 한 달 정도만 시간을 주십시오. 자료를 이것저것 찾아서 공부해 놓겠습니다."

빠르게 달려 나가는 하자쿠라와 달리 신중한 테츠야였다.

제3 도쿄 변호사 회관의 무료 사법지원센터에서 쿠인 법률사무실과 만나게 된 건 정말 우연이었다. 히카루는 '그때 퀸과 만나지 못했다면 어떻게 됐을까?'라고 늘 생각했다.

"잘 부탁드릴게요."

지난 며칠 동안 마츠시게와 시라이 변호사 등 하르모니아 사람들은 뭘 하고 있었을까? 어쩌면 노마구치 부부와의 화해가 유리하게 진행되어 안도하고 있을지도 모르겠다.

이렇게 해서 이번 소송전은 오늘부터 한 달 동안, 적어도 히카루 앞에서는 아무 움직임도 보이지 않게 되었다.

12. 협상

#⊙1

한 달 동안 히카루는 쿠인 법률사무실을 방문하지 않았지만, 하자쿠라와는 몇 번 정도 메일과 전화로 연락을 주고받았다.

"노마구치 측의 변호사한테서 연락이 왔는데, '하르모니아와의 화해 조건으로 성명문을 내기로 했다'네요. 그 성명문을 받아서 아이하라 씨의 메일로 보냈어요. 잠깐 봐줄래요?"

전화기 너머에서 히카루가 컴퓨터를 조작하는 소리가 들렸다.

[하르모니아 우에노에서 6월 26일에 결혼식과 피로연을 치렀지만, 그중 일부에서 불만스러운 결과가 나왔습니다. 하지만 하르모니아 우에노 측

과 지속적인 대화를 이어나갔고, 결혼식 당일에 있었던 일에 관해 정확한 설명을 받는 등의 대처 덕분에 원만히 해결되기에 이르렀습니다. 다만 그 과정에서 1년 전 신규 접수에만 관여한 특정 플래너(SNS상에서 A라라, 혹은 실명이 공개된 분)에 대해 '3개월 전에 갑자기 플래너가 교체되었다'라는 등의 사실과 다른 정보가 유포되어 해당 식장의 직원, 특히 해당 플래너에게 막대한 피해가 미치고 있습니다. 만약 저희의 결혼식 및 피로연과 관련하여 하르모니아 우에노와 직원분들에 관한 게시글을 작성한 분이 계시다면 삭제해 주시길 부탁드립니다.]

하자쿠라는 히카루에게 글을 읽을 시간을 준 뒤에 말을 이었다.

"시라이한테서도 연락이 왔어요. 그 내용으로 화해를 진행할 예정이라네요."

"음……."

"이걸로 해야 할 도리는 다했으니까 논란은 잊어버리라는 뜻일까요?"

"뭔가…… 음……."

"그렇죠?"

히카루가 정확히 설명하지 못하는 부분을 하자쿠라가 대신 말해주었다.

"'사실과 다른 정보가 유포되어 해당 식장의 직원, 특히 해당 플래너에게 막대한 피해가 미치고 있습니다'라는 부분을 수정해 달라고 했어요."

쿠인 측에서는 '사실과 다른 정보가 유포되어'가 아닌 '사실과 다른 정보를 유포시켜'로, '피해가 미치고 있습니다'가 아닌 '피해를 끼쳤습니다'로 수정해 달라고 한 것이다. 또한 하르모니아 측에서도 '이번 일은 하르모니아 측에 책임이 있다. 그리고 현재 실명으로 비난받고 있는 직원은 이번 일과 전혀 무관하다는 사실을 늦게 공표했다'라는 사실을 인정하게 만들고 싶었다.

"노마구치 씨 부부도 변호사를 선임했다던데요. 하지만 착수금 외에 매달 5만 엔이나 내고 있는데도 하르모니아와의 화해가 어떻게 진행 중인지 전혀 모른대요."

"월 5만 엔……. 어쨌든 그쪽에는 수정해 달라고 답장해 뒀어요. 그리고 시라이 변호사에게는 하르모니아 공식 홈페이지에 설명 및 사과문을 올려달라고 부탁했고요. 한동안 그쪽의 반응을 지켜보도록 하죠. 나중에 또 연락할게요."

"네. 연락주시면 바로 찾아뵐게요."

히카루와 통화를 마친 하자쿠라가 혼잣말을 했다.

"자, 그럼…… 노마구치 쪽은 된 것 같고, 시라이는 윗선을 설득할 수 있으려나?"

하자쿠라는 하르모니아 우에노의 결혼식장 팸플릿을 바라보며 앞으로의 전개를 생각하고 있었다.

"다녀왔습니다."

테츠야가 사무실에 돌아온 건 이미 해가 저문 시각이었다.

"어땠어?"

"역시 판례가 없다 보니까 어디까지 싸울 수 있을지 불투명해. 언론 쪽에 취재를 의뢰했지만 반응도 시원치 않고."

"그렇겠지. 신문은 그렇다 치고 많은 매체도 이번에 소문을 퍼뜨리는 데 일조했으니까 말이야. 팩트 체크를 안 거쳤다는 걸 이제 와서 자백할 순 없겠지."

"처음엔 정공법으로 가자."

"밋밋하네."

"밋밋하고 명예 회복에 큰 도움은 안 될 테지만 시작은 정공법으로. 소장을 보낸 뒤에 아이하라 씨를 변호사 닷컴에서 취재하게 할 거야. 거기서 기사가 나오겠지만, 반향은……."

"거의 없겠지……."

◆◆◆

테츠야가 히카루에게 전화한 건 10월 20일이었다. 그리고 그

다음 주에 히카루가 쿠인 법률사무실을 방문했다. 테츠야가 바로 설명을 시작했다.

"디지털 타투라는 점에 착안해서 이번 소송은 교통사고를 참고하려고 합니다. 이쪽에는 과실이 없는데도 일방적인 피해를 입었고, 그 피해가 오래가면서 사회활동이 힘든 상태가 지속되고 있다는 식으로 짜보려고 하는데, 어때요?"

"그리고 일단 ADR…… '재판 외 분쟁 해결 수속' 같은 화해 교섭 방법도 있는데, 그건 어떻게 생각해요?"

"재판 외……? 직접 대화한다는 뜻이죠?"

"소송에는 시간이 오래 걸리니까 그런 제도가 있거든요."

"대화는 힘들 것 같아요. 그렇게나 오해를 풀어달라고, 변호사를 통해 해결해 달라고 말했는데도 결국 지금까지 아무것도 안 해줬는걸요."

"그렇네요. 일반적인 회사 같으면 좀더 제대로 움직여줬을 텐데, 더 이상 기대하긴 힘들겠네요."

하자쿠라는 소송을 진행하겠다는 뜻을 선뜻 받아들였다. 그리고 "그래서 말인데"라며 말을 이어나갔다.

"손해배상 금액, 얼마나 부르면 좋을까요? 이쪽에서 정하는 가격 같은 거라고 생각하면 될 거예요."

그녀는 그렇게 말하며 히카루의 표정을 살폈다.

"별로 생각해 본 적이 없네요. 0엔이든 1억 엔이든, 아무래도 상관없어요. 어쨌든 저에 대한 오해가 풀리기만 한다면요."

"우리도 이번 소송의 목적지는 '올바른 정보가 널리 인식되는 것'이 되어야 한다고 생각해요. 소송이 시작되면 기자들도 찾아올 거고, 취재를 통해 어느 정도는 정확한 사실이 알려질 거예요. 그래서 금액은 300만 엔으로 설정할까 하는데요."

"300······."

히카루는 지금 실직 상태나 다름없고, 이번 소송은 앞으로의 이직에도 영향을 끼칠 것이다. 하지만 1년 수입에 가까운 금액이기도 해서······. 300만 엔이라는 금액이 높은 건지 낮은 건지, 아마 히카루는 판단이 서지 않는 것이리라. 하자쿠라는 말을 이어 나갔다.

"아까도 말했지만, 이런 소송에서 금액은 이쪽이 자유롭게 정할 수 있어요. 1000만 엔이나 1억 엔도 가능하죠. 하지만 재판에서 1000만 엔을 청구해 놓고 300만 엔만 인정된다면, 사람들은 어떤 인상을 받을까요?"

"뭔가 양쪽 모두에 잘못이 있는 듯한······."

"그걸 피하려고 해요."

"법정에서 이쪽의 요구를 전부 들어주었다는 인상을 주는 게 중요합니다. 300만 엔이라면 타당한 금액으로 인정받을 거예요."

"확실히 그러네요. 아이하라 측에도 과실이 있었다는 말은 듣고 싶지 않아요."

하자쿠라는 히카루가 참 똑똑한 사람이라고 생각하고 있었다.

"어느 정도 취재도 들어올 테니까, 거기서 올바른 정보가 보도되면 아이하라 씨에 대한 오해도 상당히 해소되겠죠."

"이번 사건이 일본에서는 첫 케이스니까, 우리로서도 큰 도전이에요. 기본적으로 성공 보수는 16퍼센트인데, 10퍼센트만 받을게요."

순간 테츠야의 시선이 날카롭게 박혔지만 하자쿠라는 신경도 쓰지 않았다.

"네, 정말 감사합니다."

"민사소송이면 대충 1년 반 정도는 걸릴 거예요. 그쪽에서 어떤 전술로 나오느냐에 따라 달라지기도 하지만요."

쿠인 법률사무실의 방침은 정해졌다. 테츠야가 대표, 그 뒤에 하자쿠라가 버티는 형태로 소장을 작성하기로 하면서 이날의 논의는 끝났다.

"잠깐, 누나."

"왜?"

"이런 말은 별로 하고 싶지 않지만, 사무실 경영도 조금은 생각해야⋯⋯."

"당연히 생각하지. 복잡한 숫자는 테츠야가 알아서 맞춰줄 거라고."

"사무실도 옮겨야 하고 직원도 늘려야 해. 지금 우린 집단 소송도 맡고 있잖아."

하자쿠라는 창가 쪽을 돌아보았다. 테츠야에게는 표정을 감춘 채로, 하자쿠라가 밝게 이야기했다.

"나도 알아. 아는데, 이번 일은 꼭 해야겠어."

테츠야가 돌아가고 혼자 남은 사무실에서 하자쿠라는 다리를 꼬고 책상 앞에 앉아 있었다. 불도 켜지 않고 어둑어둑한 방 안에서 스마트폰 속의 사진을 바라보았다. 화면 위를 스크롤하는 손가락이 과거의 사진을 차례차례 불러냈다.

테츠야와 살짝 닮은 남자가 찍힌 사진 한 장. 하자쿠라의 손가락은 항상 여기서 멈춘다. 책상 위에는 하르모니아 우에노 외에 몇 권의 결혼식장 팸플릿이 놓여 있었다. 일자는 전부 2년 전이었다.

"이게 무슨 인연인지. 그때는 신입이라고 했었는데. 우리도 그 직원에게 담당 플래너를 맡아달라고 부탁하고 싶었는데. 그렇지?"

하르모니아 우에노의 팸플릿에서 명함이 삐져나와 있었다. 성은 가려져 보이지 않지만, 이름 부분에는 '히카루'라는 글자가 선명히 보였다.

#02

"이제 곧 쿠인 법률사무실에서 소장 작성을 시작한대요."

"드디어 시작되나 보군. 난 올해까지만 일하고 퇴직하겠다고 회사에 통보했어."

"죄송해요. 저 때문이기도 하잖아요."

서로의 근황을 나누는 오랜만의 점심 식사였다. 재판 준비로 마음이 지칠 대로 지친 히카루에게는 유일한 즐거움이라고도 할 수 있었다.

"원래 예정됐던 일이 조금 빨라진 것뿐이야. 그것도 최후의 순간에 시말서까지 쓰게 됐고."

"네에에에?"

퇴직하는 사람에게 대체 왜 시말서를 쓰게 한단 말인가?

"회사와 노마구치 부부의 대화 내용을 누설했다나 뭐라나. 마츠시게가 직접 면전에 대고 말하더라고."

그만두기로 한 마당이라 지배인도 그냥 이름으로 불렀다.

"누설했다니! 그쪽에서 노마구치 씨 부부에게 있는 사실 없는 사실을 꾸며내서 말한 거니까, 오히려 자기가 나한테 사정을 설명하러 와야 하는 거 아니에요? 마츠시게 자식! 용서 못 해!"

"비밀 유지 의무가 어쩌고 하더라고. 어이가 없지."

"저도 회사에서 비밀 유지 의무가 어쩌고 하는 말을 듣고 퀸에게 물어봤어요. 그랬더니 오해를 풀기 위한 수단이니까 오히려 거침없이 말해야 한다던데요."

퀸의 말은 이랬다.

"다들 비밀 유지 의무라는 말을 좋아하죠. 하지만 그런 건 기본적으로 공무원이나 우리 같은 변호사, 세무사, 의사 같은 딱딱한 직업을 가진 사람들에게 적용되는 거예요. 이번 경우는 본인에 대한 의혹을 해명하기 위해서니까 오히려 마음껏 떠들어도 되죠. 다만 거짓말이나 악의적인 비방은 절대 안 돼요."

물론 시노미야도 비밀 유지 의무의 의의에 대해서는 잘 알고 있었기에 마츠시게의 협박은 아무 효과도 없었다.

"노마구치 측하고만 협상하지 말고, 아이하라와도 성의 있게 교섭해야 한다고 말했는데 말이지. 소송당할 거라고는 전혀 생각도 못 하는 눈치더군."

"사람이 왜 그렇게 착해요! 그런 인간은 그냥 가만 내버려둬요! 정말 용서 못 해!"

소중한 시노미야의 명예가 더럽혀진 것만 같아서 히카루는 자기 일보다 더 화를 내고 있었다. 시노미야는 그런 그녀를 유쾌하게 바라보았다.

그가 웨딩월드 본사에 있는 친구에게 물어본 결과 '웨딩월드는 이번 기회에 하르모니아 우에노 예식부를 끊어내려고 한다'는 이야기를 들었다. 웨딩월드 본사와 우에노를 오가던 마츠시게는 우에노의 지배인 자리만 맡게 될 거라고 했다.

"꼬리 자르기를 당한 거지, 하르모니아 우에노는. 당연하다면 당연한 일이지만."

"미노 씨는 어떻게 됐어요?"

"그 인간은 정말 무섭더라. 놀랍게도 직원 식당에서 밥을 열심히 먹으면서 살만 찌고 있더라고."

"이걸 웃어야 하나, 말아야 하나. 감정 정리가 안 되네요."

"여기까지 온 이상 마지막까지 웃으면서 버텨야지. 쿠인 변호사님께 앞으로 어떻게 진행할지는 들었어?"

"이제부터 순조롭게 흘러가면 다음 달에는 내용증명을 보내고, 올해 안이나 1월쯤에는 소장을 보낸대요."

"내용증명이 날아들었을 때, 마츠시게의 얼굴이 볼 만하겠군. 어떤 반응을 보일지 기대되는데."

시노미야는 즐겁게 이야기했지만, 히카루로서는 미안한 마음을 억누를 수 없었다. 점심값은 자기가 내겠다고 했지만, 시노미야는 거절했다.

"앞으로 여러모로 돈이 많이 들어갈 텐데, 최대한 절약해야지."

히카루는 평생 시노미야에게 감사하며 살아야 할 것 같았다.

#03

소송이 결정되자 히카루가 할 수 있는 일은 의외로 적었다. 테츠야가 소장을 완성할 때까지 기다릴 뿐이었다.

떠올려보면 지난여름부터 그녀의 인생은 너무 많이 변해버렸다. 이번 일에서 누군가에게 명확한 범죄 의사가 있었냐고 하면 아마 아닐 것이다. 다만 실수와 오해가 너무 많이 겹쳤다. 나스비, 즉 네기시 키미에도 히카루를 가혹하게 공격하긴 했지만 아마 그게 잘못된 일이라는 생각은 못 했을 것이다.

시노미야가 만든 'BK' 계정에는 지금도 키미에의 사죄 메시지가 날아들고 있었다. 시노미야가 'BK'를 히카루도 사용할 수 있게 설정해 주었기에 키미에의 메시지를 실시간으로 볼 수 있었다. 히카루는 가끔 키미에와 대화했던 '익명의 남성'인 척하며 답장할 때도 있었다.

한 번은 키미에에게서 '노마구치 부부가 인연을 끊자고, 가까이 오면 경찰을 부르겠다고 했어요'라는 메시지를 받았다. 그들의 우정이 어찌 되든 알 바 아니었지만, '가장 친한 친구라고 해놓고 그런 식으로 등을 돌린다면, 당신도 이 기회에 그들과 거리를 두는 게 좋을지도 모릅니다'라고 조언하는 답장을 보냈다.

– 나도 참. 내가 지금 뭘 하고 있나 싶어.

유리코에게 메시지를 보내자 곧바로 '착해서 그렇지'라는 답장이 왔다.

착한지 어떤지는 스스로도 잘 알 수 없었다. 다만 나스비에 대한 분노는 아무래도 이미 사라져버린 것 같았다.

#04

"이 정도로 굼뜬 조직은 흔치 않은데."

하자쿠라는 사무실에서 테츠야와 히카루에게 말했다. 하르모니아 우에노 측은 하자쿠라가 제시한 내용으로 사과문을 올리지도 않고, 표면상 아무런 움직임도 보여주지 않은 채로 12월에 접어들었다. 반면 쿠인 법률사무실 사람들은 다들 바빠 보였고 회의 중간에도 계속 전화가 울렸다.

"다들 바쁘신가 보네요."

"이 정도야 보통이죠. 여러 개의 재판과 관련된 사전 조사, 상담이 한꺼번에 겹칠 때는 더 정신없어요. 참, 지난주에 시라이 변호사에게서 메일이 왔어요. '우리한테 소송 같은 걸 걸진 않으실 거죠? 고소한다면 당연히 나스비 쪽이겠죠? 그렇다면 그녀에 대한 정보를 제공하겠습니다'라고요. 그 애, 괜찮으려나."

사실 하자쿠라는 꽤 진지하게 시라이를 걱정해서 하는 말이었다. 히카루는 그저 웃고 있었지만.

"일단 한 번 대화를 나누고 싶다네요. 아이하라 씨가 1월부터 다시 출근해 주길 바란다는 내용도 있었고요. 어떻게 할까요?"

"그렇게 나온다면 이야기를 안 들어볼 수는⋯⋯."

"없겠죠."

히카루와 테츠야가 동시에 대답했다. 하자쿠라는 즐거운 기색을 숨기지 않았다.

"그래서 말인데, 아는 변호사 사무실에 부탁해서 회의실을 빌리기로 했어요. 굉장히 고급스럽고 깨끗한 곳이거든요. 비싸 보이는 항아리도 장식되어 있고. 허세지만 우리 쪽이 유리하게 대화할 수 있도록 말이죠."

배상금 결정에도 정보 교환에도 전술이 필요하다.

"시라이에게는 '네기시 씨를 고소하라는 말처럼 들리는데, 별로 바람직한 제안 같진 않습니다. 어쨌든 일단 이야기는 들어보기로 했으니, 그쪽에서 모든 사실을 타임라인으로 정리해 주시길 바랍니다'라고 답장해 놨어요. 아, 그렇지. 레이 씨에게 줄 선물을 생각해 놔야겠네."

하자쿠라가 다급히 방에서 나가고 테츠야가 작은 목소리로 설명했다.

"이번에 그 회의실을 빌려주기로 한 사람이 레이 씨입니다. 레이 우에노 법률사무실을 운영하고 있죠. 어쨌든 이번에 하르모니아 측이 잘못을 인정하면 네기시 키미에 한 명에게 책임을 뒤집어씌우려고 한 사실을 덮어주기로 하고, 만약 그러지 않으면 이 메일 내용도 세상에 공개될 거라는 하자쿠라 변호사님의 조언 겸 경고를 듣게 될 겁니다."

"하자쿠라 변호사님은 요새 즐거워 보이시네요."

"그렇게 보이나요?"

"네."

"……실은 그렇습니다. 요새 기합이 들어간 것 같아요."

"재미있네, 하자쿠라 변호사님은."

보고를 위해 오늘도 히카루와 같이 점심을 먹는 시노미야는 웃고 있었다.

"하르모니아와 언제쯤 만난다고?"

"퀸도 테츠야 씨도 정말 엄청 바쁜가 봐요. 1월 초가 될 것 같아요."

"그날 만나는 거, 녹음하면 안 되려나? 나도 듣고 싶은데."

"글쎄요. 하지만 일단 스마트폰으로 녹음할 생각이에요. 그쪽에서 하지 말라고 제지하지만 않는다면요."

남은 연차를 쓰기로 한 시노미야는 한동안 회사에 출근하지 않았기 때문에 하르모니아의 내부 정보도 자세히는 알 수 없었다. 그래도 몇 가지 정보는 알아낸 듯했다.

"하르모니아 측에서는 네 명이 협상장에 가는 것 같아. 일단 웨딩월드의 총무. 아마 계약이나 월급 문제 때문이겠지. 아이하라는 아직 거기에 직원으로 소속되어 있으니까 말이야. 그리고 시라이와 시라이의 상사 격인 변호사. 그리고 나머지 한 명은 마츠시게일 거야."

"시라이의 상사라면 어떤 변호사일까요?"

하자쿠라가 '시라이, 시라이'라고 편하게 부르던 호칭이 아이하라의 입에도 붙고 말았다. 시라이가 소속된 곳은 웨딩월드의 고문 변호사 사무실이며 소재지는 요코하마였다.

"홈페이지를 봤는데, 시라이의 상사는 이 뚱뚱한…… 이모사 카라는 사람이거나 반대로 홀쭉한 미타라이라는 사람일 거야."

시노미야가 내민 스마트폰 화면에는 두 남자가 나란히 서 있었다. 그들이 '상대측 변호사'인 것이다.

"이 둘 중 한 명과 만나게 되는 건가……. 퀸이 있으니까 불안하진 않지만, 저 혼자였으면 도망쳤을 것 같아요."

그녀가 할 수 있는 싸움은 게임이 고작이었다.

"그러고 보니 시말서는 어떻게 됐나요?"

"마츠시게에게 메일로 보냈어. 미노가 실수한 점을 잔뜩 적어서 말이지. 내용이 너무 기니까 서식에 맞춰서 수정하라는 답장이 왔던 것 같기도 한데, 그 뒤로 어떻게 됐는지는 몰라."

"시노미야 씨도 충분히 재밌는 것 같아요."

하르모니아 측과의 만남은 1월 10일로 정해졌다. 그 소식을 전해 들은 히카루가 쿠인 법률사무실을 방문했다.

"이모사카 씨와 미타라이 씨. 조금 알아봤는데, 이모사카라는 사람은 호전적인 성격이래요. 마구 밀고 나가는 타입이라는 평가를 들었어요. 반대로 미타라이 씨는 온화해서 무슨 일이든 원만

하게 처리하는 타입 같고요."

"그 둘이 균형을 맞춰서 돌아가는 사무실인가 보네요."

"시라이는 견습 변호사예요. 대표 변호사의 심부름꾼이나 다름없죠. 그러니까 아마 담당은 이모사카 씨나 미타라이 씨가 될 텐데, 과연 누가 올지…….."

"미타라이 씨가 왔으면 좋겠는데요."

히카루의 솔직한 반응이었다. 그녀의 마음을 알아챈 테츠야가 웃었다.

"아이하라 씨는 아무 말도 안 해도 됩니다. 나는 힘듭니다, 슬퍼요 하는 얼굴로 그냥 앉아 있기만 하면 되니까요."

"그쪽에서 어떤 조건을 갖고 올지……. 뭐, 지금까지의 전적을 고려하면 아무것도 갖고 오지 않을 테지만, 일단 이야기를 들어보기로 해요. 우리가 특별히 답변해야 할 필요는 없을 거예요. 5일부터 출근하라는 내용도 있었지만, 뭐, 굳이 신경 쓰지 말고 연말연시는 느긋하게 보내도록 해요."

"아아, 새해가 되기 전에 끝내고 싶었는데요…….."

"그렇지. 새해가 되기 전이라고 하니까 생각난 건데요. 그때 정신과 진료받았던 병원에 가서 진단서를 받아와요. 가능하다면…….."

한 마디, 두 마디. 하자쿠라는 히카루에게 짧은 귓속말을 했다.

히카루에게는 여러모로 기분이 나지 않는 연말연시였다. 예년 같으면 크리스마스에는 직원들이 가족 동반으로 호텔에 모여 파티를 했을 것이다. 작년 이 시기에 잔뜩 들뜬 그녀의 모습은 지금도 스마트폰에 사진으로 남아 있었다. 예식부의 전 직원이 코스프레를 하고 찍은 사진이었다. 이제 그런 날은 두 번 다시 돌아오지 않을 것이다.

당연히 세상도 크리스마스에서 섣달그믐과 정월까지 이어지는 요란한 축하 분위기로 들떠 있었다. 평소에 장을 보러 가던 슈퍼마켓도 이 시기가 되면 평소보다 훨씬 북적거린다. 아내의 등쌀에 떠밀려 나왔을 나이 지긋한 남자들이 묵묵히 카트를 끌고 있었다. 그들은 아내가 선반에서 상품을 고르는 동안 예외 없이 통로 한가운데에 서 있었다.

히카루는 가족들에게 걱정을 끼치고 싶지 않았고, 무엇보다 재판에 집중하고 싶어서(사실 가족들이 이것저것 물어보는 것도 번거로웠다) 이번 연말연시에는 본가에 가지 않기로 했다. 대신 시노미야와 메신저로 수다를 떨고, 게임 친구들 몰래 유리코와 게임을 하는 것만이 유일한 즐거움인 무척 적적한 연말연시였다.

13. 또 다른 시작

#☉1

하자쿠라는 이렇게 말했다.

"저도 변호사니까 민사소송이 생활에 얼마나 부담이 되는지 잘 알고 있습니다. 하지만 아이하라 씨 본인이 이렇게 이야기했어요. '저도 누군가와 싸우는 건 싫어요. 하지만 마츠시게 씨가 시노미야 씨에게 한 짓을 용서할 수 없었죠. 게다가 얼마 전 가족 동반 크리스마스 파티에는 미노 씨가 아내분을 데려와서 마츠시게 씨나 오오모리 씨와 화기애애하게 이야기했다던데요'라고요. 더이상 하르모니아 측에는 문제 해결 의지가 보이지 않습니다. 아이하라 씨는 이번 사건에 대한 이해와 행동을 요구했지만, 회사 측에서는 어떤 대응도 보여주지 않았습니다. 따라서 저는 하르모니아가 정상적인 조직이 아니라고 판단했습니다. 조금 어려운 재판이 되리란 건 알지만요."

1월 10일, 하르모니아 측과의 약속 시간은 오후 3시였다. 그러나 아이하라 일행은 회의를 위해 오후 2시에 '럭셔리한' 회의실에 모였다. 그곳은 역 앞에 세워진 신축 빌딩 9층에 자리한 레이 우에노 변호사 사무실이었다. 유리벽으로 감싸인 회의실은 환했다.

"영화나 드라마에 나오는 미국의 변호사 사무실 같죠? 나도 참 부럽네."

하자쿠라는 기분이 좋아 보였지만 히카루는 긴장을 숨기지 못했다.

"여기, 진단서요."

"필요 없을 수도 있지만, 혹시 모르니까요. 한 번 읽어볼게요……."

진단서를 읽은 하자쿠라는 "오호, 이렇게까지 쓰여 있을 줄이야……"라며 웃음을 터뜨렸다. 테츠야는 옆에서 "음, 음" 하며 고개를 끄덕거렸다. 정작 히카루는 진단서에 적힌 '불안 장애'라는 단어가 무서워서 내용을 제대로 읽어보지 못했지만 변호사들은 만족하고 있었다.

"아이하라 씨는 퇴사를 생각한다고 했지만, 그걸 하르모니아 측에 말할 필요는 없어요. 어쨌든 우리 주장은 '세상에 정확한 정보를 다시 알려서 아이하라 씨에 대한 불명예스러운 기록, 기억을 바로잡아주길 바란다'는 거예요. 오늘은 그냥 듣기만 하자고요."

그때 회의실을 빌려준 레이 우에노 법률사무실의 직원이 들어왔다. 젊은 나이지만 변호사인 것 같았다.

"변호사님, 먼저 커피부터 내올게요."

"언제나 고마워요."

"아뇨, 아뇨. 저희는 커피를 내놓은 다음엔 숨어 있을게요."

젊은 변호사는 상냥한 미소를 지으며 회의실을 나갔다.

갑자기 찾아온 침묵. 그때 문득 그들이 처음 만난 날에 관한 이야기가 나왔다. 세 사람은 각자 그때를 떠올렸다.

"무료 법률 상담을 인터넷에서 알아보고, 당일에 예약 시간보다 40분 정도 일찍 변호사 회관으로 갔거든요. 처음엔 분명 1번 방 앞에서 기다리라고 했는데, 갑자기 3번 방이 비었다면서 직원분이 그쪽으로 들어가라고……."

"맞아요. 그 앞사람이 예정보다 빨리 끝났거든요. 그래서 그 뒤에 우리 말고 다른 곳에도 상담하러 갔었나요?"

"아뇨. 이미 쿠인 법률사무실로 결정했는걸요. 가족들도 쿠인 변호사님이면 분명 괜찮을 거라고 말해줬어요. 실은 시라이 변호사에게도 회사를 고소할 수 있냐고 물어본 적이 있었는데, 영 못 미더워서요. 노마구치 씨가 선임한 변호사도 한 달에 얼마씩 돈을 청구하면서도 하르모니아와의 화해가 어떻게 진행되는지 잘 말해주지 않는다고 했고요. 쿠인 법률사무실 분들은 그러지 않아서 좋았어요."

그런 이야기를 나누는 사이 히카루의 긴장도 조금씩 풀리고 있었다.

"전에 말한 그 시간제 변호사 말이군요. 뭐, 도쿄에는 변호사가 많으니까 다양한 방식이 있는 거겠죠."

"그러고 보니 시라이는 어떻게 생겼어요?"

"키가 크고 몸이 튼튼한 느낌이었어요. 고등학교 시절이면 반에서 가장 눈에 띄는 타입일 거예요. 나이는 저랑 비슷해 보였고요."

"그래요? 전화로 목소리만 들었을 때랑은 인상이 다른가 보네. 좀 날씬할 것 같은 이미지였는데요."

하자쿠라도 '말투를 들어보면 영 못 미더운 느낌이긴 했어요' 같은 말은 하지 않았다. 하지만 표정으로 그런 뜻을 명확히 드러냈기에, 히카루는 또 조금 마음이 편해질 수 있었다.

"성실한 분이긴 했지만요."

그때 회의실의 내선 전화가 울렸다. "손님이 오셨습니다"라는 목소리가 들렸다.

"호랑이도 제 말 하면 오네요."

오후 2시 45분, 회의실에는 시라이, 마츠시게, 웨딩월드의 총무과장, 그리고 가장 뒤에 키가 땅딸막한 남자가 들어왔다. 추운 날씨인데도 땀을 닦으며 들어오는 이 남자가 바로 호전적이라고 소문난 이모사카였다.

"호오……."

테츠야에게는 누나의 목소리가 선명히 들렸다.

#02

"오늘 이렇게 시간을 내주셔서 감사합니다."

네 사람을 대표해서 시라이가 인사말을 꺼냈다. 이모사카는 손수건으로 목덜미의 땀을 닦고 있었다.

아까 들어왔던 직원이 이번엔 표정을 지운 채 나타나 각자의 앞에 커피를 놓아주었다. 찾아오는 침묵. 직원은 조용히 나간다. 모두가 그 모습을 지켜보는 가운데 문이 닫혔다.

한숨 돌리고 나서 시라이가 먼저 포문을 열었다.

"이번에 많은 문제가 발생했지만 크게 두 가지 점에서 이야기를 해보려고 합니다. SNS를 통해 훼손된 아이하라 씨의 명예를 회복하는 것에 관해서. 그리고 앞으로도 아이하라 씨가 웨딩월드의 직원으로서 계속 근무할 것인지, 그리고 계속 근무한다면 어떤 내용의 계약을 할 것인지에 관해서. 이 두 가지입니다. 명예 회복과 관련해서, 저희는 전에 말씀드린 대로 노마구치 씨와의 합의를 끝마쳤고, 앞으로 이번 일에 관한 인터넷 게시글을 절대 작성하지 않겠다는 약속을 받아냈습니다. 이제 사태가 거의 수습되어 간다고 해도 과언은 아닌 것이죠. 그런데 쿠인 변호사님 쪽에서는 법적 조치를 취하시겠다니, 그에 관한 진의를 묻고 싶습니다.”

시라이, 그리고 하르모니아 측은 ‘노마구치 부부와 나스비가 입을 다물었으니까 이제 됐지?’라고 말하고 있었다. 하자쿠라는 바로 대답하는 대신 잠시 숨을 골랐다. 그리고 느릿한 말투로 이야기를 시작했다. 무언가를 예감한 테츠야는 마음속으로 중얼거렸다.

‘오늘은 이야기를 듣기만 하자면서?’

“우선…… 그 부부와 하르모니아 사이에서 어떤 합의가 이루어졌고 구체적으로 어떤 조치가 진행될 것인지에 관해, 저희로서도 굳이 참견할 생각은 없습니다. 다만 저희는 해당 부부의 대리인에게 이번 소동의 계기 중 하나였던 익시즈에 아이하라 씨의 명예 회복을 위해 다시 올바른 내용으로 글을 올려달라는 뜻을 전달했습니다. 다만, 그게 언제 어떤 식으로 반영될 것인지는 어째서인지 파악되고 있지 않습니다."

'아무리 기다려도 사과문과 정정글이 올라오지 않는 건, 하르모니아가 노마구치 부부를 막고 있기 때문이잖아요'라고 말하지 않는 것만으로도 테츠야는 조금 안심하고 있었다.

"아무튼……."

하자쿠라는 조용히 말을 이었다.

"아이하라 씨가 놓인 처지와 입은 피해. 그것들을 어떻게 회복할 것인지에 대한 그쪽의 대응을 저희로서는 도저히 신뢰할 수 없다는 뜻입니다. 소송 준비가 구체적으로 진행되고 있다는 것만 말씀드리죠. 이게 저희의 대략적인 입장입니다."

노마구치 부부와 나스비가 입을 다물었다고 해도 당신들이 그녀에게 씌운 누명이 벗겨진 것은 아니니 구체적인 행동이 필요하다고 말하면서 하자쿠라는 갑자기 '소송'을 암시했다. 테츠야는 놀라는 표정을 짓지 않은 것만으로도 자신을 칭찬해 주고 싶었다.

시라이는 계속 입을 다문 채였다. 자신이 압도당했다는 사실조차 알아채지 못하고 있었다. 테츠야가 끼어들려고 했지만 이미 지금의 분위기를 장악한 사람은 하자쿠라였다.

"아이하라 씨는 웨딩 플래너 업무에서 보람을 느끼고 있었습니다. 그런데 이번 사건으로 인해 이제는 그 길이 매우 험난해지고 말았죠. 계속 일하라는 제안도 주셨지만 이대로 하르모니아에서 일한다는 건 비현실적인 이야기입니다. 현장에 나가는 이상, 아이하라 씨와 관련된 소문이 따라올 테니까요. 무엇보다 아이하라 씨의 사진은 이미 시에리 씨의 계정을 통해 널리 유포된 상태입니다. 듣자 하니 인플루언서라고 하던데요. 그런데도 하르모니아 여러분은 '5개월 정도의 특별 휴가를 주었고, 그사이 호텔 측은 노마구치 부부와 합의했습니다'라고 하시네요. 그러니까 새해부터는 출근하라고요? 과연 그게 가능할까요?"

히카루는 옆에 앉은 하자쿠라의 얼굴을 곁눈질로 살폈다. 그러나 표정이 읽히지 않았다. 그녀는 자신의 손 쪽을 보며 이야기하는 것 같았다. 한편 테츠야는 펜을 쥔 오른손으로 입가를 감싸고 있었다.

"인터넷상의 개인정보 유출이 앞으로 실생활과 현실에 어느 정도의 영향을 끼칠지. 회사에서야 '고객과의 문제가 해결되면 일개 직원은 중요치 않다'라고 인식하시는 건지도 모르지만, 본인에게는 가족들까지 휘말린 심각한 문제입니다. 현재의 디지털 타투가 앞으로 어떤 영향을 끼칠지는 미지의 영역입니다. 어떤 각오로 인생을 살아가야 할지 불투명합니다. 과연 하르모니아 측은 그에 대해 충분히 대응했다고 할 수 있을까요? 명예 회복을 위해 어떤 노력을 해주셨습니까? 노마구치 씨의 결혼식에서 발생한 사고가 왜 아이하라 씨의 탓이 되었죠? 그에 대한 소문이 어떻게 유포되었습니까? 그런 문제들을 하나하나 법률에 기반해서 아이하라 씨 본인이 납득할 수 있을 만한 단계로…… 다시 말해 재판으로 들어가는 것이야말로 본인의 명예 회복과 마음 정리를 위해 꼭 필요하다는 이야기입니다."

"아이하라 씨 본인이 소송 외에는 유효한 수단이 없다고 생각하는 게 사실입니다."

그제야 테츠야가 한마디 덧붙였다. 이렇게 해서 쿠인 측은 시라이의 주장을 완벽히 논파한 다음 일단 칼을 검집에 집어넣었다. 그리고 이번에는 시라이가 칼을 뽑았다. 당장 자리를 박차고 일어설 듯한 기세였다.

"저는 이해관계가 상반되는 입장인데도 아이하라 씨의 상담 요청에 응했습니다. 회사로부터 직원들을 잘 케어하라는 부탁을 받았으니까요. 그때도 저는 '이번 일은 민감한 문제니까 섣불리 움직이면 불에 기름 붓는 격이 될 수 있다, 진정되려면 불특정 다수를 자극하지 않도록 수면 밑에서 해결하는 게 중요하다'라고 조언했습니다. 노마구치 씨와도 최대한 원만하게 해결하려는 마음가짐으로 합의를 진행 중입니다. 인터넷 검색 사이트에서의 검색 결과도 나름대로 많은 비용을 지불해 가며 아이하라 씨의 이름이 상위에 노출되지 않도록 조치했습니다. 이런 식으로 아이하라 씨의 생활에 해가 미치지 않도록 노력하는 와중에 소송을 한다면, 그녀의 이름이 다시 인터넷에 언급되기 시작할 겁니다. 사실 어제도 '아이하라가 소송한다나 봐, 재밌어지겠는데'라는 게시글이 있었습니다. 이건 아이하라 씨에게도 바람직하지 않은 상황이 아닐까요? 그러니 당장 소송을 벌이기보다는 서로의 합의점을 검토해 보는 게 먼저가 아닐까 생각합니다. 한마디 더 말씀드리자면……."

시라이는 크게 한숨을 돌린 후 말을 이었다.

"한마디 더 말씀드리자면, 명예 회복은 기본적으로 명예를 훼손한 사람에게 요구하는 게 도리입니다. 이번 일에서는 나스비 씨의 게시글로 인해 명예가 손상되었으니 그녀에게 요구하는 게 맞습니다. 저희 쪽에서도 그녀에 대한 정보 공개 청구 등의 법적 조치를 강구하고 있습니다."

시라이의 검이 빠르게 춤을 추었다.

"솔직히 말씀드려서, 회사 측에서는 법적으로 판단했을 때 저희가 특정한 표현행위를 통해 명예를 손상시킨 것이 아니라고 판단하고 있습니다. 메일을 통해서도 말씀드렸지만, 명예 회복에 관한 조치는 하르모니아가 책임을 져야 하는 문제라고 생각하지 않습니다. 이건 저희의 대전제입니다. 물론 협력할 수 있는 부분은 협력해 드릴 테지만, 주체는 하르모니아가 아닙니다. 만약 법적 조치를 통해 무언가를 요구하시더라도, 회사로서는 이 대전제를 양보할 생각이 전혀 없습니다. 저희가 이미 가능한 모든 수단을 강구하고 있다는 점을 조금만 더 생각해 주시기 바랍니다."

테츠야가 말을 받았다.

"그쪽의 입장은 잘 알겠습니다. 결국 이번 일의 책임이 어디에 있느냐에 대한 서로의 주장이 완전히 대립하고 있네요. 바로 그렇기 때문에 소송이라는 선택지가……."

말을 가로막듯이 시라이가 대답했다.

"법적인 입장이 서로 대립할수록 합의점을 찾아야 하는 겁니다. 그게 소송전 교섭의 존재 의의고요. 법적 주장이 다르니까 무조건 소송으로 가야 한다면, 세상의 모든 사람이 소송을 벌이고 있을 겁니다."

연기인지 모르겠지만, 시라이는 어이없다는 말투로 이야기를 이어나갔다.

"현 단계에서 뭔가 제안이 있으시다면 납득할 수 있는 주장이었겠지만, 구체적으로 뭘 요구하고 계신지가 전혀 드러나지 않습니다. 게다가 재판 상대가 왜 나스비 씨가 아닌 회사인지도 모르겠고요. 나스비 씨에게서 개인적인 연락을 받으셨죠? 만나서 사과하고 싶다는 이야기도 나왔던 걸로 아는데요. 명예 회복이라면 그녀의 사과를 받음으로써 마무리 지을 수 있었을 겁니다. 다시 말해 이번 사태는 거의 수습되고 있었다는 이야기입니다."

이야기하는 사람, 침묵하는 사람. 변호사 네 명의 칼싸움은 계속된다.

#O3

"시라이 씨가 아이하라 씨가 공격받지 않도록 노력하셨다는 점은 어느 정도 동의합니다. 질문하신 나스비 씨 문제 말인데, 굳이 그분을 어떻게 하려는 생각은 없습니다. 왜냐. 쉽게 말해 아무 의미 없는 일이니까요. 물론 이번 논란은 그녀에게 책임이 있습니다. 하지만 그런 일을 경솔하게 벌이는 상대에게 '그건 법적으로 잘못된 일'이라고 시간과 비용과 정신력을 소비해 가며 소송을 벌인다고 해서 그게 아이하라 씨의 인생 재건에 얼마만큼의 도움이 될까요? 다음으로 하르모니아와의 문제 해결에 관해서인데, 노사 관계를 고려했을 때 회사가 져야 할 법적 책임을 과연 완수했는지가 의문입니다. 이 책임 소재와 완수 여부를 올바르게 추궁하는 것이야말로 직원, 노동자로서 의미가 있는 일이죠. 웨딩 플래너로서의 장래……가 있을지는 모르겠지만, 아이하라 씨가 삶의 방식과 인생을 재건하는 데 있어 재판은 피할 수 없다는 이야기입니다."

하자쿠라는 잠시 숨을 돌렸다.

"소장 내용을 언급할 생각은 없지만, 그렇다면 대체 회사 측에 뭘 요구하는 거냐고 궁금해하시겠죠. 그래서 어제부터 협의의 접점이 어디에 있는지 쭉 생각해 봤습니다. 나스비 씨가 논란을 촉발시켰다는 말은 맞습니다. 그러나 왜 나스비 씨는 그런 게시글을 계속 올렸을까요? 과연 회사가 이른 시기에 정확한 사실을 공표했다면 그런 논란이 발생했을까요? 아까부터 그쪽에선 '나스비 씨가 저지른 짓에 하르모니아는 책임이 없다. 없는데도 어디까지나 호의를 베풀어 아이하라 씨를 돕고 있다'라고 말씀하고 계시네요. 바로 이 '책임이 있냐, 없냐'에 관한 서로의 견해가 접점이 될 수 있을 겁니다. 적절한 시기에 적절한 조치를 회사에서 취해주셨는지, 재발 방지를 위해 노무 부문에서 어떻게 대처하셨는지……."

"그런 식의 법률 구성에서 저희가 어떤 조치를 취해야 했다는 겁니까?"

일반인인 히카루는 대화에 끼어들 수조차 없었다. 그저 시라이와 하자쿠라의 얼굴을 번갈아 바라보는 게 고작이었다.

"여기서 서로의 주장만 내세우며 인정하라고 싸워봐야 의미가 없다는 건, 확실히 쿠인 변호사님의 말씀이 맞습니다."

여기서 처음으로 크고 낭랑한 목소리가 회의실에 울려 퍼졌다. 이모사카였다.

#04

"다시 확인드립니다만, 아이하라 씨 대리인의 입장에서 오늘은 아무 요구도 없다는 말씀이시죠? 말할 수 있냐 없냐는 둘째치고 말입니다. 이직 과정에서 입을 불이익과 배상 등 몇 가지가 예상되긴 합니다만, 현시점에서의 요구는 없는 겁니까?"

"있든 없든, 저희로서는 1월의 이른 시점에 면담을 요청받았기에 일단 만나보자고 생각한 것뿐입니다. 이 자리에서 그쪽에 교섭 내용이 있는지, 아니면 교섭이 결렬되어 소송으로 진행할지는 아직 모르는 거니까요. 어디까지나 그쪽의 요구를 따랐을 뿐인데요."

"하르모니아로서는 모든 요구 사항을 들어본 뒤에 받아들일 수 있는지 없는지를 논의하고 싶었습니다만……. 오늘은 그 절차를 밟기 힘들다는 걸 확인하게 됐군요. 갑자기 소송이란 말을 들었으니까요. 저희로서는 불길에 기름이 끼얹어지는 걸 바라지는 않았습니다만."

시라이도 이모사카의 말에 덧붙였다.

"확실히 해두겠습니다. 저희에게 명예 회복에 대한 책임은 전혀 없다고 생각하고 있으며, 소송이 벌어지더라도 특별한 조치를 강구할 예정은 전혀 없습니다."

'특별한 조치를 강구할 예정은 없다'는 건 하르모니아 측의 확고한 의지이자 선전포고라고 테츠야는 생각했다.

"자, 다음은 고용 관계에 대한 문제입니다. 작년 말에 1월 5일부터 출근해 달라는 뜻을 전달했는데, 그러기 어려운 상황인가요?"

오늘 처음으로 히카루가 나설 차례가 되었다. 모두의 시선이 그녀에게 집중되었다.

"솔직히 말해 하르모니아 같은 곳에 가고 싶지 않습니다. 건물이나 직원들도 보기 싫어요."

시라이는 예전에 지배인실에서 대화했을 때와는 다른 사람이 된 것처럼 사무적인 말투로 대답했다.

"오고 싶지 않다는 건 건강이 좋지 않다는 뜻입니까? 이유도 없이 계속 출근하지 않으면 징계 사유가 될 텐데요."

"계속 안 좋은 기억이 떠올라서 그렇습니다. 고객님에게 들었던 이야기는 물론이고, 상사들에게 들었던 이야기도……."

"그렇군요. 하지만 그렇다고 해도 7월부터 특별 휴가가 주어지면서 급여는 계속 지급되었을 텐데요. 고용 관계는 이제 슬슬 명확히 정리해 둬야 할 것 같습니다."

거기서 이모사카가 다시 큰 목소리로 말을 꺼냈다.

"물론 무리하게 출근하라고 할 수는 없겠지만, 이대로는 결근이 되어버립니다. 그렇다면 아무리 늦어도 계약이 만료되는 3월, 경우에 따라서는 1월 말에 상호 합의로 사직하는 방법도 있긴 하겠죠."

"10월에 특별 휴가 조건을 다시 확인하셨죠? 그때 만약 10월에 사직하시더라도 12월까지는 급여를 지급하겠다는 제안을 드렸습니다. 하지만 사직할 의사가 없으시다면 1월 5일을 넘겼으니 다시 출근해 주셨으면 합니다."

"제안은 잘 알겠지만, 저희가 그 선택지 중 하나를 꼭 골라야만 하는 건 아닐 텐데요. 아이하라 씨는 그런 문제를 신경 쓸 상황도 아니었고요."

또 냉담하게 대답하는 하자쿠라와 더 집요하게 파고드는 이모사카.

"특별 휴가는 12월로 종료되었으니까 고용 관계의 원칙을 고려했을 때 1월부터 출근하시는 게 도리에 맞지 않나 싶습니다. 그런데도 출근하시지 않는 건, 특별한 질병 같은 사정이 없는 한 무단결근에 해당됩니다. 그렇다면 급여를 지급할 수 없다는 결론이 나오게 되지요."

출근하지 않겠다면 자기 의지로 퇴사하라는 게 하르모니아의 주장이었다. 만약 소송으로 가더라도, 아니, 가지 않더라도 언론에서 '징계로 퇴사한 직원'으로 보도되느냐, 아니면 '현재 고용 상태인 직원'으로 보도되느냐에 따라 전혀 다른 인상을 줄 수 있었다.

"일반적으로 보면 말입니다, 이대로는 징계 처분이 내려질 수도 있다는 이야기입니다."

이모사카가 슬며시 눈을 치켜뜨며 이쪽의 표정을 살폈다.

'이건 도발일까?'

테츠야의 이마에서 땀이 흘러내렸다. 하자쿠라는 테츠야의 염려, 그리고 이모사카의 도발을 한꺼번에 받아넘겼다.

"그 점도 포함해서 하르모니아가 이번 일, 그리고 아이하라 씨의 처우를 어떻게 생각하고 계신지를 저희가 묻고 있는 겁니다. 다른 지사로의 전근, 혹은 가명으로 근무하는 것도 제안하셨지만, 전부 비현실적인 이야기죠. 하지만 아이하라 씨의 경제 활동은 지금도 계속 어려워지고 있는 상태입니다. 그 부담을 어째서 아이하라 씨 혼자 짊어져야 하는 것이죠? 결근 문제는 언제부터가 징계 처분 대상인지 그쪽에서 판단하실 일이니 이번 사건과는 상관이 없습니다. 고용 관계를 어떻게 할 것인지 결정하라는 요구라면, 이달 말까지 결론을 내도록 하겠지만요."

"월말까지 기다리겠다고 동의한 건 아닙니다."

회사의 호의를 보여주면서도 교섭에서는 양보하고 싶지 않았는지, 시라이는 꼭 한 번씩 언짢은 표정으로 받아치고 있었다. 반면 "물론 그렇게 해야지요"라며 이쪽의 말을 쾌활하게 받아내는 이모사카는 역시 베테랑다웠다.

"월말에 대답을 주신다면 건강 문제 등을 포함해서 검토하겠습니다. 다만 대전제로서, 아무리 늦더라도 3월 말의 계약 종료 시점까지는 계약 관계를 끝내고 싶다는 점을 알아주시기 바랍니다. 물론 이번 달 말도 좋고요."

이모사카는 다시 히카루 쪽을 돌아보았다.

"모처럼의 기회니까 하고 싶으신 이야기가 있다면 듣고 싶습니다."

히카루는 이모사카 대신 기척을 숨긴 채 계속 시선을 내리깔고 있던 마츠시게에게 말을 던졌다.

"이번 일을 어떻게 생각하고 계신지 모르겠네요. 그리고 지금 이게 대체 무슨 짓인가요? 힘들어요. 계속 누명을 쓴 채 살았으니까요. 제가 모르는 곳에서 친구들이나 동료들이 제 이야기를 하고 있을지도 모르니까요. TV에서는 실제 담당자가 아닌 제가 문제를 일으킨 것으로 되어 있고, 심지어 제가 석 달 전에 도망쳤다고 보도된 곳도 있었어요. 대부분의 세상 사람들은 TV에서 하는 말이 다 옳다고 생각해요. 그런데 계속 시치미를 떼놓고서 이제 조용해졌으니까 되지 않았냐고요? 저뿐만 아니라 가족들도 힘든 일을 겪어야 했어요. 무서울 때도 많았고요. 정작 진짜 담당자는 회사가 주최한 가족 동반 크리스마스 파티에 아무렇지 않게 참가했다고 들었어요. 온 가족이 엄청 즐거워 보였다던데요. 어떻게 그럴 수 있는 거죠?"

하자쿠라는 히카루가 흘리는 눈물의 의미를 알 수 있었다. 잃어버린 시간에 대한 슬픔이나 분노뿐만이 아닌, 한마디로는 설명하기 힘든 복잡한 눈물이었다.

테츠야가 그녀를 위해 나섰다.

"인터넷에서 검색해 보면 미노라는 이름은 거의 나오지도 않습니다. 어째서 아이하라 씨의 이름만 거론된 걸까요?"

그러자 또 반사적으로 시라이가 반박했다.

"아예 나오지 않는 건 아닙니다. 사실은 M이라는 담당자의 잘못이라고 말하는 사람도 있었습니다."

하지만 히카루의 시선을 그냥 받아넘길 수는 없었는지, "뭐, 아이하라 씨가 공격받은 건 사실이지만요"라고 겸연쩍게 덧붙였다. 이번엔 이모사카가 그를 위해 나섰다.

"대리인끼리만 이야기하자면, 일단 고용 관계에 관해서는 이번 달 말에 뭔가 제안을 주시면 감사하겠습니다. 그리고 소송에 관한 이야기가 이미 인터넷에 퍼지고 있는 것 같은데, 아직도 이 문제를 들쑤시고 다니는 사람들이 많아요. 또 이슈가 되면 개인의 이름이 언급될 가능성도 있으니까 SNS나 인터넷 게시판 같은 곳에 공개하는 건 자제해 주십시오."

"저희가 인터넷에 특정한 게시글을 올리는 건 아니지만, 사람들의 입에 재갈을 물릴 수도 없는 노릇이니까요. 아무튼 고용 문제와 관련해서는 월말까지 연락을 드리겠습니다."

한 시간 반에 걸친 교섭은 일부분의 공감대 형성과 일부분의 충돌이라는 형태로 막을 내렸다. 쿠인 측이 낸 결론은 역시 소송은 피할 수 없다는 것이었다.

#○5

"참 지독한 회사죠?"

세 사람만 남은 회의실에서 씁쓸한 여운을 날려버리려는 듯이 히카루가 밝게 말을 꺼냈다. 테츠야가 말했다.

"이모사카 씨는 제발 재판으로 가지 말아달라는 느낌은 아니었네요. 처음엔 반쯤 상황을 지켜보는 눈치였다가 마지막엔 반쯤 각오한 눈치였다고 할까?"

"하지만 자기가 한 수 위라는 태도가 말이지……. 자기들이 할 수 있는 일이 있으면 얼마든 해줄 테니 말해보라는 식이었으니까. 확실히 싸울 줄 아는 사람이에요."

"시라이 씨는 교섭이 의도한 대로 진행되지 않으니까 화를 내던데요. 계속 '우리가 직접 표현한 게 아니니까 책임이 없다'는 주장만 반복했으니까요. 우리에게만 양보하라는 거잖아요."

"이모사카 씨와 시라이 씨는 아예 차원이 다르네요."

테츠야는 고개를 깊이 끄덕거렸다.

"하르모니아로 검색해서 이름이 나오는 건 저뿐이에요. 미노나 M씨도 아주 조금 나오긴 하지만, 그건 제가 사이버 렉카 채널 운영자들에게 '사실은 이렇습니다. 실제 담당자는 M씨였어요'라고 알렸기 때문이에요."

"그것도 회사가 알아서 대처하라고 말했기 때문이잖아요. 결국 철저히 '회사에 그럴 의무는 없지만 조금은 돕겠다'라는 자세를 바꾸지 않네요."

"소송에 관한 이야기를 누가 인터넷 게시판 같은 곳에 올렸나요?"

"모르겠어요."

확실히 사람의 입에 재갈을 채울 수는 없다. 유리코와 하루카에게는 애초에 조용히 있어달라고 할 생각이 없었다. 지금도 왕성하게 인터넷에서 그녀에 대한 옹호글을 써주고 있었으니까.

"이모사카 씨는 고용 문제를 꺼내던데, 아마 이쪽에서 먼저 그만두겠다는 말을 하길 바라는 거겠죠. 일할 권리를 빼앗겼다고 하면 우리가 유리해지니까, 자기 의지로 퇴사하게 만들려는 거예요. 가장 손쉬운 방법은 해고겠지만 정당한 이유 없이는 그럴 수도 없죠. 그래서 징계할 구실을 찾는 거고, 가장 적당한 게 무단결근이라는 얘기죠. 그렇죠, 테츠야 변호사님?"

동의를 구하자 테츠야가 "하지만……"이라며 말을 받았다.

"시라이 씨는 무단결근으로 해고하겠다고는 명확히 말하지 않았잖아요. 거기에는 사실 모순이 존재하는데, 무단결근으로 자른다 치면 '무단결근의 배경은?'이라는 의문과 함께 이번 사건의 내막이 반드시 언급될 수밖에 없어요. 그쪽에서 '나스비 씨, 노마구치 씨와 아이하라 씨의 개인적인 문제'라고 주장하면서도 섣불리 해고하지 못하는 건, 쉽게 말해 회사에도 책임이 있다는 걸 자각하고 있다는 얘기죠. 회사에 책임이 없지만 호의로 돕고 있다고 말하지만요."

"저는 그만두고 싶어요. 그런 회사, 이제 인연을 끊어버릴래요. 그러면 안 되나요?"

하자쿠라는 테츠야를 바라보았다.

"퇴사하면 고용 관계가 사라지는데, 피해와 손해액은 어떻게 되죠?"

"계약 당시의 안전배려의무 위반과 공동 불법행위니까 퇴사하더라도 문제는 없습니다."

"정신질환으로 일하지 못하게 됐다는 소문이 날 가능성은? 소송이 끝난 뒤에 아이하라 씨의 취업 문제는 어떻게 예상되죠?"

"진단서는 불안 장애로, '노동 의욕은 있지만 하르모니아에서는 일할 수 없다'라고 환경을 명확히 한정 짓고 있어요. 의뢰인의 최소한의 사회적 평가는 지켜질 것으로 보입니다."

"아, 하자쿠라 변호사님이 보고 웃었던 그 진단서가……."

히카루가 무서워서 읽지 못한 진단서에는 명확한 회사명이 적혀 있었다.

"그런 경우, 다음 직업을 찾았으므로 실제 임금 면에서의 손해는 미미하다고 주장할 수도 있죠."

"그렇다면 역시 위자료로 가야겠네요. 디지털 타투로 장래의 신뢰가 손상될 가능성이 있다고. 후유증, 즉 세상의 비난이 무슨 계기로 재발할지 모르니까요."

"재발할지 모른다는 것만으로는 300이란 금액까지 가기 힘들 텐데요."

"금액보다는 명예 회복이 우선이니까요. 홈페이지 등에 사과문, 정정글을 올리고 기자회견도 열라고 요구한다면……?"

"그건 주문에 포함되지 않을 겁니다."

"한정적이지만 포함된 사례도 있으니까요. 한 번 찾아보겠습니다."

하자쿠라는 알겠다고 대답한 뒤에 마지막으로 두 사람에게 천천히 질문했다.

"그쪽에선 '아이하라 측이 회사에 불명예스러운 내용을 적었다'라고 공격해 올 수도 있을 것 같은데요."

"그건 아이하라 씨가 직접 적은 건 아니죠. 회사에서는 인터넷에서의 대처는 알아서 하라고 했잖아요. 다시 말해 회사의 지시로 한 일입니다. 아이하라 씨 본인의 명예 회복을 위해 행해진 행위일 뿐, 회사에 대한 손해에 기여하진 않았죠."

여기서 히카루가 말을 이어받았다.

"불명예스러운 내용을 적었다고 하더라도 그게 진실이라 할 수 있어요."

"그럼 이제 된 것 같네요."

드디어 하자쿠라는 결정을 내렸다.

"테츠야, 소장을 정리해. 아이하라 씨, 두세 번 정도의 확인과 도장이 필요하니까 또 연락할게요. 그리고 금액 면에서는 마음고생을 제대로 보상받지 못했다고 느낄 수도 있어요. 현재의 재판은 위자료 같은 게 매우 적거든요."

"괜찮아요!"

"사회적으로 명예를 훼손당한 상태가 언제까지 지속될지 알 수 없다는 걸 디지털 타투로 문제 제기할 거예요. 이건 새로운 시도겠네요. 지금까지 인정받은 적이 없는 디지털 타투와 기업의 책임을 감안한 판결이 나온다는 점에 의의가 있어요. 인정받은 액수의 높고 낮음으로 평가하면 본질이 보이지 않게 되죠."

"이번에 또 헛소문이 퍼지고 있어요. 회사를 고소함으로써 '이 사람은 왜 재판하는 거야? 누명인가?'라고 사람들이 생각하게 된다면 그걸로 충분해요."

"그쪽에서 화해를 제안하면 명예 회복 조치 등의 조건에 따라 받아들일 텐데, 괜찮겠어요?"

"상관없어요. 이번 일이 부당한 누명이었다는 걸 회사가 인정하고, 그게 세상에 전해지기만 한다면요."

"알겠습니다."

하자쿠라는 의자 위에서 자세를 고쳐 앉는가 싶더니 이쪽으로 몸을 빙글 돌렸다. 히카루가 의아하게 생각한 것도 잠시, 자리에서 일어선 하자쿠라가 밝은 목소리로 말했다.

"자, 돌아가죠."

논란이 시작된 7월 5일부터 189일이 지난 시점이었다.

#○6

"이번에 테츠야 변호사님이 정리한 소장이에요. 여기까지 오는 동안 아이하라 씨는 정말 길게 느껴졌겠네요. 그래도 아직 재판은 시작되지도 않았어요. 이모사카 씨가 어떻게 나오느냐에 달렸지만, 쉽게 끝나진 않을 거예요. 1년 반이나 2년……. 아이하라 씨는 분명 법정에서 오오모리 씨나 미노 씨와 대치하게 될 테고요. 창업자의 아들인 미노 아키히코. 그 사람만 아니었다면 이 재판은 없었을지도 모르겠네요."

소장

도쿄 지방재판 민사부 님께.

원고 소송 대리인 : 변호사 쿠인 하자쿠라. 변호사 쿠인 테츠야.

원고 : 아이하라 히카루.

피고 : 하르모니아 주식회사. 대표자 : 대표이사 사기누마 코타로.

손해배상 청구사건.

소송물의 가액 : 금 330만 엔.

첩용 인지액 : 금 2만 2천 엔.

청구 취지

1. 피고 회사는 피고 회사 홈페이지에 별지 사과문을 게시하라.

2. 피고 회사는 원고에게 금 330만 엔 및 이에 대한 본소장 송달일로부
   터 지급일까지 연 5퍼센트 비율로 계산한 돈을 지급하라.

3. 소송 비용은 피고 회사가 부담한다.

4. 2에 관한 가집행 선언.

이상의 판결을 요구한다.

청구 원인

원고는 주식회사 웨딩월드에서 피고 하르모니아 우에노에 파견된 웨딩
플래너로서 피고 회사의 피고용인이며, 본건 결혼식에 관해서는 신규
반(접수)을 담당했다. 피고 회사는 전국 15개 지역에 존재하는 시설에
서 호텔 경영 등을 주된 업무로 삼는 회사다. 또한 본건 당시 지배인으
로서 소외 마츠시게 요시히로, 예식부 팀장인 소외 오오모리 히데오,
본건 결혼식 미팅반(실행 담당자)으로서 소외 미노 아키히코를 고용하
여 업무를 담당케 하고 있었다.

그 밑으로는 이번 사건의 내용이 언급되었다. 히카루는 중요
하다고 생각되는 부분을 요약하며 읽어나갔다.

청첩장 디자인 건. A부부가 '희망한 청첩장 디자인의 발주 기한이 지나 있었다'고 불만을 표한 것에 관하여.

하르모니아 측의 설명은 아이하라가 3월 말까지의 결혼식에만 사용 가능한 디자인을 3월 말까지 발주하면 된다고 착각하고 있었고, 그 뒤에 담당을 이어받은 미노가 상기의 오해를 발견하고 전임자인 아이하라의 실수를 수정했다는 것이었다. 미노도 '내가 바로 알아차리지 못해 죄송했다'라며 사실과 상이한 설명을……(중략).

대연회장 엘리시온에서 소연회장 미노아로의 연회장 변경에 관하여.

미노에게서 A부부에게 전달된 것은 연회장 변경 시점까지 아이하라가 담당했고, 그 뒤에 미노로 교체되었다는 것인데, 미노는 이 부분에서 완전한 허위 설명을 하고 있다. 동석한 오오모리도 그 사실 관계를 숙지하고 있었음에도 잘못된 내용을 정정하지 않고……(중략).

관계자들의 허위 설명에 기인한 인터넷상의 '논란'이 원고에게 미친 피해.

A부부는 상기의 설명을 진지하게 받아들여 그러한 인식을 토대로 TV와 잡지의 취재에 응하여 본건의 책임은 전부 원고에게 있으며 그 사실에 관해 직접 사죄의 자리에도 나오지 않았던 것처럼 잘못된 정보가 언론 등에 의해 확산되었다.

게다가 A부부의 친구가 SNS(계정명 '나스비@NASUBI291')에서 A부부의 설명만을 전제로 원고를 'A하라'라고 칭하여 원고 개인을 특정할 수 있는 형태로 정보를 제공했고, 이윽고 원고의 실명, 주소, 연령 등이 인터넷상에 끝없이 확산되었다.

본건은 TV, 주간지, 인터넷 등에 의해 이미 돌이킬 수 없는 범위로 명예·신용 및 사생활이 훼손되었다. 본건의 소송으로도 원고의 신용성에 대한 의혹을 완전히 불식시키기 어려운 점을 고려할 때, 본건은 소위 디지털 타투(digital tatoo : 일단 인터넷상에 공개된 게시글이나 개인정보 등이 확산되어 버리면 완전히 삭제하는 것이 불가능해지는 것)로서 원고의 장래에 구체적인 손해를 발생시키고 있다.

그 손해의 평가로는 접객업 등의 선택에 현저한 불이익뿐만 아니라 고용 기회의 상실이 예상된다. 따라서 디지털 타투는 추상흔과 유사한 후유증적 손해를 유발하므로 '외모에 상당한 정도의 추상을 남기는 것'(후유증 등급 9급)과 동등한 손해의 평가를 받아야 한다.

원고는 개인정보 유포 외에 '최악', '망할', '목매달고 자살해' 등등의 댓글도 받으면서 경찰이 원고 및 원고 가족의 안전을 염려해 순찰하는 등의 사태가 발생했다. 그러나 피고 회사는 '기자회견은 하지 않고 조용히 지켜본다', '인터넷 대처는 알아서 해라'라며 본건 사고에 기인한 피해로부터 원고를 보호하려는 자세를 전혀 취하지 않았다. 원고와 가족은 TV와 주간지 등을 보고 들은 친구, 지인, 친척 외 다수의 사람에게서 설명을 요구받는 등 심신이 피폐해졌고, 나아가 피고 회사에는 '아이하라를 바꿔라'라는 등의 악의적인 항의 전화가 쏟아지는 등 본인뿐 아니라 가족에 대한 영향도 심각했다. 원고는 '불안 장애', 원고 어머니는 '공황 장애' 진단을 받았다. 이처럼 가족까지 휘말릴 정도의 피해가 발생한 점에 관하여 피고 회사에 분노를 느끼는 바다.

원고의 상기 피해에 관하여, 피고 회사의 책임(고용 계약상의 책무 불이행 및 공동 불법행위). 피고 회사의 피고용자에 의한 불법행위.

미노는 수많은 태만에 의해 본건 사고를 일으켰다. 마츠시게, 오오모리 및 미노는 충돌을 피하기 위해서라지만 원고에게 원인이 있는 것처럼 A부부에게 허위 설명을 했다.

피고용자와 확산자 사이에 발생한 공동 불법행위의 성립, 그리고 피고 회사의 사용자 책임의 성립.

허위 정보를 확산시킨 자에게 잘못된 정보를 제공한 행위는……(중략) 공동 부정행위를 구성한다. 그리고 이것이 피고 회사의 업무에 속한 행위로서 행해진 점은 의심의 여지가 없다. 따라서 피고 회사는 미노 등의 행위에 관하여 민법 71조에 근거, 사용자 책임을 져야 한다.

고용 계약상의 책무 불이행.

피고 회사는 허위 변명 및 그에 기반한 논란에 대해 원고의 피해를 신속히 해소 혹은 피해 확대를 회피해야 할 의무가 있었다.

논란이 본격화되기 이전에 원고가 우에노 경찰서에 상담을 받으러 가자 형사 2과의 타마무라 씨 외에 수명의 경찰관이 피고 회사를 방문해 '(민사 사건이라 경찰은 움직일 수 없지만) 직원을 보호하기 위해 언론 회견 등을 여는 것이 좋지 않겠는가'라고 조언했다. 그러나 피고 회사에서는 '원고의 명예를 회복하는 데 필요한 홈페이지 고지나 회견 등을 일절 행하지 않는다'라는 결정이 내려져 인터넷 게시글 등의 삭제는 원고 개인이 행하도록 지시했다. 원고의 명예 회복, 피해 확대 방지 등을 향한 작위 의무가 있었음에도 이처럼 멍하니 7월 말에 이르기까지 방치함으로써 TV와 주간지, Yahoo 뉴스에 실리게 해 피해를 확대시키는 데 이르렀다.

명예훼손에 대한 사죄 광고의 필요성.

본건 피고의 공동 불법행위가 악질적이고 위법성이 강하다는 점.

본건은 하르모니아 우에노 측이 사실 관계를 상세히 파악해야 하는 입장이었음에도 미노의 책임 회피를 목적으로 허위 설명을 적극적으로 행한 것으로, 원고에 대한 권리 침해의 고의성이 명백하며……(중략).

피고가 입은 손해.

인터넷상에 확산된 정보는 반영구적으로 잔존한다는 점에서, 풍화를 기대하더라도 그 기간과 그때까지의 피해를 예상할 수 없다. 그러나 교통사고에 의한 추상흔으로 평가하는 것은 가능하다.

따라서 본건에서 원고가 입은 손해는 위자료로 환산하여 최소 300만 엔 이상이다.

또한 원고는 피고 회사의 책임을 전제로 한, 명예 회복 및 손해배상의 실현을 향해 본건 제소에 의한 수단을 선택할 수밖에 없어, 그로 인한 변호사 비용을 부담하게 되었다. 따라서 본건 불법행위와 인과관계가 있는 손해에 대해 피고 회사는 최소 본건 피해 배상 청구액의 10퍼센트 상당액인 30만 엔을 원고에게 부담해야 한다. 그리고 별지의 내용대로 홈페이지에 사죄 광고 게시를 요구한다.

별지, 사죄 광고

당사는 당사의 전(前) 직원 아이하라 히카루 씨와 그 가족분들께 아래와 같이 사죄드립니다.

당사에서 작년 6월 26일에 행해진 한 쌍의 결혼식에서 그 준비와 예식 과정에서 당사 측에 수많은 실수가 있었고, 해당 결혼식의 부부 및 하객 여러분께 불쾌함을 드리는 사태가 발생했습니다.

그 후, 당사 직원이 해당 부부 및 하객에 대한 설명과 사죄를 위해 방문했을 때, 계약 시의 접수 담당에 불과했던 당시의 당사 직원 아이하라 히카루 씨가 마치 준비 과정과 결혼식 당일 실수의 원인이 되는 행위를 한 것처럼 잘못 믿을 만한 설명을 하였고, 또한 그 잘못을 신속히 정정하는 등의 대응을 하지 않아 아이하라 히카루 씨의 명예를 훼손하고 사생활을 침해하는 내용의 인터넷 게시글이 확산되는, 소위 '논란'을 초래했습니다.

당사 직원의 잘못된 설명과 당사의 늦은 대응에 의해 아이하라 히카루 씨와 그 가족분들께 심각한 피해를 끼친 점을 사죄드립니다.

#⊙7

"소장이란 게 참 길죠?"

"반년 전만 해도 제가 재판을 하게 될 줄은 몰랐어요. 인터넷에선 다들 쉽게 재판이니 법적 조치니 변호사니 떠들어대지만, 이게 얼마나 힘든 일인지는 모를걸요. 이런 경험은 한 번으로 충분해요. 아니, 안 하는 게 제일 좋죠."

생각지도 못한 형태로 재판의 원고가 된 전직 웨딩 플래너는 씩씩하게 웃고 있었다. 계속 이야기하다 보니 익숙해진 것이다.

논란의 불길. 그것에 모든 것이 불타 사라진다면 차라리 마음이 편할 것이다. 하지만 불탄 쪽에는 추한 화상 자국, 디지털 타투가 남는다. 언젠가 인터넷 기술이 발전해서 이 추상흔이 사라질 날이 찾아올까? 그건 아무도 모른다. 다시 말해 불은 영원히 그을리다가 어느 날 문득 자신의 몸을 휘감아버릴지도 모르는 것이다.

남겨진 사람들

#01

"테츠야 변호사님의 소장이 하르모니아에 도착할 때가 되지 않았나?"

세상은 발렌타인데이를 맞이하고 있었다. 히카루는 지금까지의 감사 인사를 겸해서 시노미야에게 점심을 사기로 했다.

"그럴 거예요. 하르모니아는 어떻게 움직이고 있을까요? 이제 내부 사정을 알 방법이 전혀 없잖아요."

"여러 군데 물어보긴 했는데, 대규모 변화와 인사이동이 있는 것 같아. 우선……."

웨딩월드가 예식부를 하르모니아 본사에 매각했다. 거기에 웨딩월드 내부 인물로부터 들은 소문에 따르면 하르모니아 본사는 하르모니아 우에노를 자회사로 독립시킬 가능성도 있다는 것이었다.

"그렇게 되면 재판은 우에노가 알아서 맡으란 얘기지. 어떻게 되든 월드와 하르모니아 양쪽에서 버림받은 꼴이야, 마츠시게는."

1월 10일의 만남 이후 쿠인 법률사무실로 시라이의 메일이 몇 통이나 왔다. 그 내용은 전부 '어떻게든 소송을 피할 방법은 없을까요?'라는 것이었다. '그쪽에서 제시할 조건은 없나요?'라고 하자쿠라가 질문하자 마지막으로 '하르모니아 내에서 책임을 인정하지 않는다는 방침을 정했다고 합니다'라는 답장이 왔다.

"마츠시게는 결국 하르모니아 우에노…… 아니, 자신의 잘못을 인정하지 않은 건가. 그런 식이면 누가 따르려고 하겠어."

직원들에게도 변화가 있었다. 올해 말에 마츠다 호노카가 퇴사 예정이다. 부모님이 계신 본가로 돌아가기로 했다는데, 동기들에게 "손님과 대화하는 게 무서워졌다"고 하소연을 했다고 한다. 이번 사건을 대하는 회사의 대응을 직접 봤으니 그럴 만도 했다.

"그리고 오오모리가 하르모니아 고베로 이동했어. 하지만 직급이 강등된 것은 아니고, 어쨌든 서쪽 에이스가 소속된 지점이니까 표면상으로는 단순한 인사이동이야. 뭐, 이번 일의 내막을 잘 아는 사람은 멀리 보내버리려는 마츠시게의 입김이 작용했겠지. 오오모리의 후임으로는 나고야에서 젊은 팀장이 온다더군. 그리고 이런 소식은 전하고 싶지 않았지만…….”

냉철한 시노미야도 쉽게 말이 나오지 않는 듯했다.

“의상부의 나리타 씨가 후쿠오카로 옮겨갔어. 그것도 입막음을 위해서겠지.”

이 소식은 역시 충격적이었다.

“나 때문이에요. 날 감싸느라 지배인한테 맞섰기 때문이에요. 시노미야 씨뿐만 아니라 나리타 씨에게도 폐를…….”

“나리타 씨의 고향이 일단 큐슈 쪽이라고 하니까 마츠시게도 명분을 잘 만든 거지. 본인도 차라리 시원하다고 말했다나 봐. 그래도 전화 정도는 해보라고.”

“전화할게요. 편지도요!”

“괴물 미노도 역시 이동하게 됐어. 숙박부의 객실 관리팀이라는 부서를 부활시켜서 거기로 들어갔어.”

“숙박부요? 처음 들어보는데…….”

“객실의 청소 상태나 비품을 확인하고, 이상한 점이 있으면 청소 지시를 내리는 부서……라는 건 표면상의 이야기이고, 쉽게 말해 추방 장소야. 옛날부터 호텔 괴담처럼 언급되곤 하던 곳인데 사라졌다가 이번에 미노를 보내버리기 위해 부활한 거야. 여기로 보내지면 대부분은 알아서 분위기를 읽고 퇴사했다고 하는데, 미노는 매일 직원 식당에서 밥을 두 그릇씩 먹는다나 봐."

밥 두 그릇에 순간 웃음이 나올 뻔했다. 이 정도의 사건을 일으키고도 정신적으로 아무 타격도 입지 않았다면……. 그렇게 생각하니 역시 소름이 돋았다.

"거래처 사람이 미노에게 이번 인사이동에 대해 어떻게 된 일이냐고 물었더니, '예식부가 사고를 친 거죠'라고 대답했다는군."

그 남자가 자신과 똑같은 웨딩 플래너로 일했다는 게, 아니, 자신과 같은 세상에 살아가고 있다는 게 믿기지 않았다.

"웨딩 플래너가 하는 일에는 무섭고 무거운 책임이 따라요. 사진밖에 남지 않는 단 하루를 위해서 200만 엔, 300만 엔이라는 거금을 받는 거니까요. 돈뿐만이 아니죠. 반년에서 1년에 이르는 귀중한 시간, 결혼에 대한 기대와 희망, 불안, 때로는 눈물까지 우리가 짊어져야 해요. 고작 하루 동안의 기억을 위해서요. 결혼하는 두 사람의 주변에는 부모님과 친구들, 그 밖의 많은 사람도 있죠. 그래서 저는 이 일이 너무 좋았어요. 이제 계속할 수 없을지도 모르지만, 지금도 좋아하고 자부심을 갖고 있어요."

시노미야는 생각했다. 그녀가 혼자서 하르모니아 우에노와 싸우기로 결심한 건, 아이하라 히카루라는 개인이 모욕당했을 뿐만 아니라 웨딩 플래너라는 직업 역시 모욕당한 기분이 들었기 때문일 거라고. 자신을 포함한 많은 플래너의 명예가 걸려 있다고 믿었기 때문에 지난 반년에 걸친 싸움을 계속해 올 수 있었던 것이라고.

"그래, 맞는 말이군."

시노미야다운 짧은 대답이었다.

"예식부는 인원이 많이 바뀔 텐데, 마이 씨와 치나츠 씨는 어떻게 지내고 있을까요? 마이 씨 덕분에 좋은 웨딩 플래너로 성장할 수 있었고, 치나츠 씨는…… 제가 별로 좋아하진 않았지만 이러니저러니 해도 항상 업무 체크도 해주고, 같이 술을 먹자고 데려가 주기도 했고요. 그런데 그 두 사람, 미묘하게 거리감이 있었단 말이죠. 저하고 호노카가 사라지면 윤활유나 쿠션 역할을 할 사람이 없어서…… 엄청 충돌할 것 같아요. 괜찮으려나……."

"그 두 사람도 이번만큼은 의기투합했다던데. 둘이 나란히 마츠시게에게 사직서를 던지고 왔대."

#02

호텔 주변에는 늦은 시간까지 영업하는 이자카야가 있다. 숙박객, 관광객보다는 호텔 직원들의 안식처가 되어주는 곳. '이자

카야 다루마' 역시 그런 가게 중 하나였다. 그곳을 운영하는 건 기운이 넘치는 50대 부부였다. 나이와 상관없이, 단골들로부터는 '대장'이라고 불리고 있었다.

밤 8시. 익숙한 얼굴들이 하나둘씩 늘어나면서 가게가 서서히 북적거리기 시작했다.

"치나츠, 오늘은 혼자 왔어?"

주방 안쪽에서 대장이 말을 걸어왔다.

"아니, 기다리는 중이에요."

"히카루를?"

그때 대장의 목소리가 울려 퍼졌다.

"오오, 토모에 고젠! 오랜만에 보네!"

"또 그 별명으로……!"

그렇게 말하며 들어온 사람은 마이였다. 마이는 카운터에 앉은 치나츠를 발견하고는 코트를 벗으며 다가왔다.

"뭐야, 보기 힘든 조합이네. 토모에 고젠은 일단 맥주면 되나?"

"네, 그걸로 주세요."

마이는 코트를 뒤쪽 벽의 옷걸이에 걸면서 그렇게 대답하고는 치나츠 옆에 앉았다. 아주 잠깐 어색한 순간이 이어졌다.

"후지타 씨가 먼저 마시자는 말을 꺼내는 경우는 거의 없었던 것 같은데."

"처음이야."

"그렇지? 어쨌든 건배하자. 수고 많았어."

두 사람은 맥주잔을 가볍게 맞부딪친 다음 각자 카운터 쪽을
바라보며 입에 갖다 댔다. 그리고 오늘의 술자리를 제안한 치나
츠가 먼저 말을 꺼냈다.

"이번 사건으로 아이하라와 마츠다도 그만두고 오오모리 씨도
옮겨가고. 정말 다 사라져버렸네."

"응."

"하르모니아 우에노의 예식부는 사실상 해산이야."

"처음부터 다시 시작하겠지. 아, 재작년에 요코하마로 이동
했던 타구치 키미코가 한동안 우에노로 돌아와서 업무를 돕기로
했대."

타구치는 마이와 동기인 베테랑 직원으로 요코하마로 이동한
뒤로는 부팀장을 맡고 있었다. 자신이 접수한 고객들의 결혼식을
마지막까지 지켜볼 수는 없게 됐지만, 그녀가 와준다면 일단은
안심이었다.

마이는 오오모리가 옮겨가고 후임이 정해지지 않은 공백 기
간, 그리고(아직 소문이긴 하지만) 예식부가 하르모니아로 매각되기
전인 2월 초에 사직서를 제출했다. 그리고 그동안 미노가 팀에 피

해를 끼친 일들을 모두 적어 별도로 제출했다. 팀장직이 공석임을 핑계로, 책임자라는 명분으로. 수석 부팀장으로서 해야 하는 마지막 일이었다. 덕분에 든든한 뒷배를 잃은 미노는 숙박부로 인사발령되었다.

"나야 이번 일의 책임을 지고 그만둔 거지만, 굳이 후지타 씨까지 그만둘 필요는 없었는데."

"마침 하던 일도 일단락된 참이었고. 그리고 책임은 있어, 나에게도."

레몬의 신맛과 쓴맛을 음미한 뒤, 치나츠는 드디어 오늘 가장 하고 싶었던 말을 꺼냈다.

"내가 말이야, 아이하라에게 그런 말을 해버렸어. '넌 편하겠다? 도망치기만 하면 되니까. 현장에서 우리만 고생이지'라고. 평소처럼 되받아칠 줄 알았는데 말이야. 그런데 아무 대꾸도 못 하더라고. 내가 왜 그런 말을 했을까……."

치나츠는 테이블에 엎드리며 목소리를 쥐어짜내고 있었다.

"그랬구나."

말에는 힘이 있다. 긍정의 힘을 불어넣기도 하고, 부정적 영향을 끼치기도 한다. 그런데 그 모든 걸 알면서도 사람들은 가끔 말에 대해 가볍게 생각하곤 한다. 그건 자신 역시 마찬가지라고 마이는 생각했다.

"나도 내가 할 수 있는 일이 좀더 있지 않았을까 하는 생각이 계속 들어. 모처럼 오랫동안 한 팀으로 지내왔는데 지켜주지 못했어. '밖에서 떠들지 말라'던 오오모리 씨나 마츠시게 씨의 지시 뒤에 꼭꼭 숨어 있었던 거지. 내 대처가 너무 엉망이었어."

"그래, 그러면 안 되지. 넌 부팀장이었잖아."

"너도 부팀장이었잖아. 언젠가 아이하라와 만날 기회가 있으면 같이 사과하자."

"용서해 주려나."

"몰라. 안 해줄지도 모르지. 그래도……."

"맞아. 각오해 두자."

두 사람이 고개를 끄덕일 때 주방 안에서 대장이 말을 걸어왔다.

"토모에 고젠의 잔이 비었네. 다음에는 평소에 주던 걸로 내올까?"

"부탁드려요."

"왜 네가 토모에 고젠이야?"

"전에 아이하라랑 왔을 때 그 애가 대장한테 그렇게 말했대. '우리는 토모에 고젠이라고 불러요. 피부도 하얗고 엄청 강하잖아요'라고. 대장은 그 별명이 마음에 들었나 봐."

치나츠가 스마트폰으로 검색하며 웃었다.

"확실히 토모에 고젠이네. 싸우는 여자. 이미지가 딱 맞아. 웃긴다."

"자, 금붕어"라는 말과 함께 테이블에 놓인 것은 치나츠가 처음 보는 술이었다.

"이건 뭐야? 금붕어라니?"

"금붕어 소주. 소주에 빨간 고추랑 들깻잎을 넣는 거야. 보통은 물을 섞는데, 난 탄산수를 넣어달라고 해. 전에 같이 연수받았던 애가 한 번 마셔보면 중독된다면서 알려줬거든. 고베 쪽에 사는 애야. 너도 알지? 서쪽 에이스로 불리는 나나 말이야."

"아아, 오오무라 나나? 서쪽뿐만 아니라 하르모니아 전체의 에이스잖아. 나도 만나서 이야기해 본 적이 있어. 아이하라한테 지지 않을 만큼 붙임성 좋은 애였지. 생각해 보면 보통 그런 성격이 에이스가 되는 건지도 모르겠네. ……그렇다면 이건 간사이 지방에서 먹는 술인가?"

"간토에서 먹는 방식 아니냐고 묻던데? 나야 센다이 출신이라 잘 몰랐지만, 한 번 시도해 봤더니 맛있었거든. 너도 마셔볼래?"

"싫어. 매운 거 잘 못 먹어."

"하나도 안 매워. 마셔봐, 치나츠. 이 정도 근성은 있어야지."

"그만해, 토모에 고젠!"

"그래, 이제 우리 둘 다 하르모니아 예식부가 아니니까, 싸우는 건 그만두자!"

다루마에서 새어 나오는 두 사람의 목소리는 우에노의 골목길로 빨려 들어갔다.

#⊙3

"다음 직장은 찾았어요?"

재판 절차 때문에 하자쿠라와 히카루는 몇 번의 미팅을 갖고 있었다. 문득 손을 멈춘 하자쿠라가 히카루에게 꺼낸 질문이었다.

"솔직히 그런 걸 생각할 겨를이 없어서요. 아르바이트나 찾는 정도죠."

"그럼 우리 사무실에서 일하지 않을래요? 직원이 출산 휴가에 들어갔거든."

"제가요? 법에 대해선 전혀 모르는걸요. 무리예요, 무리."

갑작스러운 의외의 제안이었기에 히카루는 당황했다. 히카루는 커피를 마시며 슬쩍 직원이 있던 자리를 바라보았다. 법률사무실이라니……. 히카루는 커피의 출렁이는 표면을 바라보면서 가까운 미래를 상상해 보려고 했지만, 잘되지 않았다.

정리를 끝마치고 사무실에서 나오려는 히카루에게 하자쿠라가 다시 한번 말을 꺼냈다.

"바로 결정하진 않아도 되니까, 한 번 생각이라도 해봐요."

"정말 괜찮으시겠어요?"

"처음 봤을 때부터 결정했거든요."

처음.

3년 전쯤, 봄의 햇살이 내리쬐던 하르모니아 우에노의 로비. 반년 전, 여름의 무료 법률 상담소. 두 사람이 떠올리는 광경은 사실 조금 달랐다.

"좋아요. 그럼 결정했어요. 앞으로 잘 부탁드릴게요."

히카루는 그렇게 말하며 고개를 꾸벅 숙인 뒤 사무실을 나왔다.

히카루는 하르모니아 우에노로 향했다. 사랑해 마지않았던 예전 직장. 내가 잃은 것은 무엇이고, 얻은 것은 무엇일까. 웨딩 플래너를 계속하고 싶었다. 하지만…… 인연이란 게 다 이런 건지도 모르겠다. 히카루는 가볍게 몸을 돌리며 역을 향해 달려갔다.

A 하 라 죽 이 기
#퍼뜨려주세요_이것이_진실입니다

초판 1쇄 발행 2024년 2월 26일

지은이 도미나가 미도
옮긴이 김진환
펴낸이 최지연
마케팅 김나영, 김경민, 윤여준
경영지원 이선
디자인 수오
표지그림 솔지
교정교열 윤정숙

펴낸곳 라곰
출판신고 2018년 7월 11일 제 2018-000068호
주소 서울시 마포구 큰우물로 75 성지빌딩 1406호
전화 02-6949-6014 **팩스** 02-6919-9058
이메일 book@lagombook.co.kr

한국어 출판권 ⓒ (주)타인의취향, 2024

ISBN 979-11-89686-97-0 03830